大唐狄公探案全译

高罗佩绣像本

大唐狄公探案全译·高罗佩绣像本

黄禄善 / 主编

迷宫奇案

THE CHINESE MAZE MURDERS

〔荷兰〕

高罗佩 / 著

By Robert Van Gulik

姜汉森　姜汉椿 / 译

山西出版传媒集团　北岳文艺出版社

BEIYUE LITERATURE & ART PUBLISHING HOUSE

- 太原 -

图书在版编目（CIP）数据

迷宫奇案 /（荷）高罗佩著；姜汉森，姜汉椿译 . —太原：北岳文艺出版社，2018.1（2018.9 重印）

（大唐狄公探案全译：高罗佩绣像本 / 黄禄善主编）

ISBN 978-7-5378-5481-8

Ⅰ．①迷… Ⅱ．①高… ②姜… ③姜… Ⅲ．①侦探小说—荷兰—现代 Ⅳ．① I563.45

中国版本图书馆 CIP 数据核字（2018）第 001799 号

书名：迷宫奇案	策　划：续小强	责任编辑：庞咏平
著者：（荷）高罗佩	项目统筹：贾晋仁	书籍设计：张永文
译者：姜汉森　姜汉椿	庞咏平	印装监制：巩璠

出版发行：山西出版传媒集团·北岳文艺出版社

地址：山西省太原市并州南路 57 号　邮编：030012

电话：0351-5628696（发行部）0351-5628688（总编室）　传真：0351-5628680

网址：http://www.bywy.com　　E-mail：bywycbs@163.com

经销商：新华书店　承印者：山西人民印刷有限责任公司

开本：890mm×1240mm　1/32　字数：212 千字

印张：9.875　版次：2018 年 1 月第 1 版　印次：2018 年 9 月山西第 2 次印刷

书号：ISBN 978-7-5378-5481-8

定价：33.80 元

　　《狄公案》是中国众多公案小说之一种，但是，随着高罗佩20世纪40年代对《武则天四大奇案》的译介以及之后"狄公探案小说系列"的成功出版，"狄公"这一形象不仅风靡西方世界，也使中国读者看到"中国古代犯罪小说中蕴含着大量可供发展为侦探小说和神秘故事的原始素材"，认识到"神探狄仁杰"，"虽未有指纹摄影以及其他新学之技，其访案之细、破案之神，却不亚于福尔摩斯也"。在西方对中国总体评价趋于负面的20世纪50年代，"狄公探案小说"不仅满足了普通西方读者了解古代中国社会生活的愿望，也在一定程度上让西方世界重新认识了传统中国，扭转了西方人眼中古代中国"落后""野蛮"的印象。从这个意义上来看，高罗佩对传播中国文化着实做出了很大的贡献，因此学界给予他很高的评价，将其与理雅各、伯希和、高本汉、李约瑟等知名学者并列为"华风西渐"的代表人士。

　　高罗佩是20世纪最为著名的汉学家之一，其语言天赋惊人，汉学造诣"在现代中国人之中亦属罕有"。高罗佩"狄公探案小说"的背景是久远的初唐社会，但讲述方式却是现代的，中国传统文化被润化在小说的情境中，服饰、器物、绘画、雕塑、建筑等中国元素以及其中所蕴含的中国文化，在不经意间缓缓流动着，构成一幅丰富多彩的中国图画，没有丝毫的隔膜感。小说创作的灵感来源于公案小说，但叙事却完全是西方推理小说的叙事。在整个案件的推演、勘察过程中，读者一直是不自觉地被带入情境中，抽丝剥茧，直到最终找出答案。这种互动式、体验式的交流方式，是高罗佩探案小说的成功之处，也是至今仍为广大读者喜爱的原因之一。

为了让读者能原汁原味地读到高罗佩"狄公探案小说"，体味到高罗佩笔下的中国文化和社会，我社邀请著名西方通俗文学研究大家黄禄善教授组织翻译了这套"大唐狄公探案全译·高罗佩绣像本"，以飨读者。

我社推出的"大唐狄公探案全译·高罗佩绣像本"以忠实原著为原则，译文更贴近于读者的阅读习惯，且完整保留了高罗佩探案小说创作的脉络，力图打造一套完整的"高罗佩探案小说"全译本。

"大唐狄公探案全译·高罗佩绣像本"共计十六册（包括十四部长篇，两部中篇，八部短篇），其中收入了高罗佩手绘的地图及小说插图一百八十余幅。书中的插图仿照的是16世纪版画的风格特点，特别是明代《列女传》中的形象。因此，插图中人物的服饰以及风俗习惯均反映的是明代特征，而非唐代。此外，小说中涉及大量唐代官职、古代地名等信息，虽经译者考证并谨慎给出译名，但仍有存疑之处，敬请方家指正。

愿我们的这些努力，能使这套"大唐狄公探案全译·高罗佩绣像本"成为喜爱高罗佩的读者们所追寻的珍藏版本。

北岳文艺出版社

2018年1月

一

　　20世纪与21世纪之交，西方通俗文学界一个令人瞩目的现象是历史侦探小说（historical detective fiction）的崛起。当时西方的许多主流媒体，如《纽约时报》《华尔街日报》《泰晤士报》《卫报》等等，连篇累牍地报道这类小说获奖的信息，有关小说的介绍、评论汗牛充栋。这些获奖作品的背景多半设置在一个历史久远的年代，中心情节是破解一个与谋杀有关的谜案，作者大都为历史学、考古学的专业人士，爱好文学创作。譬如保罗·多尔蒂（Paul Doherty, 1946—），当代英国著名历史学家，20世纪80年代末开始历史侦探小说创作，迄今已出版了八十多部以古希腊、古罗马、古埃及和中世纪英格兰为背景的侦探小说，其中《叛逆的幽灵》（*The Treason of the Ghosts*）被《泰晤士报》列为2000年最佳犯罪小说。又如琳达·罗宾逊（Lynda Robinson, 1951—），毕业于得克萨斯大学考古专业，擅长中东史和美国史研究，后在丈夫的鼓励下进行历史侦探小说创作，处女作《死神谋杀案》（*Murder in the Place of Anubis*, 1994）一问世即荣登"纽约时报畅销书排行榜"，接下来的十多本小说也一版再版，畅销不衰。再如加里·科比（Gary Corby, 1963—），澳大利亚历史侦探小说创作新秀，尽管作品数量不算太多，但已是2008年"柯南·道尔奖"得主，2010年问世的《伯里克利政体》（*The Pericles Commission*）又获"内德·凯利奖"（Ned Kelly Award）。凡此种种，正如《出版人周刊》2010年一篇评论所指出的："过去的十年目睹了历史侦探小说的数量和质量的爆炸。以前从未有过如此多的天才作家出版如此多的历史侦探小说，作品涵盖的历史年代和案发地点也从未如此宽泛。"[1]

不过，西方历史侦探小说的诞生并非从这个世纪之交开始。早在1911年，在美国作家梅尔维尔·波斯特（Melville Post, 1869—1930）的短篇小说《上帝的天使》（*The Angel of the Lord*），就出现过一个历史年代的业余侦探"阿布勒大叔"（Uncle Abner）；他生活在古老的弗吉尼亚边疆，是个牧场工人，和蔼、睿智的中年人，依靠圣经的道德标准和美国的法律精神破案。《上帝的天使》很快被扩充为拥有二十六个故事的侦探小说集《阿布勒大叔：破案高手》（*Uncle Abner, Master Mysteries*, 1918）。到了1943年，美国作家利莲·托雷（Lillian de la Torre, 1902—1993）又发表了以历史人物塞缪尔·约翰逊（Samuel Johnson）为侦探主角的短篇小说《英格兰国玺》（*The Great Seal of England*），她同样将该短篇小说扩充为有多个故事的侦探小说集《萨姆博士：约翰逊侦探》（*Dr. Sam: Johnson, Detector*, 1948）。在这之后，西方目睹了历史侦探小说的高速发展。一方面，英国作家阿加莎·克里斯蒂（Agatha Christie, 1890—1976）出版了古埃及背景的长

1　Lenny Picker. *Mysteries of History*, Publishers Weekly, March 3, 2010.

篇历史侦探小说《死亡终局》（*Death Comes as the End*, 1944）；另一方面，美国作家约翰·卡尔（John Carr, 1906—1977）又出版了拿破仑战争题材的长篇历史侦探小说《狱中新娘》（*The Bride of Newgate*, 1950）；与此同时，荷兰外交家、汉学家、收藏家、作家高罗佩（Robert van Gulik, 1910—1967）还推出了基于中国公案小说传统的系列历史侦探小说"狄公探案"（*Judge Dee series*）。这些单本的、系列的历史侦探小说的问世，为当代西方历史侦探小说的全面崛起做了有益的铺垫，尤其是"狄公探案"，采用长、中、短三种小说形式，数量多达十六卷，在东、西方均产生了持久的轰动效应，被认为是早期西方历史侦探小说的成功"范例"。[1]

　　"狄公探案"系列历史侦探小说始于1949年高罗佩的一本中国公案小说译作《狄公断案精粹》（*Celebrated Cases of Judge Dee*）。故事的侦探主角狄公（Judge Dee）在中国历史上实有其人。他名叫狄仁杰，生活在唐朝（618—907），一生为官，两次出任宰相，是所谓的青天大老爷。有关他廉洁自律、为民请命、秉公办案的故事很早就在民间流传。到了清朝末年，一位无名氏将这些民间故事整理成长篇公案小说《武则天四大奇案》（亦名《狄公案》或《狄梁公四大奇案》）。高罗佩在中国任外交官期间，对该书产生了浓厚的兴趣。他在进行了详细考据之后，将其中基本符合西方侦探小说传统的前三十回翻译成英文出版。之后，又亲自出马，尝试创作了以狄公为侦探主角的历史侦探小说《迷宫奇案》（*The Chinese Maze Murders*, 1952）。该历史侦探小说出版后，居然是本畅销书。从此，高罗佩一发不可收拾，先后接受芝加哥

1　Carl Rollyson. *Critical Survey of Mystery and Detective Fiction*, Revised Edition. Salem Press, INC, printed in USA, 2008, p.1783.

大学出版社及其他图书出版公司的稿约，继续创作了十五卷狄公案历史侦探小说。它们是：《铜钟谜案》（*The Chinese Bell Murders*, 1958）、《黄金谜案》（*The Chinese Gold Murder*, 1959）、《湖滨谜案》（*The Chinese Lake Murders*, 1960）、《铁针谜案》（*The Chinese Nail Murders*, 1961）、《红阁子奇案》（*The Red Pavilion*, 1964）、《朝云观奇案》（*The Haunted Monastery*, 1961）、《御珠奇案》（*The Emperor's Pearl*, 1963）、《漆画屏风奇案》（*The Lacquer Screen*, 1962）、《晨猴·暮虎》（*The Monkey and the Tiger*, 1965）、《柳园图奇案》（*The Willow Pattern*, 1965）、《广州谜案》（*Murder in Canton*, 1966）、《紫云寺奇案》（*The Phantom of the Temple*, 1966）、《太子棺奇案》（*Judge Dee at Work*, 1967）、《项链·葫芦》（*Necklace and Calabash*, 1967）、《黑狐奇案》（*Poets and Murder*, 1968）。这些"奇案""谜案"也全是畅销书，不断再版、重印，直至2014年，还有麦克法兰图书出版公司（McFarland）的新版本出现。

与此同时，"狄公探案"系列小说的影响又渐渐从美国、英国、加拿大、澳大利亚、新西兰延伸到法国、德国、西班牙、荷兰、瑞典、芬兰、日本和中国。1982年，甘肃人民出版社率先在中国推出了陈来元、胡明翻译的《四漆屏》（*The Lacquer Screen*）。紧接着，中原农民出版社、北方妇女儿童出版社、北岳文艺出版社、中国电影出版社、海南出版社、贵州大学出版社也各自推出了这样那样的狄公案全译本和节译本。各种各样的续集、改写本也不断涌现。"狄公探案"被多次搬上银幕，仅在中国大陆，就有电影《血溅画屏》（1986）、《恐怖夜》（1988）、《奇屏谜案》（2009），电视连续剧《狄仁杰断案传奇》（64集，1986）、《神探狄仁杰Ⅰ》（30集，2004）、《神探狄仁杰

Ⅱ》（40集，2006）、《神探狄仁杰Ⅲ》（48集，2008）、《神探狄仁杰Ⅳ》（50集，2013）。

二

作为早期西方历史侦探小说创作的一个成功范例，"狄公探案"小说系列展示了这一小说类型的诸多特征。首先，它是侦探小说，遵循侦探小说之父爱伦·坡（Allan Poe, 1809—1849）的"破案解谜六步曲"，亦即介绍侦探、展示犯罪线索、调查案情、公布调查结果、解释案情发生的原因和经过、罪犯的服输和认罪。其次，它又是历史小说，涵盖了历史小说之父沃尔特·司各特（Walter Scott, 1771—1832）所创立的大部分市场要素，如异国情调、哥特式气氛、英雄主义、骑士精神等等。而且，其作者本人，也像上面提到的许多当代历史侦探小说的作者一样，是个精通历史学、考古学的专业人士，只不过专业研究的对象，并非众人趋之若鹜的古希腊、古罗马或中世纪欧洲文明，而是当时并不被看好且有点冷僻的东方语言文化。

高罗佩，原名罗伯特·范·古利克，1910年8月9日生于荷兰聚特芬（Zutphen）。父亲是个医生，曾先后两次在荷属东印度（Netherland East Indies, 今印度尼西亚）服役。自小，高罗佩随父母侨居在殖民地，在当地学习汉语、爪哇语和马来语，由此对亚洲文化，尤其是中国文化产生了浓厚的兴趣。1923年，父亲退役后，高罗佩随全家回到荷兰，定居在奈梅亨（Nijmegen）。1929年，高罗佩从奈梅亨市立中学毕业，入读莱顿大学，主修东方殖民法律和（荷属东）印度学，以及中日语言文学，后又到乌特勒支大学深造，学习现当代中国史以及藏文和梵文，并以论文《马头明王诸说源流考》（*Hayagriva, the Mantrayanic Aspect of Horse-cult in China and Japan*）获得东方语言学博士学位。高罗佩的语言才能和专业知识很快得到回报。1935年，他被荷兰外交部录用为助理翻译，并被派驻东京，任荷兰驻日公使馆二等秘书。1941年，太平洋战争爆发，荷兰成为日本的对立面，高罗佩与其他同盟国的外交人员一道被遣离日本。1943年3月，他从印度加尔各答来到中国重庆，与那里的荷兰使馆人员会合，出任荷兰政府驻重庆大使馆一等秘书。其间，他结识了同在大使馆秘书处工作的中国名媛水世芳，两人结为伉俪，先后育有三子一女。战争结束后，高罗佩离开中国回到海牙，出任荷兰外交部政务司远东处处长，一年后又去了美国，任荷兰驻美使馆顾问。1948年，他被任命为荷兰驻日本东京军事代表处顾问，1951年又离开东京前往新德里，任荷兰驻印度大使馆文化参赞。1953年，他再次被召回，任外交部中东暨非洲事务司司长。1956年至1959年，高罗佩担任荷兰驻黎巴嫩全权代表，1959年至1962年又担任荷兰驻马来西亚大使。1965年，他作为驻日大使第三次被派驻东京。任上，他被诊断出患了肺癌，不得不返国治病。1967年9月24日，他在海牙辞世，享年五十七岁。

高罗佩一生以外交官为职业，辗转海牙、东京、重庆、南京、华盛顿、新德里、贝鲁特、吉隆坡等地，工作异常繁忙。尽管如此，他还是不忘初衷，挤出时间从事自己所喜爱的东方语言文化研究。他的研究兴趣很广，琴棋书画、小说戏曲无所不包，而且成果颇丰，几乎每隔一至两年就出版一本书。1941年由日本上智大学出版的《琴道》（*The Lore of the Chinese Lute*）是西方第一本系统介绍中国古琴的专著。在书中，高罗佩基于大量中国古代文献，对中国古琴的起源和特征、琴人的心境和原则、琴曲的意义和内涵、演奏的象征和意象，做了详尽的论述。而1944年在重庆出版的《明末义僧东皋禅师集刊》（*Collected Writings of the Ch'an Master Tung-kao，a Loyal Monk of the End of the Ming Period*），则是一部填补中国佛学史空白的开山之作。该书成书时间长达七年，期间高罗佩遍访中日名刹古寺、博物馆院，共觅得东皋禅师遗著和遗物三百余件。1958年，他耗时十余年完成的《书画鉴赏汇编》（*Chinese Pictorial Art as Viewed by the Connoisseur*）又在罗马远东研究社出版。全书内容分两部分，前一部分泛论中日屋宇的式样、书画的悬挂方法以及装裱技术的衍变，后一部分讲述毛笔的构造、墨的制作、纸绢的特质、书画真赝的鉴别，堪称一部东方艺术鉴赏大全。

　　不过，高罗佩的最大学术成就当属中国古代性文化研究。1949年，因日文版《迷宫奇案》的一幅封面裸体插图，高罗佩开始对中国古代性文化产生兴趣。他广集史料，探幽索隐，费尽周折收集历朝历代春宫画册，又参阅了一系列的明末情色禁书，终于辑成了中国古代性文化的拓荒之作《秘戏图考》（*Erotic Colour Prints of the Ming Period*, 1951）。该书共分三卷。卷一《秘戏图考》是正文，用英语写成，分"上""中""下"三篇，讨论了自公元前226年至公元1664年中国历代王朝与性有关的历史文献、春宫画简史以及他所收藏的《花营锦阵》对题跋文字的注释和翻译，并附有"中国性术语"和"索引"。卷二《秘书十种》系中文卷，收录了卷一所引用的重要中文参考文献，包括《洞玄子》《房内记》《房中补益》《天地阴阳交欢大乐赋》《某氏家训》《纯阳演正孚佑帝君既济真经》《紫金光耀大仙修真演义》《素女妙论》以及《风流绝畅图》题词和《花营锦阵》题词。卷后有附录，分乾（旧籍选录）和坤（说部撮抄）两部分，所录各项均为极其珍贵的中国古代性文化研究资料。卷三《花营锦阵》影印了他所收藏的《花营锦阵》的所有春宫画，外加所题艳词。在这之后，高罗佩继续中国古代性文化研究，且时有新的发现，适逢荷兰图书出版商建议他撰写一部面向更多西方读者的中国古代性文化著作，于是便有了洋洋数十万言的《中国古代房内考》（*Sexual Life in Ancient China*, 1961）的问世。相比《秘戏图考》，该书的社会文化史研究气息更浓，且内容上有增补，还更新了许多旧的译文，添加了许多新的引文；观点上有修正，尤其是强调爱情的高尚意义，反对过分突出纯肉欲之爱。直至今日，该书仍是东西方性学家了解中国古代性文化的重要参考文献。

三

正是以上历史学、考古学方面的惊人成就，让高罗佩发现了《武则天四大奇案》等中国公案小说的价值，并选择性地翻译、出版了《狄公断案精粹》。在该书的"译者前言"，高罗佩指出，多年来西方读者所理解的中国侦探小说，无论是厄尔·比格斯（Earl Biggers, 1884—1933）的"查理·张"系列小说（*Charlie Chang series*），还是萨克斯·罗默（Sax Rohmer, 1883—1959）的"傅满洲系列小说"（*Fu Manchu series*），其实都是"误判"。真正的中国侦探小说是《武则天四大奇案》之类的中国公案小说。这类小说早在1600年就已经存在，时间要比爱伦·坡"发明"侦探小说的年代，或者柯南·道尔（Conan Doyle, 1859—1930）"打造"福尔摩斯的年代，早出几个世纪。而且这类小说多有特色，主题之丰富，情节之复杂，结构之缜密，即便是按照西方的标准，也毫不逊色。然而，由于一些文化传统的原因，迄今这类小说不为广大西方读者所知。他呼吁西方侦探小说作家应该关注这一被遗忘的角落，积极改写或创作以中国古代清官断案为主要内容的侦探小说。[1]鉴于和者甚寡，1950年，他亲自操刀，尝试创作了以狄公为侦探主角的《迷宫奇案》，以后又费时十七年，将其扩展为一个有着十六卷之多的狄公探案系列。

而且，也正是以上历史学、考古学的惊人成就，让高罗佩在创作这十六卷狄公案时有意无意地融入了较多的中国古代文化元素。"漆画屏风""柳园图""朝云观""紫云寺""红阁子"，这些书名关键词本身就是一幅幅色彩斑斓的风俗画，给西方读者以丰富的中国古代文明想象；而小说中的许多故事场景，如"迷宫""花亭""半月街""桂园""乐苑""黑狐祠""白娘娘庙""罗县令府邸"，也无疑是一道道风味独特的精神大餐，令西方读者一窥东方建筑。此外，还有许多与案情有关的主题物件，如竖琴、棋谱、毛笔、画轴、香炉、算盘、绢帕，也不啻一件件极其珍稀的古文物展示，勾起了西方读者对中国传统文化的无限向往。

当然最值得一提的是，"狄公探案"蕴含的道家思想和诗化手段。在《迷宫奇案》，故事刚一开始，高罗佩就描绘了一个仙风道骨的太原府狄公后裔。他头戴黑纱高帽，身穿宽袖长袍，胸前白髯飘拂，举止谈吐不凡。正是他，讲述了狄公当年在兰坊县任上所破解的三桩命案。之后，故事套故事，小说中又出现了一个鹤发童颜、双唇丹红、目光敏锐

---

1 *Celebrated Cases of Judge Dee: An Authentic Eighteenth-Century Chinese Detective Novel*, Translated and With an Introduction and with Notes by Robert van Gulik, Dover Publications, Inc, New York, 1976, pp. i-v.

的道家隐士，他于狄公断案百思不得其解之际指点迷津。由此，狄公锁定了余氏财产争夺案的真正凶犯。同样高贵、脱俗、飘逸的道家隐士还有《项链·葫芦》中的葫芦老道。同传说中的道家神仙张果老一样，他骑着一头长耳老驴，鞍座后面用红缨带拴着一个大葫芦。小说伊始，在松树林，他不期而至，给不慎迷失方向的狄公指路。接下来，还是在松树林，他协助狄公击退了凶狠歹徒的袭击，让狄公得以完成公主的重托。末了，依旧在松树林，他再遇狄公，自报真名，细述身世，并赠予其大葫芦，然后语重心长地留下嘱咐："大人，现在您最好把我忘了，免得将来还会想起我。虽说对于未知者，我只是一面铜镜，会让他们撞头；但对于知情者，我是一个过道，进出之后便了事。"[1]

显然，高罗佩在暗示读者，狄公之所以能屡破奇案，是因为有"高人"相助，而这"高人"并非别的，乃是他所信奉的"清静无为""顺应天道""逍遥齐物"的老庄哲学。事实上，现实生活中的高罗佩也是一个老庄哲学推崇者。在《琴道》的"后序"，高罗佩曾经谈到自己的抚琴体会，认为其秘诀在于遵循老子说的"去彼取此，蝉蜕尘埃之中，优游忽荒之表，亦取其适而已"[2]。接下来的正文，他进一步明确指出："我认为道家思想对琴道衍变有决定性的优势，或者说，虽然琴道的产生及基本观念源于儒家，但内涵却是典型的道家。"[3]此外，在《中国古代房内考》中高罗佩也有类似的说法："道家从自己与自然的原始力量和谐共处的信念中得出合理结论，并固定下来，称之为道。他们认为人

y

1 Robert van Gulik. *Necklace and calabash*. University of Chicago Press, Chicago, 1992, p. 92.

2 Robert van Gulik.*The Lore of the Chinese Lute: An Essay in the Ideology of the Ch'in*.Sophia University, Tokyo, 1941, pp. xiii.

3 Ibid, p. 49.

类的大部分活动，都是人为的，只起到疏远人和自然的作用，由此产生非自然的、人工的人类社会，以及家庭、国家、各种礼仪、专横的善恶区分。他们提倡回复到原始质朴，回复到一个长寿、幸福、没有善恶的黄金时代。"[1]

如果说，在狄公案中，道家思想是高罗佩欲以推崇的精神食粮和破案利器，那么效仿唐代传奇小说和明清章回小说，对小说故事情节做诗化处理，便是他编织案情的重要手段。这种诗化手段，在狄公案前期问世的一些卷册，如《迷宫奇案》《铜钟谜案》《黄金谜案》《湖滨谜案》，主要表现在每章有两句对仗工整的诗歌标题，以及正文起首插有几句韵味十足的题诗。前者起着点明全章主要内容的作用，而后者往往也从作者的视角，感叹世事人生、因果报应，同时赞誉清官替天行道、为民申冤，与正文叙述有着某种唱和的效应。如《黄金谜案》第三章诗歌标题"入县衙主簿慌张，闯后园狄公受惊"[2]，概括了该章主要描写狄公一行四人进了蓬莱县衙，并着手调查前任县令遇害案；而《湖滨谜案》题诗"神笔录尽人间事，万物皆有源与头；无奈凡夫灵犀欠，不谙其意枉自愁。公堂端坐父母官，生杀之权大如天；倘若心少浩然气，草菅人命臭人间"[3]，也以极其简练的语言，歌咏了天下之大，无奇不有，法网恢恢，疏而不漏，为民父母，除害雪冤，从而有效地呼应、烘托了

1   Robert van Gulik. *Sexual Life in Ancient China: A Preliminary Survey of Chinese Sex and Society from Ca. 1500 B. C. till 1644 A.* D.Leiden, E. J. Brill, 1974, pp. 42-43.

2   Robert van Gulik. *The Chinese Gold Murders: A Judge Dee Detective Story*. Perennial, An Imprint of Harper Collins Publishers, New York, 2004, p. 20.

3   Robert van Gulik. *The Chinese Maze Murders: a Chinese detective story suggested by three original ancient Chinese plots*. The University of Chicago Press, Chicago, 1997, p. 1.

小说主题。狄公案后期问世的一些卷册，如《漆画屏风奇案》《御珠奇案》《紫云寺奇案》《黑狐奇案》，尽管考虑到西方读者的持续接受程度，不再有如此诗化形式，但仍出现了相当数量的对仗工整、韵味十足的诗歌。这些诗歌多半与案情相互交织，成为案情侦破的关键。以《漆画屏风奇案》为例，在正文第十一章，狄公偕竹香去地下的妓院暗访，看见床壁上贴有一首七言绝句，并从前后两句的字迹，推测是年轻画家冷德和滕夫人银莲合写，也据此断定此前滕知县所说"生死伉俪"完全是编造的。一个由婚姻不幸导致妻子出轨、继而被杀的复杂命案终于大白于天下。

四

　　然而，高罗佩并非不分良莠、一味地融入中国古代文化元素。也还是在他的《狄公断案精粹》的"译者前言"，高罗佩总结了《武则天四大奇案》等中国古代公案小说的五大"弊端"。首先，小说伊始即介绍罪犯，细述犯罪的经过和动机，从而丧失了故事基本悬念。其次，崇尚神鬼等超自然力量，法官能潜入冥王地府与受害者对话，动物、炊具也能上法庭做证。再有，故事冗长，情节拖沓，动辄数十章，甚至数百章。再有，出场人物过多，难以分清主次、理清线索。最后，惩罚罪犯过分，残忍地诉诸暴力。[1]

1　*Celebrated Cases of Judge Dee: An Authentic Eighteenth-Century Chinese Detective Novel*, Translated and With an Introduction and with Notes by Robert van Gulik, Dover Publications, Inc, New York, 1976, pp. ii-iv.

以上"弊端"，高罗佩在创作狄公案时已经剔除。整个谋篇布局，仍沿用西方古典式侦探小说的创作模式，并突出运用了许多行之有效的创作技巧。譬如阿加莎·克里斯蒂式的"高度悬疑"，几乎每卷都有这样的设置。典型的有《紫云寺奇案》，故事一开始，读者就被置于紧张的悬疑之中而不能自拔。漆黑的寺庙外，隐约现出一块溅洒鲜血的石头；一对男女鬼鬼祟祟，借着微弱的灯笼光线朝井边拖拽尸体。他们是谁？为何要弃尸古井？被害者又是谁？但未等读者找出答案，新的悬疑接踵而至。从古董店买来贺寿的紫檀木盒，莫名其妙地留有求救纸片。一夜之间，国库五十锭金变成一堆铅条。而原本是两个无赖之间的争斗命案，凶手却要费事地剁下受害者的头颅？并且，狄公的得力助手两次险遭杀害，衙役们已是一死一重伤。直至最后，罪犯一一被擒获，狄公细述案情，所有谜团解开，读者才恍然大悟。原来百年寺庙早已成了藏污纳垢之地。而《朝云观奇案》的悬疑设置更有特色，整个故事情节集中在一个密闭时空，命案迭起，案中有案。狂风暴雨夜，狄公一行人前往百年道观借宿。倏忽间，对面塔楼现出一男与一残臂裸女相搂的身影。此前，已有三个年轻女子在那里蹊跷身亡。紧接着，戏班子又有伶人"假戏真做"，险些酿成大祸。狄公循迹调查，又遭人暗算。更不可思议的是，众目睽睽之下，前任住持玉镜讲道时突然"仙逝"。之后，现任住持真智又坠楼暴毙。种种蛛丝马迹，指向道观一个辞官修道的孙太傅。然而他为何要谋害数条人命？又能否逃脱法律制裁？如此悬疑，一直持续到小说结束。

又如柯南·道尔式的"科学探案"，这一技巧的运用集中体现在小说主要人物形象的提升和重塑。在高罗佩的笔下，狄公已经不单是那个为政清廉、刚正不阿、体恤民生，只凭聪明才智断案的青天大老爷，而是融博学、勤政、亲民于一身，依靠仔细调查和缜密推理破案的"科学"神探。他手下的几个随从，马荣、乔泰、陶干和洪亮，也一改"四肢发达、头脑简单"的性格描写窠臼，变成有血有肉、智勇兼备的破案搭档。作为一方父母官，狄公不但熟悉辖区具体政务，还擅长同各种各样的人打交道，了解他们的喜怒哀乐和实际需求。尤其是，他深谙犯罪心理学，勤于现场勘查，善于从蛛丝马迹中寻找破案线索，并层层剥茧抽丝，缜密推理。在《漆画屏风奇案》第五章，高罗佩以十分细腻的笔触，描述了狄公如何在沼泽地查看一具女尸的情景：

> 狄公重新掀开裹盖女尸的袍服。除了那袍服外，女尸一丝不挂，一把短剑从左侧乳房直插胸部，露出剑柄。剑柄周围有一摊干涸的血。他继而细看那剑柄，发现质地为白银，上面镂刻了美丽的花纹，不过年代已久，呈现出黑色。他断定，这把短剑是一件稀世古董，只因那个乞丐不识货，在盗窃耳环和手镯的时候，没有将它拔出带走。他摸了摸那只乳房，表面冷而黏湿，接着又抬起她的一只胳膊，觉得还有弹性。看来，这个女人被害的时间不过几个时辰。他想着，这安详的神态，简便的发型，裸露的胴体，赤裸的双脚，都说明是在床上熟睡时被害的。[1]

这段描写，与柯南·道尔在《巴斯克维尔的猎犬》中描述福尔摩斯现场勘察爵士死因简直有异曲同工之妙。不过，高罗佩没有无限拔高狄公，

---

1 Robert van Gulik. *The Lacquer Screen: a Chinese Detective Story*. The University of Chicago Press, Chicago, 1992, p. 52.

而是描写他有时也会被假象蒙蔽而犯错，也会因怀疑自己判断有误而心虚。此外，他还有七情六欲，不但娶有三房夫人，还看见美丽、善良的女人就动心。《铁针谜案》中暗恋郭夫人便是一例。小说描写了狄公邂逅这位容貌端庄、知书达理的仵作妻子后的种种爱慕心理。当获知她同样以铁针杀害了自己无恶不作的前夫后，狄公陷入了矛盾，欲绳之以法又心中不忍。郭夫人跳崖自尽后，狄公一夜未眠，"他感到非常疲惫，想过平静的退隐生活。但随之他明白，自己不能这样做。退隐意味着不想担当任何责任，而他却有太多的责任"[1]。这也令人想起英国侦探小说大师埃·克·本特利（E. C. Bentley, 1875—1956）在《特伦特绝案》中所描写的那个"已食人间烟火"的大侦探特伦特，他在推断门德尔松夫人杀害自己丈夫之后，选择了悄悄离去，因为门德尔松敛财堕落，消除他等于消除了罪恶。

再如约翰·卡尔的"密室谋杀"。所谓密室谋杀，是指罪犯在一个完全封闭、看似无法出入的空间环境内所实施的谋杀，往往产生一种独特的惊悚、神秘的效果。高罗佩似乎谙于这一技巧，在大部分卷册都有展示。《红阁子奇案》中的举人李琏和花魁娘子秋月先后"自杀"，显然是一种密室谋杀，因为两人均死在卧室，房门紧锁；而《朝云观奇案》中的前任住持玉镜"讲道时突然仙逝"，也是与密室谋杀不无联系，因为众目睽睽之下，凶手没有任何作案机会。最令人玩味的是《迷宫奇案》中的丁将军被杀案。高罗佩先是在第八章，透过狄公的视角，描述了十分密闭的案发现场：

---

1   Robert van Gulik. *The Chinese Nail Murders*. The University of Chicago Press, Chicago &London, 1977, p. 200.

狄公迈步跨过书斋门槛，举目环视。书房很大，呈八边形，墙上高处有四扇小窗，窗纸莹白，阳光透过窗纸，漫入室内甚是柔和。窗户上方，有两个小孔，供通风之用，均有栅板相隔。除了窄门，书斋墙上再别无其他开启之处。

书斋中央正对门放着一张乌木雕花大书案，只见一人身穿墨绿锦缎便袍软软地伏于书案之上。此人头枕弯曲左臂，右手伸于书案之上，手中握有一红漆竹制狼毫，一顶黑色丝帽掉落于地，灰白长发暴露无遗。[1]

接着，他又借陶干和丁秀才之口，说明了凶手不可能自由进入案发现场的缘由。一是房门乃进入书斋的唯一通道，墙壁、书架上的窗户和挡有栅板的通气孔洞以及窄门，均未见暗道机关；二是丁将军先亲自开锁进入书斋，丁秀才跟着进入下跪请安，其时管家就站在丁秀才身后，直至丁秀才起身，丁将军才将房门合上，而平时书斋房门总是紧锁，唯一的钥匙也由丁将军随身携带。但就是这样一个看似无法破解的密室谋杀案，狄公通过仔细调查和严密推理得出了答案。原来杀死丁将军的是他手上执握的那管珍贵的狼毫。之前凶手将狼毫作为寿礼送给了丁将军，但狼毫内藏有浸透毒液的飞刀，上有弹簧，用松香封住。丁将军初次写字时，自然要烧掉狼毫笔端的毛刺，于是松香受热，弹簧启动，飞刀弹出结果了他的性命。

此外，还有盖尔·威廉（Gale Wilhelm, 1908—1991）的"女同性恋描写"，也对高罗佩的狄公案创作产生了较大的影响。尽管小说没有出

---

1 Robert van Gulik.*The Chinese Maze Murders: a Chinese detective story suggested by three original ancient Chinese plots*.The University of Chicago Press, Chicago, 1997, pp.88-89.

现任何女同性恋侦探，但出现了相关人物和细节描写，而且这些描写往往与案情的发展有关，甚至成为案情侦破的关键。仍以《迷宫奇案》为例。在该书的第二十四章，高罗佩几乎用了整整一章的篇幅来描绘女同性恋李夫人的外貌以及看见黛兰时的异样神态：

> 黛兰看那李夫人，面相周正，但五官略嫌粗大，双眉稍浓……黛兰燃旺灶内余火……顷刻厨房香味扑鼻……然而李夫人只吃了半碗便放下碗筷，将手置于黛兰膝头……角落里有两只水缸，一冷一热……黛兰提起热水缸盖……快速褪去衣裤，舀了几桶热水倒在盆内。待其舀取冷水时，猛地听得身后有异动，旋即转过身去……李夫人边说，边盯着黛兰。黛兰顿时觉得十分惧怕，忙俯身捡取衣裤。李夫人走上前来，霍地从黛兰手中夺走下衣，厉声问道："你怎么又不沐浴了？"黛兰惊得忙赔不是。李夫人猛地将黛兰拽到身边，轻声说道："姑娘何须假正经！你这身段甚是漂亮！"

当然，像盖尔·威廉的《我们也在漂浮》（*We Too Are Drifting*, 1934）一样，高罗佩如此不厌其烦地细述女同性恋性爱的目的是给接下来的情节高潮做铺垫。果真，李夫人求爱不成，便凶相毕露，并丧心病狂地用白玉兰之死来威胁黛兰。只见她将布帘一拉，梳妆台现出白玉兰的血淋淋头颅。正当李夫人的尖刀刺向黛兰之际，窗外跃入了彪形大汉马荣，眨眼工夫他便打落了尖刀，又将李夫人的双手绑定。至此，白玉兰失踪案告破。

立足西方古典式侦探小说创作模式，选择性融入中国古代文化元素，一切以故事情节生动为准则，高罗佩的十六卷"狄公案"就是这样成为早期西方历史侦探小说的成功范例，同时也赢得世界千千万万读者的青睐。

黄禄善

2017年10月26日

黄禄善，上海大学外国语学院教授，上海作家协会会员、上海翻译家协会理事，英国皇家特许语言家学会中国分会副会长。译有《美国的悲剧》等十部英美长篇小说，主编过八套大中小外国文学丛书，其中由长江文艺出版社、花城出版社出版的"世界文学名著典藏"（精装豪华本）近二百卷。

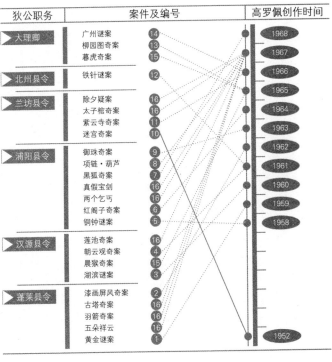

狄公职务	案件及编号	高罗佩创作时间
大理卿	广州谜案 ⑭ 柳园图奇案 ⑬ 暮虎奇案 ⑮	1968 1967
北州县令	铁针谜案 ⑫	1966 1965
兰坊县令	除夕疑案 ⑯ 太子棺奇案 ⑯ 紫云寺奇案 ⑪ 迷宫奇案 ⑩	1964 1963
浦阳县令	御珠奇案 ⑨ 项链·葫芦 ⑧ 黑狐奇案 ⑦ 真假宝剑 ⑯ 两个乞丐 ⑯ 红阁子奇案 ⑥ 铜钟谜案 ⑤	1962 1961 1960 1959 1958
汉源县令	莲池奇案 ⑯ 朝云观奇案 ④ 晨猴奇案 ⑮ 湖滨谜案 ③	
蓬莱县令	漆画屏风奇案 ② 古塔奇案 ⑯ 羽箭奇案 ⑯ 五朵祥云 ⑯ 黄金谜案 ①	1952

高罗佩·大唐狄公探案年表

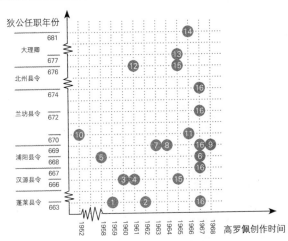

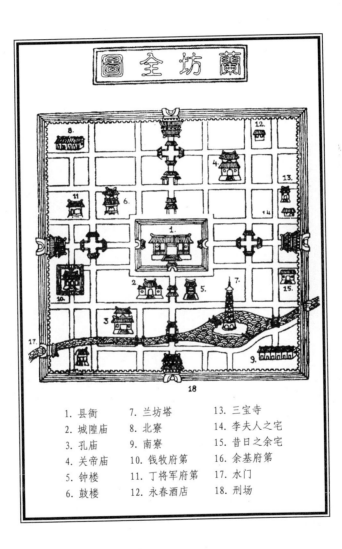

兰坊全图

1. 县衙　　7. 兰坊塔　　13. 三宝寺
2. 城隍庙　8. 北寮　　　14. 李夫人之宅
3. 孔庙　　9. 南寮　　　15. 昔日之余宅
4. 关帝庙　10. 钱牧府第　16. 余基府第
5. 钟楼　　11. 丁将军府第　17. 水门
6. 鼓楼　　12. 永春酒店　18. 刑场

书中主要人物

迷宫奇案

目录

迷宫奇案

一
▼

上苍创下万世不变之典规，规范红日星辰于上，制约山岳江河于下。而后，由古之圣贤，以超凡之公平正义为经，以人定之律条为纬，定下吾辈社会之圣律。

睿智而诚实之司法官员，既富怜悯之心，又严厉秉公执法，乃是上苍无误之器具、黎民百姓之父母。在其公堂之上，遭受欺压之人得以昭雪冤屈；而作奸犯科之徒，纵然有卑鄙诡计与狡诈伎俩，也难逃法网。

时逢明朝永乐年间，国泰民安，五谷丰登，天无旱涝之灾，百姓富有丰足，能有此番好光景，全仗皇上天威。值此太平盛世，自然少有罪案，但因我一心研究罪案和破案学说，手头却无充足案卷，故常需回顾以往岁月，寻觅疑案，探讨古时贤明官员破案之法。

我钟爱破案之术，亦有闲暇进行研究，翻阅旧时记载及尘封卷册，查寻古时著名案例，常孜孜以求，不知疲倦。每逢朋友集聚茶馆谈论数百年来著名官员审断疑案之时，我总要细心聆听，用心揣摩，久而久之，竟成习惯。

一日，西园之内荷花盛开，傍晚时分，我漫步前往观赏。通往荷塘中心小岛乃一雕花大理石拱桥，我穿过拱桥，到得饭庄露天平台，于一隅择个空桌坐定。

我边呷着茶、嗑着瓜子，边观赏湖面荷花美景。一如往昔，我细细观察各色人众，意欲观其外表而推断其个性、家境，以自娱自乐。

此时，只见两位绝色女子携手行来。两人相貌酷似，一眼便知乃同胞姊妹。显而易见，两人个性迥然不同。小的那位快乐活泼，喋喋而言，只顾说个不停；年长的那位姑娘却寡言少语，腼腆害羞，脸上哀色重重，必定历经坎坷创伤。

两位女子即将消失于人群中时，我却见到一年长妇人跟在两人身后。她手拄拐杖，走路微跛，似乎一心要赶上前面两位女子。我心内思量，这妇人定是那两位女子之年长女伴。然而待她路过平台之时，却见她凶狠地向旁睨视一眼。我旋即顺其眼神，将目光转到一双走向前来的美貌青年男女身上。

那青年男子头戴秀才帽，而女子则服饰庄重，一副主妇打扮。两人虽非并肩而行，然时时互相顾盼，眉目传情，分明是结伴前来游园赏花。两人神态诡秘，表明有不伦之恋。正当两人于我面前走过之时，那女子伸手欲拉青年男子之手，可那男子急急将手缩回。

我又将目光扫过平台，见众人之中有位男子，体态微胖，衣冠楚楚。他同我一样，独坐独饮。他生就一张圆脸，相貌和蔼可亲。一看便知，此人必是家中颇有田产的乡绅，且颇为健谈。故而我急忙移开目光，生怕他走过来与我攀谈。我更喜一人独处，不喜被人打扰。此外，此人眼中有一丝神色令我不安。我以为，他眼神冰冷，更兼神态精于算计，与其友善相貌极不配称，若说他会做出隐秘且深思熟虑之邪恶勾当，我定然深信不疑。

少顷，一位身前飘拂白髯的老者，缓步走上平台。他身穿褐色长袍，袍袖宽大，以黑色丝线绗缝。老者头戴黑色纱罗高帽，看不出是何身份，但模样十分独特。他眉毛浓密，目光锐利，身倚弯把拐杖审视着平台之上的众人。

我心内寻思，不能让此年高德劭的老者久站，便赶紧起身将老者往我的桌边让。老者客套一番，作揖就座。我们照例寒暄几句，便同品香茗。交谈中得知，老者姓狄，是位告老退隐之地方官员。老者学识渊博，趣味高雅。我二人一同谈论诗文，甚是投机，间或也看一眼在湖边来回转悠的人群，浑然不觉时光流逝。

我听老者说话带有山西口音，便于谈话间歇问他，是否凑巧与太原府之狄氏家族同宗。数百年前，狄家于唐朝出了个大官狄仁杰。

听得此言，老者双目突然放光，气恼地将了将长须。

"哼！"老者愤然说道，"我家确是狄仁杰家族的一个分支。我等有这样一位祖先，脸上甚是光彩，可也一直令人恼火不已。每每我在饭馆用餐或于茶肆品茗之际，多半会听到其他客人谈起我家这位杰出的先人。这些客人常说狄仁杰于大唐朝廷劳苦功高。此言不差，因其功绩有史可查，只需查阅唐朝钦定史志便可证实。然而这些无知之人也常胡编乱造些狄仁杰早年故事，可这类故事又无从考证。彼时，我那家祖于某些州府当父母官，因为审结了许多奇案，而有'狄青天'之誉，且名扬四海。这些奇案之真情，在我狄氏门中一代又一代子孙中流传了下来。因此，在茶肆酒楼中听到那些胡编乱造的故事，我常气恼万分，往往不等饭毕就起身离去。"

说罢，老者摇头，气恼地用拐杖敲打石板地。

听说老者真是名扬四海之"狄公"后裔，我高兴至极，遂起身向他深作一揖，以表对狄氏的景仰之情。揖罢起身，我说道：

"老丈，晚生钟爱破案之术，极喜研究历代名臣断案之法。晚生与那些无知之徒不同，绝非无聊饶舌，而是细析古代案录且乐在其中。狄公断案之案例距今年代久远，然这些案例正可充实宝鉴，照出当今之瑕疵与不足，从而警示世人。狄公案例有利改进风化习俗，也可大大威慑奸佞狡诈之徒。狄公断案如神，所断之案乃是雄辩证据，正所谓天网恢恢，疏而不漏。那法之天网犹如迷宫，罪恶之徒都难以逃脱。

"依晚生之见，古时无有断案者可与狄公同日而语。当年狄公费心劳神，断决桩桩疑案，今晚生孜孜以求地搜集狄公断案之记录，只为潜心研究之用。今日有缘得见老丈，而老丈又是这些案子的真正知情者，在下求老丈惠赐，亲口讲述几则鲜为人知之案例，不知是否冒昧？"

老者见我诚心相求，遂欣然应允，我便邀他共进晚餐。

暮色降临，众人先后离开平台进得饭庄。饭庄之内，店小二已将蜡烛与彩纸灯笼点燃，一派辉煌景象。

饭庄大厅之内，众人边吃边聊。我避开大厅，偕客人进入一侧厢房，由此可俯瞰湖塘。落日余晖，把湖水映得一片通红。

我点了两份菜，每份四盘，另外又要了一壶热酒。

我俩相对而坐，慢慢品尝美味佳肴，酒过数巡，老者手持长须说道：

"老夫将三桩案子说给你听。我那先祖断此三案之时，情形非同一般。彼时，他于兰坊充任县令之职。兰坊乃大唐帝国西北边陲之偏远县城。"

老者随后便讲那断案经过。三桩案件真可谓错综复杂，案中有案。

老者讲得饶有兴味，然却喜东拉西扯，偏离案情，且其语音含糊、单调，犹如蜜蜂嗡嗡作响。不大一会工夫，我便觉头脑昏沉，无法集中精神。我连干三盅，意欲清醒头脑，不料那黄汤却使我更加昏昏欲睡。那老者也不在意，照旧声调低沉地侃侃而谈，好似睡眠之神于近处空中发出瑟瑟声响。

醒来之时，我发现自己头枕双臂，独坐于阴冷的厢房中。

店小二低头看着我，恶声恶气地言道，已过了一更天，我是否错将饭庄当作客栈，以为可以随意留下来过夜？我醉得迷迷糊糊，一时间没有合适的话语回敬于他，却向他打听那老者的去向，还将老者的模样细细说给他听。

店小二答道，那晚早些时候，他于酒店的另一端伺候客人，未曾留意。说罢，他旋即取出账单，上记两份菜，每份四盘，另加八壶黄酒。我只得掏出银子结账，别无他法。此时，我依旧酒意甚浓，心内疑惑，与那老者同桌共饮是否南柯一梦，那店小二是否趁我糊涂之时，耍弄诡计多收银两。

我一边思量，一边起身出得饭庄。大街之上寂寥无人，亦无车马，我便徒步回家。到得家中，只见书童蜷缩于书斋一角呼呼大睡。我没将其唤醒，而是踮起脚尖走至书架跟前，取下《大唐编年录》《大唐地名录》及《狄公记》。我将这些卷帙仔细读来，见那老者所言与史实大致相符，只是西北边陲并无县城名唤兰坊。我寻思，兴许是我误听了地名，遂拿定主意于次日前往拜访那位老者，请他讲个明白。老者所述之三桩疑案，我记得一清二楚；然而，即便我竭力回忆，却记不得老者之姓名、府址，真是令人沮丧。

我无奈地摇了摇头，心中担忧又会忘却某些细节，便润湿狼毫，当夜便将老者所述三案录下，直至鸡鸣方才搁笔。

翌日，我遍访亲朋，四处打听，可无人听说城内有位告老归隐之狄姓官员。以后我又多方询问，也没能访到老者下落。我寻思，兴许那老者只是路过，兴许住在城外某个僻静之处，然久访未果，只得作罢。

我斗胆将所录之三案奉之于众，让有识之士鉴别我与老者相会于荷花湖畔是否南柯一梦。倘若这三案真能警示世人，或使读者于劳务之余用以消闲，也不枉我被店小二多索去的铜钱。那店小二毕竟是个刻薄小人，谁会相信，两个高雅君子只坐得片刻工夫便饮下八大壶酒。

兰坊城东，四辆马车缓缓绕山而行。

第一辆马车之上坐着兰坊新任县令狄仁杰。只因旅途劳顿，狄公想尽量让自己坐得舒服些。他背靠大书箱，坐在铺盖之上，对面布包之上则坐着一名年长的汉子。此人姓洪名亮，常年辅佐狄公，现任参军之职。因道路高低不平，即使二人坐于铺盖、布包之上，也只能略略减轻长途颠簸之苦。

狄公车后跟着一辆罗帏篷车，车上挂有丝绸帘子。车内，狄公的三位夫人、子女及侍婢们蜷着身子挤在枕头和被褥中间，正抓紧时间睡觉。

后面两辆马车拉着行李包袱，几名仆人盘腿坐于箱包之上，随车摇晃不止，另有几名仆人在汗透的马匹身边徒步行走。狄公一行人已连续赶了几天路程，皆深感疲惫。车队离开最后一个村庄之时，天色尚未破晓。众人一路行来，过得一片荒山野岭，路上只偶尔遇见几位樵夫；午后，不想坏了一个车轮，故耽误了一个时辰。此时暮色降临，天色昏黑，重峦叠嶂，四周越发显得险恶。

车队前面，两名大汉正骑马而行。二人身背大刀，鞍挂弓箭，箭于囊中发出咔咔碰撞之声。这二人便是马荣、乔泰，均为狄公得力随从，现充任县尉，护着车队前行。狄公另一名县尉身材瘦小，背微驼，名唤陶干，正和老管家一起殿后。上得山梁，马荣勒住坐骑。眼前，山道往下，一直通到林木茂密的山谷之中，再往前看，又是一座陡峭山峰。

马荣坐于马鞍之上，转过身来向车夫喊道："你这呆子！半个时辰之前，你就说即刻便到兰坊。如今到得这里，我等却还须再翻一座大山！"

车夫嘟囔道，城里人总是那么心急火燎，然后忍气吞声地答道："差爷甭急，到了下个山梁，你自会看见兰坊，就在山脚之下。"

"又是'再过一个山梁'！"马荣向乔泰说道，"我等抵达兰坊如此之晚，情形定然狼狈不堪。那卸任的县令必定从午时起就翘首以待，县衙的其他僚属及接风宴席又该如何处置？想必他们现时与我等一样饥肠辘辘了！"

"更何况嗓子干渴至极！"乔泰说道。说罢，他调转马头，来到狄公车旁。

乔泰禀道："还要翻过一道山梁，之后便到兰坊。"

洪亮竭力忍住方没叹出声来。他说道："大人调离浦阳竟如此之快，委实可惜。虽说大人一到浦阳便审断了两桩大案，然浦阳毕竟是个舒适之处。"

狄公淡然一笑，身子在书箱之上重新靠好，以使自己更舒适些，然后说道："似乎京城内的佛门残党与广州商界之狐朋狗友串通一气，让我在浦阳县任期届满之前就调离任所。然兰坊地处偏远，调任此处定大有裨益。无疑，我等在兰坊遇上的疑案，绝非内地通都大邑所能比拟。"

洪亮点头称是，然心中依旧郁郁不乐。洪亮已年过花甲，一路长途跋涉弄得他疲惫不堪。他从青年时便一直追随狄家，狄公从政以来始终委其参军之职。

车夫将鞭子甩得啪啪直响。一行人翻过山梁，沿一条蜿蜒窄道下到谷中。

不过片刻，车队便入得谷内，只见山道两边榛莽丛生，头上柏树参天，将山道遮蔽得阴暗不明。

狄公正思忖让仆人点燃火把，突然听得含含混混的喊声在车前车后响成一片。好几名黑纱蒙面的汉子猛然从林子里钻了出来。

马荣尚不及抽出刀来，就有两个汉子拽住他的右腿将其拉下马来。另一强人从后面跃上乔泰马背，并扼住他的脖子，方法怪异地将乔泰拖至地面。车队后部，有两名强人正向陶干和管家袭来。

众车夫见此情景，吓得丢下马车，撒腿跑入林子内躲藏起来。狄公之仆人们也纷纷弃车，四散逃遁。

狄公见两个蒙着黑纱的脸得车窗之前。这当口，洪亮头上重重地挨了一击，遂昏厥过去。突然，又见一根长枪刺入车内，狄公闪身躲过，迅即用双手牢牢抓住枪杆。车外强人欲将长枪拔走，狄公先是抓牢枪杆不放，然后猛地将枪向外推去，那拔枪强人不曾料到狄公此举，遂跌跌撞撞地向后倒去。狄公跳出车窗，从强人手中夺过长枪，舞得虎虎生风，两名强人因此无法靠近。击昏洪亮之强人手持棍棒，丢却长枪之强人则拔出长剑，二人一齐向狄公袭来。狄公心内思忖，面对这两名亡命之徒，自己一人难以久战，须得智取，不可力敌。

另外一边，两名强人将马荣拉下马后，正欲用剑将其刺死，没想马荣却奋力爬了起来。也活该那二人倒霉，不知对手武艺高强，难以对付。要知道，几年之前，马荣还是道上有名的强盗。

在遇见狄公而改弦易辙之前，马荣与乔泰都是"绿林中人"。马荣对路边打劫之术几乎样样熟谙。他没有站起身来，而是拧转身子，抓住一名强人的脚腕，使其站立不稳，同时又狠踹另一名强人的膝盖。这连续两个招式让马荣得空站了起来。只见他一跃而起，重重一拳打在那站立不稳之强人脸上，将其击倒在地，随即又闪电般转过身来，一脚踢在那膝盖受伤之强人脸上，踢得对方脑袋猛地向后仰去，险些折断脖子。

马荣拔出大刀，跑至乔泰身边。乔泰此时正倒在地上，同一抓其后背之强人拼死搏斗。另有两名强人正站在一旁，只待机会用长刀砍杀乔泰。马荣用刀向其中一名强人砍去，将其胸膛砍个正着。砍死强人之后，马荣并不将刀拔出，而是冲向第二名强人，猛踢其脚跟，痛得那厮弯腰倒地。马荣捡起强人长刀，猛地插入与乔泰厮杀之贼人的左肩。

马荣正欲扶起乔泰，听得狄公喊道："马荣小心！"

马荣旋即转过身来，脑袋正好躲过那先前攻击狄公、后又跑来帮助同伙之强人的棍棒。那棍子噗的一声落于马荣左肩，马荣痛得高声大骂，蹲伏于地。那强人又举起棍子向乔泰头上砸来。此时乔泰已拔出大刀，飞身跃起，到得强人高高举起之手臂下方，直插那厮心窝，一直将刀插至刀把方才罢手。

狄公面前只剩得一名持剑强人，不过片刻，狄公便将强人制伏。他用长枪虚晃一招，对手举剑招架，狄公却猛地用上剑客绝招"倒翻旗杆"，于空中翻转长枪，用枪杆击中对手脑门。

狄公把盗贼交与乔泰捆绑，随后跑至行李车前。一名强人趴于地上，正拼命伸手摸自己的颈项，另一名贼人手持圆头棒，正

赴兰坊狄公遇响马（高罗佩　绘）

向车下张望。狄公用枪头扁面猛击其头，将其击昏在地。

此时，陶干手拿细绳从车底爬了出来。

狄公问道："你于车下何干？"

陶干咧嘴笑道："一名强人将管家打倒在地，另一名贼人手持棍棒，击中卑职头颅。卑职假装口喘粗气跌倒在地，一动不动。二人以为已将卑职打昏，就动手向车下拖拽行李。卑职站起身来，从背后将细绳偷偷套在近处一名贼人头上，随即钻入车下，使劲拉紧绳索。另一贼人如不暴露自己便无法追至车底，即便到得车底，他那棒棍也有力无处使。正拿不准主意如何是好时，大人便赶来帮他解了难题。"

狄公闻言微笑，又听得马荣恶狠狠地咒骂，便即刻赶了过去。陶干从袖中取出一根绳子，将两名贼人手脚牢牢捆住，随后才松开那贼人脖上细绳。那贼人脸面憋得通红，几被陶干勒死。

那两名攻击陶干之强人实为陶干所欺蒙。陶干年过中年，不善打斗，长相虽敦厚，却多有计谋。他曾有数年专靠行骗谋生，不料一次却遇尴尬事，恰遇狄公替他解危脱困。狄公见其可用，便任为县尉。陶干熟谙种种犯罪伎俩，不论在追查罪犯，还是在搜集证据等方面均十分得力。适才那青脸强人已领略陶干手段，陶干可算得上足智多谋，招数出人意料。

狄公来到车队前面，只见乔泰正与那初时袭击马荣之强人徒手格斗。那强人原先头上挨了一棍，此时已苏醒过来。马荣则蹲伏于地，因肩上挨了一棍左臂此时无法举起，只得用右臂抵挡一名小个子强人。这小个子强人手持短刃在马荣身边跳来纵去，身手十分敏捷。

狄公举起长枪欲与那人厮杀。此时马荣已抓住对手手腕，手像铁爪一般钳住对方，将其胳膊拧扭过来，疼得那人松开手，短刃跌落于地。马荣随后将其按倒在地，并用膝头顶住他的腹部，疼得那强人惨声怪叫。

马荣正待费力地站起身来，那被擒之人用空着的手握拳捶打马荣，可其拳头绵软无力，马荣似乎毫不在意。

马荣气喘吁吁地对狄公说道："大人，可否揭去其蒙面黑纱？"

狄公伸手拽去强人黑纱。马荣定睛一看，惊呼道："上苍保佑！原来是个女子！"

马荣见那女子双目圆睁，惊得忙将其手臂松开。

狄公见状，连忙将那女子双臂反剪于后，气冲冲地说道："哼，这类盗贼之中也会有寡廉鲜耻之妇人！将她与其他强人一样捆绑起来！"

马荣高声喊叫乔泰，乔泰此时已制伏并绑住对手。马荣听狄公喝令绑人，却不上前，只是挠着头茫然站在一旁。倒是乔泰走了过来，将那女子双手绑定。那女子一言不发，从容就擒。

狄公赶去夫人们乘坐的车。车已倾斜，只见大夫人手执匕首，蹲伏于车窗之下，而其余的人皆万分惊惶，蜷缩于被褥之下。

狄公告诉众人，强人已被制伏。

狄家仆人与车夫们从藏身之处走了出来，匆匆点起火把。狄公借助火光，逐一察看战果。

狄公一行人损失甚微。此时，洪亮早已苏醒，乔泰已帮他将头包扎妥当。老管家被打得并不甚重，实因惊吓而昏厥过去，故不甚要紧。马荣将衣袍褪至腰间，光着上身坐在树干之上，左肩又肿又紫，乔泰正用药油为其揉搓。

马荣杀了两名强人，乔泰杀了一名，其余六名强人多少都受了些伤，唯那女子未伤分毫。

狄公命仆人将强人绑在一辆行李车车顶，并将三具尸体放在另一辆车上。那女子则随队步行。

陶干取出一个盖有棉垫的篮子，从中拿出一壶热茶，狄公与众随从各饮了一盅。

马荣用茶漱口，轻蔑地吐在地上，对乔泰说道："看来此次劫道非行家所为。"

乔泰赞同地说道："此言有理。强人共有十名，若是内行人，本应得手。"

狄公听得此言，冷冷说道："依本县之见，此言欠妥。这伙强人干得相当不错。"

众人无言，又默默地喝了盅茶。此时各人皆已精疲力竭，不想多言，四周唯能听得仆人们的窃窃私语及受伤强人的痛苦呻吟之声。

稍事休息之后，车队继续前行。两名仆人高举火把在前引路。

狄公车队足足花了半个多时辰才翻过最后一道山梁，之后，便到得大道。少顷，薄暮中，兰坊北门城楼雉堞就隐约可见了。

乔泰诧异地望着城门，那城门大得惊人，城门之上是高高的城楼。此时，他记起兰坊是座边陲城镇，得防备西部草原上的胡人突然来袭。

乔泰用刀柄猛敲包有铁钉的城门。

过了好大一阵工夫，城楼之上的一扇小窗才打开来，传出嘶哑的喊声：

"入晚不开城门。明日请早！"

乔泰敲得城门雷鸣般响，喊道：

"开门！县令大人驾到，快快开门！"

"哪位县令大人？"那声音问道。

"兰坊新任县令。"

城楼之上，小窗啪地关上了。

马荣拍马骑到乔泰身边，问道：

"为何耽搁许久？"

"懒狗们睡着了。"乔泰鄙夷地说道。他边说边用刀连续敲打城门不止。

乔、马二人听到铁链的叮当声，随后，沉沉的城门开了几尺。

乔泰纵马闯入城内，差点踢倒两个衣着邋遢、头盔满是灰尘的军卒。

"将城门大开，懒狗！"乔泰厉声喝道。

军卒们狠狠地盯着两个骑马者，其中一个张嘴要说些什么，可是看到乔泰脸上恶狠狠的模样，就改变了主意。无奈，他只得和同伴一起将城门推开。

穿过城门，车队沿着漆黑的大街向南而行。

只见城内凄凉一片，景象萧条，大多数店家都用厚实的门板关了店铺。

零零落落，一小堆、一小堆的人围着街头小贩的油灯。车队过去之时，人们转过身子，漠然地对着马车盯了片刻，随后又转过身去继续吃那碗中面条。

无人出来迎接新任县令，也不见丝毫迎候的迹象。

车队穿过一座牌楼。此时，大街分成左右两半，路边是一堵高墙。马荣和乔泰思忖，这便是县衙的后墙了。

他们沿墙向东，到得一扇大门跟前，门上挂着一块风侵雨蚀的木板，上面刻着四个大字："兰坊县衙"。

乔泰甩镫下马，使劲叩门。

过了一阵，一位身穿补丁长袍的矮墩男子出来将门打开。

他胡须乱蓬蓬的，脏而油腻，双眼极斜，模样甚是吓人。他提起一只纸灯笼，照着乔泰，打量了一番后吼道：

"你这兵痞，岂不知衙门关着？"

乔泰哪里受得住这些，他伸手揪住这男子的胡须，狠劲搡其脑袋，咚咚咚地往门柱上撞，直听得哭喊求饶方才松手。

乔泰厉声叫道：

"新任县令狄大人驾到，快快开门，速速传齐衙门一应人众！"

那厮急急忙忙地大开衙门。车队穿门而过，到宽敞的会客厅前的大院之中停下。

狄公下得车来，环顾四周，只见会客厅的六扇门都落闩上锁，其对面衙厅窗扇也都一一紧闭，院内一片漆黑，空无一人。

狄公双手插袖，命乔泰将门丁引来问话。

乔泰揪着门丁衣领，将其拽到狄公跟前，那矮墩墩的家伙慌忙跪倒在地。

狄公简要问道：

"你是何人？卸任的邝大人现在何处？"

该男子期期艾艾地答道："小人乃是牢头。邝大人今晨一早便出南门而去了。"

"县衙印信现在何处？"

"印信定放在衙厅内的某个地方。"那牢头答道，吓得声音直颤。

狄公再也按捺不住，顿足喊道："县衙衙役何在？班头何在？录事何在？书吏何在？这县衙之人都到何处去了？"

"班头上月就已离去，录事已告病假二十余日……"

"如此就只剩下你一人了？"狄公打断他的话头，随即转过身来向乔泰说道："将此牢头下到他自己监管的牢中。我要亲自弄个明白。堂堂县衙何以弄成这般光景？"

牢头意欲开口申辩，可乔泰猛地打他一记耳光，并将他双手反绑。随后，乔泰将牢头拨转身子，又踢上一脚，厉声喊道：

"前面引路，去你的牢房。"

县衙左厢，在空荡荡的衙役房后面，他们来到一宽大的牢房。一望便知，牢房已许久不用，然牢门看来仍很牢固，且牢窗之上安有铁栅。

乔泰将牢头推入一间小牢房，随手将牢门锁上。

狄公说道："我们且去看看公堂和衙厅。"

乔泰提起灯笼引路。一路行来，他们毫不费力地寻到公堂的两扇大门。乔泰用手将门一推，门晃了晃，朽坏的门轴发出吱吱嘎嘎的声响。乔泰将灯笼高高举起。

面前的宽大厅堂空空如也，地面的青石板上覆盖着厚厚的尘土，苫盖公案的红布已破旧褪色，一只硕大的老鼠急急地逃了过去。

狄公向乔泰招手示意。然后，狄公走上案台，绕公案走了一圈，又将遮门帷帘拉到一旁，灰土纷纷扬扬地落了狄公一身。此门通往公堂之后的县令书斋。

书斋之内，除一张快要散架的桌子、一张坏椅子和三张木制小凳外，空无一物。

乔泰将对面的门推开，一股阴潮的气味扑面而来。只见挨墙立满书架，架上堆放着成排的文案卷宗皮箱，皮箱已发霉，上面长满了绿霉。

狄公摇了摇头，低声叹道：

"这些文案卷宗竟弄到这步田地！"

狄公一脚踹开通向走廊之门，一言不发地走回大院。乔泰则手提灯笼在旁引路。

马荣和陶干已将抓获的强人锁进牢中，三具强人的尸体则搁在衙役房。在管家的率领下，狄公的仆人们忙忙碌碌地从车上搬卸行囊包袱。管家向狄公禀报道，县衙后的县令内宅完好无损，整洁干净；卸任的县令离任之时，已将房间打扫好，房内物件井井有条，家具用品也相当洁净；狄公的厨子正在生火做饭。

闻听此言，狄公不由得舒了口气，至少他的妻室儿女有个栖身之所。

狄公命洪亮和马荣退下，他们可以到内宅的厢房打开铺盖，暂且歇息。之后，他向乔泰和陶干招手，示意他们随他而行。三人一同来到空无一人的县令书斋。

陶干点燃两支蜡烛，置于案上。狄公小心翼翼地坐进那把摇摇晃晃的扶手椅中，两名县尉则吹掉脚凳上的灰土，也蹲身坐下。

狄公交叉双臂，撑在案上，一时间竟无人言语。

三人这般模样坐在书斋之内，场面颇为奇特。三人还都穿着赶路时的灰色袍服，和强人打斗后，袍服都已被撕破，并沾满泥土。烛光摇曳中，三人都显疲惫憔悴之态。

倒是狄公先开口说话：

"二位老友，时辰已晚，我等既乏且饿，本该早些歇息。然而，我看到此处情势甚为怪异，故还想和二位商议。"

乔泰、陶干频频颔首。

狄公继续说道："此城甚是令我费解。我之前任居住于此整整三载，居所干净整齐，完好无损，却从未使用过县衙大堂，这点显而易见。彼又将县衙之内一应人等全都遣散回家，想必报信之人早已投书于他，报称我等将于今日下午抵达兰坊。尽管如此，彼却不留一纸文书给我就离任而去，且把县衙印信交与一个流氓般的牢头，而辖区内的其余官员对我等到任亦不予理会。依二位之见，这究竟该如何解释？"

"大人，"乔泰问道，"是否此地的刁民图谋反抗朝廷？"

狄公摇头。

"确实，"他答道，"天色尚早，兰坊城内就已空寥无人，店铺也闭门歇业，此情实属异常。不过，我等未见骚动迹象，也无蒺藜路障或要动刀动枪的气氛，街内百姓态度也无敌意，只是冷漠些罢了。"

陶干忧心忡忡地捻着左脸黑痣上的三根稀毛，说道："我一时以为，或是时疫，或是某个流行险症正在本地肆虐。可百姓们丝毫不惊不慌，还在街市上安闲地吃面喝汤，此情此景和我的忧虑甚是不符。"

狄公用手指梳理了一下长髯，除去鬓须上沾着的几片干树叶，稍停片刻，又说道：

"我不愿向那牢头询问，那厮长得一副泼皮模样，令人生厌。"

管家进到书斋，身后紧跟着狄公的两名仆人，其中一人端着数碗米饭和汤菜，另一个则提着一大壶茶水。

狄公命管家叫人给狱中犯人送饭。之后，三人低头用饭，并不言语。

三人草草饭毕，又喝了盅热茶。乔泰手捻短须，沉思着坐了片刻，然后开口说道：

"大人，我和马荣之见全然相同。我们在城外山内之时，马荣言道，打劫我们的这路强人不像专行劫道的响马。我们何不问问那伙强人此处的情形？"

"此主意甚好！"狄公喜道，"快去查清谁是头领，速速将他带来。"

少顷，乔泰手持铁链回来，链上拴的不是别人，正是那名挺枪欲刺狄公的强人。狄公犀利的目光扫视了一下来人，只见他身体壮实，五官端正，面相开朗，看来更像小店铺的掌柜或匠人，不像劫道的响马。

他在狄公案前跪下，狄公简言问道：

"你姓甚名谁，做何营生？"

那人恭敬答道："小人姓方名达，我家祖辈数代均在这兰坊城中居住。小人也一向以打铁为业，不久前才更换营生。"

狄公问道："你原本从事稳定又体面的营生，为何去当那拦路行劫见不得人的强盗？"

方达低头，闷声答道：

"我拦路行劫，意欲行刺，确实有罪，小人供认不讳，无须再要证词。小人十分明白，不日就要身首分离，大人又何必费心再详加盘问？"

方达言辞之间透出绝望，狄公却不紧不慢地说道：

"在犯人彻底招供之前，本县从不将其定罪。你且高声些，回我问话。"

方达回道："小人自幼随父学艺，当铁匠已三十余载。我同拙荆生有一子二女，全家个个身健体壮。我们一日三顿，饭餐不愁，且时时还有猪肉佐餐，小人自觉日子过得尚且美满。谁知，一日祸事降临，钱牧手下见犬子年轻体壮，强行将他掳去，为钱牧当差。"

"这钱牧又是何许人？"狄公打断他的话头，问道。

方达恨恨地答道："钱牧何恶不作，何人不知？自他篡夺兰坊大权以来，已八载有余。他巧取豪夺，占去本城一半良田和两成半的店铺房舍。他既是县令，又是兰坊官兵首脑，集大权于一身。他按时给州衙官员送去行贿财物。州衙离此地甚远，骑马要五天行程。他说道，若非他钱牧在兰坊，边界那边的胡人早就来犯了，而那帮污吏也都信了他的鬼话。"

"对此种犯法乱纪之事，我之前任都默许了不成？"

方达哼了一声，答道：

"到此地任职的几任县令很快发现，将权力拱手交给钱牧，安心当钱牧的影子要舒适安全得多。只要他们安心充当傀儡，钱牧每月都以厚礼相酬。这些老爷都过得安泰舒适，却苦了我们平头百姓。"

狄公冷冷说道："你之所言听来甚是荒唐！确实，地方上的恶霸偶尔也能篡了边远城镇的大权，此实属不幸。更不幸者，有些县令软弱无能，竟然也接受了这种目无王法的现实。可是依你所言，八年之中，几任县令都屈服于钱牧的淫威，本县岂能相信！"

方达冷嘲道：

"如此说来，我等兰坊百姓天生命苦！四年之前，倒有一位县令要和钱牧斗上一斗，岂知，只过了半月，他就身首分离，暴尸于河岸之上了。"

狄公突然俯首向前，问道：

"这位县令可是姓潘？"

方达点头。

狄公继续说道：

"当时有人向朝廷奏本，报称回纥部落兴兵犯境，潘县令率兵与之奋战，为国捐躯。本县记得，当年潘县令的尸身按军旅礼仪移至京城下葬，并被追封为刺史。"

"钱牧就以此法掩盖其杀人罪行，"方达冷冷地说道，"我知事情之原委，潘县令尸身我也曾亲眼见过。"

"往下讲来！"狄公说道。

"就是这样，"方达继续说道，"我之独子被迫加入那伙恶徒，钱牧将其充作家丁，故而我再也未能见他一眼。"

"不久，惯为钱牧做淫媒的无耻牙婆前来面见小人，言称钱牧愿出十锭银换娶我长女玉兰，我自然一口回绝。三日后，小女去到集市后就再也没有回转。小人几次三番去到钱府，央求见小女一面，可每次都遭到毒打，被赶离钱府。

"失去独子和长女之后，拙荆一病不起，于半月前去世。小人操起先父留下的宝剑，径往钱府。钱府家丁将我截住，一顿棍棒将我打昏，之后便把我当死人扔在街心。七天之前，一帮恶徒放了把火，烧了小人店铺。我因无处容身，只好带着二女儿离开兰坊，到城外山内，和一帮走投无路之人结伙。今晚我们首次出动，打劫过往行人，没想到一败涂地。大人所擒之女子，即是小人之次女。"

书斋内寂然无声。狄公正欲将身子往后靠在椅背之上，忽然想起椅背已坏，故忙将双肘重新支到案上。狄公又言道：

"你所言之事，我已耳熟能详：常常在遇到这类哀戚之事后才去当强人，才会因打劫被捉，然后在公堂之上和盘托出。倘若你以谎言欺骗本县，你定会被绑赴刑场，砍去脑袋；若所言皆是实情，本县自会延期判案，酌情处置。"

"我已无活命之望。即使大人不砍小人之头，钱牧也必会杀死小人，左右都是死。小人的同伙都曾遭受过钱牧残害，想必下场也都一样。"

狄公向乔泰使了个眼色，乔泰站起身来，将方达押回牢中。

狄公起身离座，在书斋内来回踱着步。乔泰回来之后，狄公停住脚步，忧心忡忡地说道：

"方达所言之事分明都是实情。兰坊城内，地方恶霸猖獗，县令毫无权能可言，不过是傀儡罢了。城内百姓态度怪异，缘由就在于此。"

乔泰气得用拳捶腿，愤然说道：

"我们非向钱牧那恶棍低头不成？"

狄公淡然笑道："时辰已晚，你二人还是下去好好睡上一晚，明日我还有许多事要烦二位去做。我还要再待上半个时辰，翻阅旧时的卷宗。"

陶干、乔泰欲留下相帮，狄公执意不允。

二人刚刚离去，狄公便手持蜡烛，进到隔壁文案馆内。因白天赶路，袍服上已沾满尘土，狄公遂用袍袖拭去卷宗箱标牌上的灰土霉迹，仔细察看，发现最新的卷宗也属八年之前写就。

狄公遂将卷宗箱搬入自己的书斋，取出卷宗铺于书案之上。

狄公熟知此类案牍，目光老到，只需片刻，就认出其中大多属县内日常行政事务。然在箱底却见一小卷卷宗，上写"余氏兄弟诉讼案"。狄公坐下，打开卷宗，快速地浏览起来。

阅毕才知，那是一桩牵涉遗产继承的讼案。九年之前，告老归隐的黜陟使大人余寿干身故兰坊。之后，二子为争遗产对簿公堂。

狄公合上双眼，忆起十五年前在京城任书吏时的往事。其时余寿干名闻华夏，他才能超群，清正廉明，为国为民，不辞辛劳，因而赢得了"仁爱之官，为政英明"的好名声。后来圣上欲委以其中书令之职，余寿干却突然声称体弱多病，并辞去所有官职。之后，他便到一边陲城镇潜迹隐踪安度晚年。皇上亦曾要其重新考虑，然余寿干固辞不从。狄公记得清楚，当时余寿干的突然辞朝，确在京城引起不小震动。

如此说来，余寿干是在兰坊度过的桑榆暮景。

狄公再次缓缓展开案卷，从头至尾细细看来。

据案卷说，余寿干到兰坊退隐之时，年逾花甲，已鳏居数年，膝下有一独子，名唤余基，年纪三十。到兰坊之后不久，余寿干便续了弦。他选中一位年方十八的农家女儿为妻，其妻娘家姓梅。婚后，老夫少妻生下余门次子，名唤余杉。

后来这位朝廷旧臣一病不起，明白自己行将入土，遂把长子余基及少妻幼子唤至病榻之前，吩咐道，他亲手所绘一轴画卷将留给媚妻和次子余杉，所剩其余财产则统统归长子余基所有。他又嘱咐说，余基务必要使其后母及异母兄弟得到其分内之物。交代完毕，老人便咽了气。

狄公看了看案卷上的日期，断定余基现年四十左右，那寡妇年约三十，其子为十二岁。

案卷记载，余基将父亲下葬之后，马上就将后母和余杉赶出府门，言道，其父临终遗言分明暗示这孩童非他所生，故他并无责任要为这幼童和不贞的后母承担丝毫责任。

故此，梅氏一纸诉状告到县衙，否认其先夫有此遗言，并要求按照常律，分给其亲子一半财产。

彼时，钱牧刚刚在兰坊确立权势，因此县衙并没任何举措来了断此案。

狄公将案卷卷起，心内忖度。乍一看来，那寡妇的讼词并不有力可信。那位朝廷旧臣的临终遗言，加上他和续弦之间的年龄差距，似乎都在暗示梅氏夫人确曾对其丈夫不忠。

然而，从另一方面来看，像余寿干这样一位才高德劭的能人，选此荒诞之法来宣称余杉非其亲生骨肉，不亦怪哉！倘使他果真发觉少妻对他不贞，他也该悄悄地将她休掉了事，然后再将她和幼子送至偏远之地。这样，既保住了自己的名誉，亦使余家显赫的声望免遭羞辱。他又何必要用此种怪异之法遗赠画卷给她母子？

余寿干没留遗书，也实属蹊跷。余寿干为官多年，自然知晓口述遗言终会使家人同室操戈。

这案子有多处症结，需要仔细勘察。兴许，了断此案也能使余寿干突然辞官之谜真相大白。

狄公再次翻查卷宗，却再也找不出与"余氏兄弟诉讼案"相关的卷目，也没找到可用来对付钱牧的证据。

狄公复将案卷放回箱内。他坐于案前，沉思良久，心中揣度有何办法可以剪除钱牧。可是，他的思绪时时回到那朝廷旧臣和他那荒诞的遗言上。

一支蜡烛"噼啪"一声，蜡尽灯灭。狄公叹了口气，举起另一支蜡烛，走回内宅。

三
▼

巡街市狄公睹争斗
道谶语后生说凶险

次日，狄公起身时，见天色已晚，很是懊恼；匆匆用过早饭，便来到县令书斋处理公务。

狄公见到书斋内已打扫得干干净净，靠椅已修复，书案也擦得锃亮，而且书案之上已整齐地摆放着狄公心爱之文房四宝，收拾得甚是细致。狄公心中明白，此乃洪亮所为。

狄公在文案馆内见到洪亮。洪亮已同陶干一起，扫了地面，开了窗户，为阴湿的房间透了透气。二人还给红皮卷宗箱上了蜡，故此馆内蜡香四溢。

狄公心内满意，点头赞许，走到书案后坐下，命陶干将马荣、乔泰唤到书斋。

狄公见四名随从都到了案前，便先问洪亮和马荣二人情形如何。二人答道，前一夜打斗中所受之伤已不碍事。洪亮已将头上绑带换下，贴上了一张油纸膏药；马荣左臂也能活动，只是还不太灵便。

马荣禀报说，一大清早他便同乔泰察看了县衙的兵械库。库中有许多的兵器，刀、枪、剑、戟，头盔、铠甲等也一应俱全，然全都年久生锈，积满尘土，须好好擦拭方可使用。

狄公听罢，缓缓言道：

"方达所言之事，听来似乎可信，倒是道出了此处怪异情形之缘由。若其所言全属实情，我们务须在钱牧探明实情之前，就迅速有所作为，来个出其不意，先下手为强，务必打他个措手不及。古语云：'恶犬不露齿，张嘴就咬人。'"

"我们该如何处置那个牢头？"洪亮问道。

"暂且留在那里，不要管他。"狄公答道，"我当时灵机一动，将那厮锁了起来，倒也该我等走运。那厮分明是钱牧爪牙，若非将他投入牢中，他早就跑到主子面前禀报我等情形了。"

马荣张嘴意欲问话，狄公抬起手臂，令其勿言。而后，继续说道：

"陶干，你即刻出县衙，尽你所能，多多打探钱牧及其手下的底细，还要同时查询一位富人的情形。此人名唤余基，是朝廷旧臣余寿干之子。余寿干约九年前已于兰坊过世。

"我则和马荣到城中打探城内情形。洪亮与乔泰留在县衙之内，总理一应事务。县衙各门要把实锁严，我等离衙期间，除管家可去街市采买食用之物外，任何人都不得进出县衙。我们午时在此处相会。"

狄公站起身来，戴上一顶黑色小帽，穿上一领素净蓝袍，看似一位悠适自得、学识渊博之士绅。

狄公步出县衙，马荣则于一旁跟随。

起初，两人向南慢慢踱去，看了看闻名遐迩的兰坊九层宝塔。此塔位于荷花池中的小岛之上。荷花池沿岸，棵棵垂柳在晨风中微微飘拂，煞是动人。狄公、马荣心中有事，无意驻足，便转身向北，混迹于人群之中。

如往常清早一般，街上人来人往，熙熙攘攘。大街两旁的店家也生意繁忙，只是很少听见笑语欢声。百姓们都压低声音说话，且说话前还要迅捷地左右张望，显出小心翼翼的模样。

狄公和马荣行至县衙以北的双座牌楼时，又向西拐去，慢慢走到鼓楼前的市廛。市廛别有一番有趣景象，可看见来自边界那边的商贩，身着色彩艳丽的异装，声音粗哑地夸耀着自己的货物，还不时见到来自天竺的托钵僧人化缘。

一群闲汉围在一起，正看一个鱼贩和一位衣着整齐的年轻男子大声争吵。一听才知道，那鱼贩向那后生多索了银钱。最后，那后生将一把铜钱扔进鱼贩的篓里，愤然叫道：

"倘若此地管辖有方，你怎敢在光天化日之下欺诈良善？"

话音未落，一个肩宽腰厚的汉子迈步向前，猛地将后生拧转身，迎面就是一巴掌。

"这巴掌会教你如何中伤钱大人！"他大声吼道。

马荣欲上前制止，可狄公伸手搭在他臂膀之上，将其拦下。

围观之人见此情形，连忙四散而走。那后生则一言不发，抹去嘴上血迹，径自离去。

狄公向马荣使了个眼色，二人便尾随那后生而行。

后生走进一条僻静小巷时，狄公紧走几步，赶到他身边，说道：

"恕在下冒昧。适才我碰巧见到泼皮那般凶狠地对待你，你为何不将他告到县衙？"

那后生听此言语，即驻足不前。他满腹狐疑，将狄公和那魁梧健壮的扈从上上下下打量了一番。

"倘若你们是钱牧的奸细，"他冷冷地说道，"你们倒要等些时日，我才会再自寻倒霉。"

狄公将小巷前前后后扫视了一遍，只见小巷之内别无他人。

"后生可是大错特错了，"狄公平心静气地说道，"我乃本地新任县令狄仁杰是也。"

后生听罢，脸色灰白，好似见了鬼怪一般。随后他用手摸了摸额头，定下心神，长舒了口气，眉眼舒展，乃至笑容满面。他深作一揖，恭敬地说道："晚生姓丁名浩，曾考得秀才功名。晚生祖籍长安，乃丁虎锢将军之子。大人大名，晚生久仰，如此一来，兰坊可得了位名副其实的县令了。"

狄公将头微微一侧，以示赞同。

狄公依稀记得，丁将军数年前遭了厄运。当时北部边境胡寇来犯，丁将军率军战而胜之。未料班师回朝之时，不仅未得封赏，反遭罢黜。狄公心中寻思，丁将军之子何以来到这僻远之地？遂对后生言道：

"此处形势极不正常，我想请你多将此处情形实言相告。"

丁秀才并未立即作答。他沉思片刻，而后言道：

"公众场所，人多眼杂，非说话之地。能否有幸邀二位同品香茗？"

狄公应允。三人来到小巷街角茶肆之内，找一无人茶桌坐下。

伙计上茶毕，丁秀才压低声音说道："兰坊有个恶霸，名唤钱牧，集兰坊县大权于一身，全县无一人敢与他作对。钱牧在府中豢养了百来名打手，他们整日无所事事，只是东游西逛，恫吓良民百姓。"

马荣问道："这帮东西都使用何种兵器？"

"这帮无赖到得街中，常拿些棍棒刀剑。但若说钱府之中各式兵器样样俱全，我丝毫不以为怪。"

狄公问道："城中是否常见边界那边过来之胡人？"

丁秀才使劲摇头，答道："晚生从未见过一个胡人。"

狄公对马荣说道："看来钱牧向朝廷奏报胡人来犯之说，纯属信口胡诌，意在使朝廷相信，兰坊缺他钱牧不可。"

马荣问道："丁秀才可曾进过钱府？"

秀才闻听此言，失色惊呼："此事苍天不容！晚生平素对那去处避之唯恐不及，哪里还会去。钱牧的府第，里外两层墙，围得严严实实，四个角上还盖了哨楼，实像一座兵营，晚生怎会去自投罗网？"

狄公问道："钱牧如何篡得兰坊大权？"

丁秀才答道："钱牧从其亡父手中继承了万贯家财，却没继承一丁点儿的节操德行。钱父乃兰坊本地人氏，为人耿介勤勉，靠经营茶叶发了大财。数年之前，通往西域诸国之官道还从兰坊而过，故此城是交通要衢、边陲重镇。后来，官道沿线之三片绿洲干涸成荒漠，官道遂向北移了三百余里。钱牧乘机网罗了一帮无赖，俟时机成熟，便自封为兰坊之首。

"此人聪明而有决断，倘若从军，自会战功卓著。可他自恃才高，目中无人，要当兰坊不容争议之首领，而不愿受朝廷丝毫管束。"

"如此情形，真乃兰坊之厄运也。"狄公说道。言毕，尽饮盅内之茶，起身要走。

丁秀才忙俯身向前，乞求狄公再稍坐片刻。狄公迟疑一会，但见后生十分悲苦，才又坐回椅上。丁秀才忙不迭地将茶斟满，显是不知从何说起。

"若心头有事，"狄公说道，"秀才只管道来。"

"实不相瞒，大人，"丁秀才终于说道，"有一事始终重重压在晚生心头。此事与恶霸钱牧无丝毫干系，是晚生家事。"

说到此处，秀才顿了一顿。而此时坐在椅上的马荣已烦躁不宁了。

"大人，有人意欲谋害家父！"

闻听此言，狄公扬起双眉，言道：

"尔既预知此事，就不难制止罪行发生！"

后生摇头，说道：

"请大人恩准，听晚生细说其详。大人也许听说，当年我那年迈老父曾遭其刁滑部将吴棣陷害。吴棣嫉妒家父出师平北，战功卓越，竟上奏章诬告我父。尽管他拿不出真凭实据，兵部还是将我父革职为民。"

"令尊遭罢黜一事，我倒是记得。"狄公言道，"但不知令尊是否也居住在兰坊城内？"

"家父是在兰坊，"丁秀才答道，"一则先母是兰坊本地人氏，二则家父想避开大都邑，以免遇见往日同寅而尴尬窘迫，以为在此边远之地可以安稳度日。"

"岂料一月之前，晚生见到几个形迹可疑者常在敝舍附近转悠。数日之前，我暗中尾随其中一人，到得本城东北之一家酒店，此酒店名为'永春'。晚生向此街上别家店铺询问得知，吴棣将军长子吴峰投宿于那家酒店楼上。晚生惊诧之情实在难以言表！"

狄公露出不解模样，问道：

"吴将军已毁了你父前程，为何还要遣子前来滋扰令尊？如继续作祟，只能为其招致祸端。"

"晚生知其所为何来！"丁秀才难抑心中焦虑，愤而言道："吴棣那厮获知家父在京城的旧友故交已查获证据，当年他上本参奏之事纯属捏造。如今他遣子至此，意图谋刺家父，以便自己苟延残喘！大人对吴峰此人还不甚了解。此人嗜酒如命，行为放荡，更喜施暴动武。他雇用市井无赖打探我家情形，一俟有机可乘，便会下手。"

"即便如此，"狄公说道，"我也无由插手，只能劝你密切注意吴峰行止，并在府中做些举措，小心提防。只是你可曾觉察吴峰与那钱牧有何瓜葛？"

"这个晚生倒未曾查得，"秀才答道，"表面看来，吴峰尚未有依仗钱牧行凶之举。说到防范之道，自家父解甲返乡以来，曾收到多封恐吓书信，故一直深居简出，府门上锁，日夜落闩。除此之外，还将书斋门窗全都用砖砌死，只留扇窄门进出。此门只有一把钥匙，由家父随身携带。家父进得书斋，就落下横闩，将门关严。他在书斋内撰写《边关征战史》，以消磨大部分时光。"

狄公吩咐马荣记下丁府府址。丁府离此茶肆不远，一过鼓楼便是。

狄公起身，行前对秀才说道：

"如再有风吹草动，务去县衙禀报。我亦须起身离去。你须明白，目下我本人在城内的处境亦不安妥。待我料理完钱牧之事，自当立即处置你家事务。"

丁秀才谢过狄公，引狄公来到茶肆门口，而后深作一揖，辞别而去。

狄公和马荣行至大街。马荣说道："这年轻后生倒令我想起杞人忧天之掌故。"

狄公摇了摇头，忧心忡忡地言道："此事好生奇怪，也着实令人心中不快。"

马荣听罢，面露惊疑之色，狄公却紧闭双唇，不再言语。二人默默无言回至县衙。乔泰打开衙门，向狄公禀道，陶干正在书斋内等候。

狄公命人将洪亮唤至书斋。待四名随从于案前坐定，狄公将他偶遇丁秀才一事简述一遍，随后命陶干回禀。

陶干天生一张长脸，只因心中郁闷，脸就拉得更长。他开口言道："大人，看来情势于我等不甚有利。钱牧那厮权势甚隆，地位稳固，他虽已将本地百姓钱财搜刮殆尽，然却又十分小心谨慎，不去触动从京城来的官宦权势之家，以免此辈向朝廷奏报于他不利。大人适才遇见的丁秀才，其父丁将军府及朝廷旧臣俞寿干之子余基府，均是如此。"

"钱牧老谋深算，深知不能将弓弦拉得太紧。本城中每桩买卖他都抽成，然却多少还让商贾赚钱获利，因此那厮亦能勉强维持城中靖安。若有偷盗、斗殴之徒被拿获，钱牧之爪牙自会当场将其打个半死。这些鹰犬在饭馆酒店白吃白喝，确是不假。然钱牧出手阔绰，他和爪牙们倒也成了一些大字号饭庄的有钱主顾。钱牧专横霸道，深受其害的莫过于那些小店小贩。现时，兰坊百姓听天由命，心内思忖，只要稍有不从，便有更大的苦头吃。"

狄公打断陶干话头，问道：

"钱牧手下是否都效忠于他？"

"他们何以不对钱牧那厮忠心耿耿？那伙泼皮足足一百有余，整日价豪饮豪赌，日子过得逍遥快乐。这些泼皮，或是市井无赖，或是军伍逃卒，若非钱牧，他们怎可如此自在！说到钱府，倒酷似堡垒要塞。钱府位于西门旁，其外墙甚高，墙顶布满铁刺，大门日夜有四人轮流把守，守门之家丁个个刀剑齐备。"

狄公捋着鬓须，沉默良久。之后，又问道：

"余基情形你探得如何？"

陶干答道："余基府第在水门附近。此人似乎生性孤僻，喜离群索居，可兰坊民众对其父亲，已故的黜陟使余寿干，倒是津津乐道。人说余寿干年纪老迈，性情怪僻，生前大部分时间都花在东门外山脚下的那一大片庄院之上。那乡间府第年代已久，周围密林缠绕。百姓说，那府第已建成二百余年。在府第背后，这位昔日旧臣还修了座迷宫，占地约有十亩。小道边上满是荆棘、巨石筑成的围墙，无法逾越。有人言称，迷宫之内多有毒蜥。也有百姓说，这位朝廷旧臣在迷宫道上设下多处陷阱。该迷宫修造得极为险恶，除余寿干之外，无人敢入。然余寿干几乎天天必去，且一去就是一两个时辰。"

狄公细细听陶干说来，兴致甚是浓厚。听毕，拍案叫道："真乃奇事！可知余基是否曾到过那乡间府第去？"

陶干摇头，说道："一俟那朝廷旧官落土下葬，余基掉头便走，再也未去那府第一次。现在只有一名老仆偕老妻看守府第门户，再无他人居住。有人言道，该府第常有鬼魅滋扰，而余寿干之阴魂亦在那里徘徊游荡，因此，即便是光天化日之下，行人也都避而远之，绕道而行。

"余寿干之城内府第就在东门内侧，然余公咽气不久，余基就将其售出，购下现今之宅。余府新宅在县城南端，位于河边一片空地之上，属下尚无时间到余府新宅走一遭。可有人说道，那宅子周围高墙围绕，甚是气派。"

狄公站起身，在书斋内来回踱着步。少顷，他焦躁地说道："剪除钱牧只需用兵动武便可，对此我并无多大兴趣。兴兵征讨犹如棋手对弈，对手及其兵将一目了然，而无丝毫隐藏机关。相反，有两个难解之谜倒使我兴味盎然，一是余寿干之遗言含混不清；二是丁秀才预见其父要遭人谋害。这两桩怪事甚是发人深思，我意欲倾尽全力，将其弄个水落石出。然我又必得先行铲除这地方恶霸，不然恐生出变故。这情势真是叫人为难至极！"

狄公狠狠地拽扯着胡须，然后站起身来说道：

"嗯，我看此种情势无法更改。我等现在先用午饭，饭罢我要在此县衙首次升堂问案。"

狄公离开书斋。四名随从走进一旁的衙役房,只见管家已备下简单的饭菜。

正要进门,乔泰向马荣使了个眼色,两人便在门外过道内站了片刻。

乔泰低声向马荣说道:

"我怕大人对我们所处困境估计不足。你我二人皆曾从军,但从未有机会施展身手。钱牧手下家丁有一百多人,个个皆有些手段,可我们这边除大人外,只有你我二人算是能武之人,而最近之军营离此地骑马也要三天路程,实属远水救不了近火。我们要劝大人小心行事才是。"

马荣捻捻短须,低声说道:"凡我等所知之事,大人全都明白,依我揣度,他已有妙计可解眼前危局。"

"无论是何锦囊妙计,"乔泰言道,"都难以对付如此强敌。我等性命倒不打紧,然大人之妻室家小又当如何?倘若落入钱牧掌中,难免不遭毒手。我以为,我们该谏劝大人,先假意顺从钱牧那厮,然后再图良策。不出半月,我们就可召来一营官兵。"

马荣摇头,说道:

"你主动进言,大人必定不会采纳。我们还是等一等,看看情形如何,再作道理。说到我本人,若能拼力奋战,捐躯沙场,荣耀莫过于此。"

乔泰说道:"依你便是。但若要公开交手,我至少能对付四个泼皮。现在我们进屋,同参军他们一同用饭。刚才之事休要再提一字,惊动参军和陶干,于事无益。"

马荣点头。二人进得衙役房，狼吞虎咽地用起饭来。

饭毕，陶干擦擦下巴，说道：

"我在大人手下当差已六年有余，原以为对大人知之甚深。目下，我们急需铲除钱牧，此事紧迫而又棘手，可他却一心关注一件积年旧案和一桩也许永远也不会发生之凶案，甚是令人费解。参军，你一直跟随大人左右，当知大人心思，不知你持何见解？"

洪亮左手托须正忙着喝汤，听了陶干之言，缓缓放下汤碗，笑着答道：

"说到知晓大人心思，我跟随大人多年，只学到一点，即是不要揣摩大人心思。"

众人闻言皆大笑，然后站起身来，回到狄公书斋。

洪亮服侍狄公更换官袍之时，狄公说道："我无一衙役可供差遣，今日尔等四人须权充衙役。"

狄公的书斋和公堂之间只隔一道帷帘。狄公说着，将帷帘拉到一旁，然后步上堂前案台。

狄公于公案后坐定，命洪亮和陶干侍立两旁，权充书吏，笔录审讯口供。马荣和乔泰则立于案前大堂两侧，权充衙役。

马荣在大堂上站定，不解地瞥了乔泰一眼。二人均不明白，狄公执意要像模像样地升堂，究竟用意何在。乔泰看了一眼空空如也的大堂，暗自思忖，如此行事倒令人想起戏子演戏。

狄公用惊堂木在公案上一击，神色庄严地说："今日本县在此初次升堂。乔泰，将人犯带上堂来！"

过了片刻，乔泰用长铁链拴着六名强人和那女子来到堂上。

一干人犯走近公案，只见狄公官服齐整，然公堂之上衙役稀少，公案破旧，不禁觉得诧异。

狄公神情严峻，命陶干将人犯姓名及所干营生一一录下，而后开口言道："尔等拦路打劫，意欲谋财害命，依照刑律，当判处尔等死罪，没收尔等财物，并将尔等首级悬于城门之上三日，以示警诫。可本县思忖，尔等尚未伤人性命，也未将人致残，又念及尔等走此绝路，实属事出有因，故本县断此案时，须慈悲为先，法纪为次，故将尔等免罪释放。然尔等须依了本县一条。

"尔等都须充任本县衙役，方达充任班头。尔等须竭力尽忠报效国家、百姓，到时，本县自会放尔等出衙。"

众人犯闻听此言，皆目瞪口呆。

方达高声言道："大人慈悲为怀，宽恕我等，此恩典，我等铭感五内。然此举只是将我等死期推迟几日，大人尚不知钱牧那畜生生性何其狠毒。"

狄公一拍惊堂木，振聋发聩地说道：

"抬起头来，望着本县。好生端详本县头戴之乌纱。此乌纱乃朝廷所赐。尔等须知，此时此刻，神州大地之上，数以千计的官员正头顶乌纱为国执法，为民申冤。自古以来，乌纱象征世间正道。列祖列宗制定律典，维持纲纪，上合天道，下顺民意。尔等可曾见过，有人欲在奔涌的山涧之内立下木杆？他们固能得逞于一时，然水流滔滔，经久不息，终将木杆卷走。那些刁蛮之人，无知之徒，亦会铤而走险，扰乱天下纲常，然此辈必遭厄运，终将一败涂地。个中道理，岂不清楚明白？

"尔等须深信此理，站稳坐正，又有何惧哉？汝等还不起身，除去锁链，各就其位！"

几名人犯听了狄公之言，虽不甚明了，然见狄公待人至诚，又信心十足，皆心中折服，且感动至深。狄公四名随从却听得十分明白，心知狄公之言虽是向人犯而发，亦是为了开导众人。马荣、乔泰忙不迭地俯下身来，为人犯除下锁链。

此时，狄公又对方达等人言道："汝等皆曾遭受钱牧鱼肉，受害匪浅，以后可将各人冤情报于陶干和洪亮录下，届时县衙将一一审理诸案。然目下有更为紧急之事须先办理。尔等六人即去大院擦拭兵器、清洗旧日衙役穿戴之制服，再由本县县尉马荣与乔泰教尔等操练武艺。方达之女到本县管家处听从差遣，充当府内女侍。

"首次审案已毕，退堂！"

狄公起身，退入书斋。

狄公脱下官服，换上宽松长袍，正欲再理出些卷宗过目，方班头走将进来。施礼毕，方班头恭敬说道：

"大人，在当日袭击大人的山谷之外，尚有三十余众纠集于一临时营地，皆为钱牧所逼，弃家逃命。其所有人众，我都熟识，除五六人不务正业外，都是良善百姓，小人可作担保。适才小人想起，可择日出城去到山中，择其中出众者前来衙门当差，大人以为如何？"

"此主意甚好！"狄公欢喜道，"你即刻牵马疾驰前往，选出你相中之人，命其于黄昏时分，各自择路，三三两两地入城。"

方班头应诺，匆匆告辞而去。

傍晚时刻，县衙大院内俨然成了一座军营。十名衙役头戴黑色漆盔，身穿皮制铠甲，腰系红色布带，正经一副衙役模样，正随方班头操练。另外十名衙役身穿浅色铠甲，头戴银盔，正随马荣练习刺枪。还有些衙役跟随乔泰学习使刀舞剑之法。

县衙大门紧闭，由洪亮和陶干把守。

入夜，狄公命衙内所有男子聚于公堂之内。整个大堂只点了一根蜡烛。昏暗的烛光下，狄公将命令一一传下。传令毕，狄公命众人静候，不得发出一丝声响，并命人将蜡烛熄灭。

陶干走出大堂，随手将门仔细关好。他手提一只小小灯笼照路，穿过漆黑之走廊，来到牢房，打开牢锁。

牢头此时正被铁链锁于墙头铁环之上。陶干替他除下锁链，恶声恶气地说道：

"前任县令将印信交付于你，你却不好生保管。大人已拿定主意，因你玩忽职守，将你革职，不再用你当差。大人不日即要在县衙录用新人，届时第一个铁链缠身、跪倒在大堂公案之前的人犯，就是自封的兰坊恶霸钱牧那畜生！"

牢头听了，只是皱眉，并不出声。

陶干领着牢头，经过空荡荡的走廊，穿过空无一人的大院，又走过空空如也的衙役房。只见得到处一片漆黑，寂无声响。

陶干打开衙门，将牢头一推，口中吼道："快滚！休得再到此地显露你那张丑脸。"

牢头鄙夷地睨视了陶干一眼，冷笑道："你这狗头，爷回来的速度之快，非你所能预料！"说罢，便消失在漆黑的街道之内。

五

午夜刚过，衙院内一片漆黑，悄无声息。突然，衙外声响大作，打破一片沉寂。

只听有人嘶哑着嗓音，高声发号施令，又听兵器撞击发出咣当声响。有人抬着长木柱猛撞县衙大门，沉闷的撞门声在寂静的夜空中回荡着。

县衙之内，悄无动静。

木质的衙门已被撞裂，沉重的木板碎落一地，二十个泼皮挥舞棍棒、长枪、大刀，冲进衙内。一膀大腰圆的汉子，手举火把在前引路。

众泼皮一起冲进前院，齐声大喊：

"狗官何在？那混蛋县令今在何处？"

那大汉一脚踹开院门，抽出长剑，闪过一旁，让其余泼皮进到院内。院内漆黑一片，众泼皮踌躇其间，不敢贸然进退。突然，会客厅的六扇大门一齐大开，数十支大蜡烛和灯笼在厅内列成两排，顿时将院子照得亮如白昼。

大院顿时灯火通明，照得众泼皮眼花目眩。恍惚间，他们看到左右两侧站满军卒。灯光下，军卒们戴着头盔，个个手握长枪，跃跃欲击。台阶下，只见站着一排衙役，也是个个手执利剑，杀气冲天。

台阶之上，威风凛凛站着一人。只见他身着锦袍缎带，官服齐整，头顶乌纱，正气逼人。此人正是狄县令无疑。狄公左右站着两个大汉，皆身着巡骑校尉戎服，护心镜、铁披肩闪闪发光，头盔顶上红色帽缨随风飘拂，好不威武。其中一个大汉一手持硬弓，一手搭箭在弦，箭头直指院中泼皮。

狄公声若巨雷，喝道："我乃兰坊县令是也！汝等速速弃戈就缚。"

那手执利剑的高个子泼皮，先从惊愕之中清醒过来，高声向其他泼皮叫道：

"快快杀将出去！"

正待他举剑之时，乔泰的箭已贯穿他的咽喉。他惨叫一声，栽倒在地。

此时，只听见大门内有人嘶哑着嗓音高声号令：

"全体转身！"

霎时间，传来兵器铿铿撞击声和噔噔脚步声。

众泼皮惊恐得面面相觑，其中一人跳将出来，转身对众泼皮

袭县衙泼皮夜发难（高罗佩　绘）

喊道：

"官兵已到，我等已无路可逃！"

说着，他弃枪于地。他边解宝剑边说道："我在行伍之中熬了六年，才熬了个队副，看来我又得从小卒干起了。"

马荣闻言吼道："阶下何人自称队副？"

此人闻言，迅即正襟躬身答道："校尉大人，卑职姓林名强，在左都尉麾下三十三军步兵队服役。卑职听候校尉大人调遣。"

"官兵逃卒统统走将出来！"马荣喊道。

只见五人面露窘相，站在林队副身后，躬身肃立。

马荣言道："尔等须到军中受审，听候发落。"

其余泼皮见状，遂将兵刃交与衙役。

衙役们将众人一一反剪双手，听候狄公发落。

狄公说道："马校尉，你去问问，城内共有多少逃卒。"

马荣向林强喝问："有多少逃卒，如实报来！"

"大人，约有四十名逃卒。"

狄公捋了捋长髯，对马荣说道：

"尔等去巡边之时，我须留些军卒守衙。汝可报请都尉允准，将这些逃卒再次征召入伍。"

马荣随即高声喊道："林队副及众军卒听着，县令大人有令，尔等行伍服役。速速脱下民服，换上戎装，佩上刀剑，明日正午到县衙听命，不得有误！"

六人齐声应道："遵令！"随后列队离去。

狄公使个眼色，众衙役上前将其余人犯押往牢房。

陶干已在牢房等候多时。见众人犯到得牢房，遂将其姓名一一登录。第十五名，亦即最后一名人犯，不是别人，正是才刚被放走的牢头。陶干满脸生光，咧嘴笑道：

"你这狗头，适才倒是让你说着了。我确未曾料到，你回来得竟如此神速。"

陶干边说边将前牢头拨转身子，一脚踢个正着，将他踹进原先所蹲之牢房。

大院之内，方达招募来的衙役，肩扛长枪，队列整齐地回到衙役房。狄公见众衙役步伐齐整，井然有序，遂向马荣笑道："只操练半日就能有如此长进，实属不易。"

狄公步下台阶，两名衙役随手关上会客厅大门。此刻，洪亮背了旧锅、旧壶和锈迹斑斑的铁链从房后来到前院。

狄公对其言道："参军发号施令起来，倒确是像位将军。"

翌日清晨，太阳才刚露头，三人骑马离衙而去。狄公身着猎装，居中策马飞驰，马荣、乔泰身着巡骑校尉戎装，一左一右护定狄公。

一行三人向西行去。狄公端坐马鞍，转身遥望，只见一面杏黄大旗在县衙上迎风招展，旗上两个红字"军营"分外醒目。

"我三位夫人绣此大旗直绣到深夜。"

三骑径直来到钱府，只见四名壮汉手持画戟站立门首。

马荣纵马到得四人跟前，方才将马勒定。他手持马鞭，指向钱府大门，说道："将门打开！"

无疑，昨晚放走的逃卒已将官兵到来的消息传了开来。门丁迟疑片刻，遂将大门打开。狄公和两名校尉催马驰入。

前院内，四散站着数十名汉子。他们三五成群，议论纷纷，见三人骑马而入，相互投过心领神会的目光，随即闭口不再言语。那些带刀的汉子，忙不迭地将刀藏于袍袖之中。

狄公等并不左顾右盼，而是径直骑马入内。

马荣策马跃上四级台阶，到得中院，狄公、乔泰则紧随其后。

此刻，林队副正率三十余名汉子擦拭刀枪、油润甲胄。

马荣并不停步，只向队副喊道："带上十名军卒随我而来！"

后院内，除几名仆役之外，别无他人。见到三人骑马而入，众仆役便匆匆散去。

马荣纵马直奔院后大屋，马蹄踩得门前石板嘚嘚直响。眼前两扇红漆大门雕花精美，一看便知是钱府上房。

三人甩镫下马，将马鞭甩给林队副手下三个军卒。

马荣脚穿铁靴，踹开大门，快步入内。狄公、乔泰紧随其后。

大屋中央，挨近坐着三人。不难看出，狄公等人搅了他们的秘密磋商。正中央的太师椅上铺着虎皮，椅中稳坐一人。只见他身高膀宽，鬓稀须黑，下巴宽厚，横肉满面；内穿白色丝绸睡服，外罩宽松紫色家常便袍，头戴黑色布帽，看情形刚刚才起床。另外两人都已上了年纪，坐于太师椅对面的雕花乌木凳上，分明也才匆匆穿戴完毕。

屋内靠墙放着刀枪剑戟，各式兵器样样俱全，地上铺满各式兽皮，酷似一座兵械库。

三人抬头，见有人闯入，皆惊得呆若木鸡。狄公一言不发，径自走到一张空椅边，就势坐下。马荣和乔泰则在钱牧面前站定，怒目而视。钱牧的两名师爷匆忙从凳上起身，站到主人椅子背后。

狄公淡淡地对马荣言道："校尉，兰坊现已军事管制，处置这些恶徒之事，本县就托付于你了。"

马荣转身喊道："林队副！"

林队副快速引着四名军卒，迈过门槛，进入大屋。

马荣问道："三个人犯，谁是叛贼钱牧？"队副指了指椅中所坐之人。

马荣喝道："钱牧，你犯下叛逆大罪，本校尉前来拿你归案。"

钱牧跳将起来，直立于马荣面前，高声咆哮，其声色之厉，丝毫不亚于马荣。

"在我府中，谁人胆敢发号施令？家将们，将这三人给我砍了。"

话未说完，马荣铁拳飞出，正中钱牧面门，钱牧翻身倒地，将一只精致茶几撞翻，几面上一套贵重细瓷茶具摔至地面，砸得粉碎。

六个相貌凶恶之徒从屏风后冲了出来，为首的手持大斧，其余的各持长剑。然见马荣、乔泰全身披挂，不由得停步不前。马荣交叉双臂向家将们喝道：

"赶快弃械投降！钱牧是罪魁祸首，尔等乃下人，有罪与否，我都尉大人以后自有区处，何故要为此逆贼卖命？"

此时钱牧鼻梁已断，血流如注，染得睡袍血迹斑斑。他挣扎着抬头喊道：

"家将们，休听那厮胡言！先将狗官宰了！汝等食我粮十年有余。今用人之际，汝等岂能畏缩不前？"

为首的家将手持长斧向狄公扑来。狄公端坐椅内，岿然不动，只是慢慢捋着鬓须，不屑一顾地看了他一眼。

"兄长且慢！"林队副喊道，"小弟早已禀过兄长，如今满城官军，把住兰坊各处要冲，我等无丝毫胜算。"

持斧之人听罢，当即犹豫不前。

乔泰很不耐烦地用足跺地，喊道："快快动手捆绑这几个贼子，我等还有大事要办！"说罢，转身向门外走去。

钱牧此时已昏厥过去。马荣将家将们撇在一旁，不予理睬，自顾自弯腰将钱牧捆了。

狄公从椅中站起身，整整袍服，冷冷地对持斧之人言道："还不放下手中兵器！"

狄公继而转过身，目不转睛地怒视那两位师爷。

两个师爷自始至终站立原地，一言未发，分明是在观望事情如何结局，再做打算。

狄公官气十足地问道："尔等皆系何人？"

年长的那位师爷深深一揖，回道："大人，小人为钱牧所逼，在其手下听候使唤。小人向大人起誓……"

狄公将其打断，"尔到得县衙再如实招来！"转而又对马荣言道："速回县衙，我等还有大事要办。只将钱牧逆贼和两个师

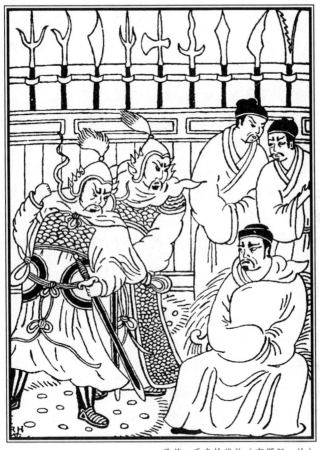

马荣、乔泰擒钱牧（高罗佩　绘）

爷押走，其余众人，日后再做处置。"

马荣随即答道："遵令，县令大人。"

他向林队副使个眼色。四个军卒上前将两名师爷捆个结实，乔泰也从腰间解下一条细链，两头各做了个套，套在两个人犯头上，然后牵着来到院中，将细链拴于马鞍之上。乔泰对两人说道：

"汝二人若不想被勒死，就须快步跟上。"

乔泰、狄公踩镫上马，马荣将不省人事的钱牧放于自家坐骑之鞍座上，随后又对林队副喊道：

"将你手下军卒分成四队，每队十二人，各捉拿钱牧手下泼皮十人，锁入城门的四个箭楼。正午时分，自有官员去四门巡查。"

狄公等三人策马穿过院子，两名师爷在乔泰马后紧追慢赶，直喘粗气。

钱府中院，一名留着山羊胡须之老者正等候狄公等人。见狄公等出来，他双膝跪地，头磕得阶石咚咚直响。

狄公勒住马，问道：

"下跪何人？快起身报上姓名。"

那老者匆忙爬将起来，深作一揖，答道：

"小人乃钱府管家，姓匡名钟，在此听候大人发落。"

狄公命道："你要看管此宅以及其中一应物件、所有仆人和女眷，不得有误。单等县衙派员前来接收处置。"

话毕，狄公径自策马而去。马荣坐在马上，弯腰俯身，用闲聊的口吻向管家问道：

"军营之中，但凡处死罪犯，常用细藤条慢慢抽打，打上三个时辰，直抽得罪犯皮开肉绽，断气为止。这等刑罚，你可曾见过？"

老管家不解其意，毕恭毕敬地答道，他从未有此眼福。

马荣淡淡地说道："大人的吩咐，你若不字字照办，你就会尝到此种滋味！"说完，马荣驱马离去，而老管家却吓得面色死灰，站在地上，浑身颤抖不止。

狄公等三骑穿过钱府大门之时，四个门丁举刀向三人致礼。

六
▼

到得县衙，钱牧照旧昏迷不醒，钱府两位师爷则气喘不止。马荣和乔泰将他们一并交给方班头后，来到狄公书斋，见洪亮正伺候狄公换穿便服。

马荣将头盔向脑后一推，擦去额头汗珠，赞许地看着狄公，高声说道："这次虚张声势成功至极，卑职可是从未经历过此种妙计。"

狄公淡然笑道："要同钱牧那厮硬拼，断难成功。即便我们真有两百来名军校可供调遣，那也必定要血战一场。钱牧固然是个流氓，但绝非胆小之人，再说，他手下那帮泼皮也会拼死抗拒。因此一开始，我便谋划用虚张声势之计，令钱牧与其手下泼皮深信他们已无计可施，而我们则胜券在握。我原本打算扮成刺史或钦差大臣前来巡边，后听陶干禀报，说是钱牧手下有不少官军逃卒，便立即重新谋划。"

乔泰问道："钱牧手下袭击县衙被擒，大人将那队副和五名军卒放回，此举不是个险招吗？倘若钱牧派手下四处打听，探明我们乃虚张声势，岂不危险？"

狄公答道："正因为如此，本县才最后定下此策。依据常理，如非握有重兵，谁会放六名身强体壮之军卒返回钱府。林队副乃一介武夫，想不到要查实军情，可钱牧倒是个精细之人。然而钱牧也不怀疑官军已经到达兰坊。他横下心，宁愿拼杀至死；可钱牧的爪牙们则心存异心，尤其当我们暗示会饶恕他们之后，就更是不思抵抗了。"

洪亮问道："我们既已编造出一支大军，那又该何时遣走这支官军？"

狄公平心静气地答道："倘若我之估计无有大错，此谣传会越传越神，直至说大军是一支训练有素、装备精良之大军；之后，无须我等操心，大军又会消失得无影无踪。我等当务之急，首先是要重振县衙，然后将钱牧一案审结了断。

"陶干，你即刻就出县衙，知会本城四方里正，要他们立即前来面见本县。你还须将要紧行业的会首于午时时分邀至衙中。

"洪亮，你带方班头与十名衙役前往钱府，令府中女眷及仆役等人不得外出，须待在府中等候发落。随后，你协同管家匡钟，将金银细软清点造册，置于坚固房内，落锁封严。方班头则速速寻访儿子与女儿玉兰之下落。

"马荣、乔泰巡视四大城门，察看林队副是否已派军卒守备，钱牧手下原非军卒之四十余人是否已戴上镣铐关入箭楼之中。若诸事均已办妥，你二人可知会林强，本县已将其重新征召入伍，官复原职。

"你二人亦须从容稳妥地查清那些旧军卒履历。但凡非临阵脱逃或有严重过失者，都可重新征召入伍。今日午后，我要拟写公文，报呈兵部，将其正式入册，并请求派遣百余名军卒进驻兰坊。"

说罢，狄公又命洪亮取来一大壶茶。

过不多时，陶干便将众里正唤到县衙。陶干引他们进入狄公书斋，不知何故，里正个个显得惴惴不安。

按唐制，里正由官府从当地百姓中选拔，任县衙和百姓间的消息传递，主管向县衙禀报百姓生老病死、婚丧嫁娶等诸多庶务。自钱牧弄权以来，这些事务全然无人顾及。里正亦应参与地方管理，逢新县令走马上任之时，理应来到县衙恭迎。众里正揣测这遭定会挨顿臭骂。

果不其然，狄公将里正们个个骂得张口结舌，无言以对。出得县衙，里正们个个浑身打战，脸色死灰，惶惶然匆忙离去。

其后，狄公到得县衙会客厅，接见金匠、木匠、米商、丝绸商等诸多行业之头面人物。施礼寒暄毕，狄公一一询问众人姓名，管家还上了点心。

客人们为火速擒获钱牧而纷纷向狄公道喜，为兰坊能迅速恢复正常、百姓又可安居乐业而感慨至深。然而，众人对重兵屯于城中之事，露出不安之意。

狄公扬眉言道："本县只是重新征召了几十名逃卒，城内再无其他军卒,不会扰民,尔等不须担忧。"

金匠会首会意地向其余人众瞥了一眼,笑道:"我等明白,大人对军政大事守口如瓶,实属情理之中。然北门守城门卒言道,大人入城之时,所率巡骑险些将其踩死。昨日夜间,一名金匠亲见一队官兵,约有二百来人,用稻草缠靴,于城中大街来回巡查。"

绸商会首接着言道:"小人堂弟见十辆马车,满载军需在其身边路过。不过,大人尽可相信我等。小人们明白,官军来兰坊巡边,自应保守机密,不然河对岸之胡人就会探得消息。若是都尉大人不将军营大纛旗悬于县衙之上泄露军机,岂不更好?倘若胡人细作见到此旗,自会明白城中有官军驻扎。"

狄公言道:"此旗乃本人所悬,意在表明本县令已将此城暂且军管。按本朝律法,如事态紧急,本县有权如此行事。"

众会首皆面露喜色,深深作揖,其中年龄最长者言道:"小人们深知大人苦心!"

狄公未再多言,而是将话锋一转,谈起另一话题。狄公要众会首当日下午即送三名能干年长之人,到县衙充任录事、文案馆吏及牢头,另选送二十名可靠后生担任书吏。狄公又请诸行会会首赊借给县衙纹银两千两,以支付修葺大堂之费用及衙内一应人员薪饷。俟钱牧一案审断具结、将钱府财产没收之后,即悉数偿还。

诸会首欣然应允。

末了,狄公知会诸会首,次日早晨将升堂审理钱牧一案,并请将此事晓谕全城百姓。

诸会首辞别离去，狄公回至书斋，见方班头领着一名英俊后生正在等他。

见得狄公，两人倒身便拜，那后生更是连连磕头。

"大人，"方达说道，"这便是犬子方景行。他被钱牧爪牙掳去，在钱府充任仆役。"

"本县命他在你手下当个衙役，"狄公说道，"但不知你可曾找到长女？"

方达长叹一声道："犬子在钱府之内从未见其大姐。今日我将钱府搜了个遍，也未见小女踪迹。我又细细盘问钱府管家，他记得钱牧说起欲纳玉兰为妾，但因小人执意不卖小女，钱牧才将此事搁置不提。此事让小人着实不明。"

狄公思虑重重地说道："钱牧掳去令爱一事，乃你之臆测，属实与否，尚需证实。钱牧之流在府第之外金屋藏娇，亦是常事。然而，或许钱牧与令爱失踪之事并无干系，我等亦须思虑及此。审理钱牧之时，我自会彻底盘问此事，你休要过早灰心丧气！"

狄公正说着，马荣和乔泰走了进来，禀报道，林队副对狄公之命字字照办，每个城门均安排十名军卒把守，每座箭楼内均锁钱牧爪牙十名。另查，确有五名逃卒因犯有严重过失而畏罪潜逃，现已拿下并锁入箭楼。林强还将原先之守门军卒贬去担水。

马荣又道，林强处事果敢，武艺高强，堪任军旅之职。先前因与一刁滑之校尉发生口角，才愤而出走，今日又被征召入伍，自然大喜过望。

狄公点头言道："我将保举他担任队正之职。目下，我们还须用那四十名军卒留守城门。倘若众军卒纪律严明、士气高涨，我将着其屯驻钱府。日后，我将把钱府定为驻军大营。我立即去函，报请州府派兵前来。在官军到来之前，乔泰统领此四十名军卒与县衙内训练之二十名衙役，共同维护兰坊治安。"

言毕，狄公令随从们退下，遂提起狼毫拟写紧急公文，将这两日兰坊城内之变故原原本本上报州府。狄公又开列名单一份，上列要重新征召入伍之军卒姓名，并附荐书一份，举荐林强担任队正一职。末了，狄公又恳请州府派一百名军卒前来镇守兰坊。

狄公正欲将公文封入信封，只见方班头走了进来，报称有名妇女，自称余夫人，要面见狄公。

狄公闻报，面露喜色，命道："引她进来！"

方班头引那女子进到狄公书斋之内，狄公遂将其仔细打量了一番。此女子三十左右年纪，荆钗布裙，不施粉黛，可依然风韵十足。

女子在案前跪下，怯生生地言道：

"小女子余梅氏恭请大人钧安。"

狄公道："此非公堂，不必拘礼。夫人请起就座。"

余夫人慢慢站起身来，在狄公案前一张小凳上坐下。她意欲说话，却又犹豫不决。

狄公言道："本县向来景仰夫人之先夫余寿干大人。本县以为，余大人乃一代名臣也。"

余夫人欠身，低声言道：

"大人，先夫确实心系天下，为人耿直，心地善良。若不是妾身要完成先夫遗命，实不敢打扰大人，虚耗大人宝贵时光。"

狄公俯身向前，急切地言道："夫人有事，只管讲来！"

余夫人伸手入袖，取出一长方纸包，起身置于狄公书案之上。

"先夫临终前于病榻之上，将此亲手所绘之画轴交付于妾，言道，此乃他留给妾身与小儿余杉的一份家产，其余家财归妾之继子余基所有。刚说完此话，先夫咳嗽不止，余基连忙走出房去命人侍奉汤药。余基刚一离去，先夫即刻对妾言道：'倘遇难处，汝可将此画拿到县衙交县令细察。若他不解其意，可交下任县令观看，直到将来有位睿智县令识得其中奥秘方止。'话音刚落，余基走了进来。先夫望着我们三人，手摸小儿余杉头顶，未再言语就咽了气。"

说到此处，余夫人忍悲不禁，凄然泪下。

狄公并不言语，直待余夫人忍住悲伤，才开口言道："余大人临终之日所发生之事，事无巨细，件件要紧。余大人咽气之后又如何，请细细讲来。"

余夫人继续言道："我继子余基从我手中拿走此画，说是要替妾身保管。其时，余基待我尚好。不料先夫落葬之后，他就换了个模样，恶声恶气地令妾身与小儿即刻离开余府，甚至诬指妾身对先夫不忠，命妾和小儿不得再登余府大门。说罢，他将此画掷于桌上，冷笑道：'你自可取走你那份家财。'"

狄公将了将长髯，言道：

"夫人，余大人才智过人，此画必定深寓其意，本县自会细看。不过本县须提醒夫人，对此画之含义本县并无定见。此画抑或有利于夫人，抑或可能指控你犯有不贞之罪。然不论情形如何，本县皆会按律办理，正义定能得以伸张。本县请夫人自行定夺，是将此画交本县保管，还是将画带回并撤回诉状。"

余夫人闻言起身，安详庄重地说道："妾身恭请大人留下此画细细揣摩。但求上苍助县令大人解开此谜。"

余夫人说罢，道了声万福，便告辞而去。

门外，洪亮和陶干已在廊中等候多时。见余夫人离去，二人便进房参见狄公。陶干怀中还抱了一大捆卷宗。

洪亮禀道，已将钱牧家财盘点造册，钱府中有金锭数百，白银无数，他们已将金银财宝同大量黄金器具一并锁入钱府一坚实库房之内。女眷及家人只许在后院走动。六名衙役和十名军卒按陶干之命驻扎中院，看守钱宅。

陶干满心欢喜，笑着将所抱文书卷宗放于书案之上，说道："此乃我等所造之册，还有我等于钱府密室中找到的契书账册。"

狄公身靠椅背，瞧着这堆卷宗，毫不掩饰内心的鄙夷。

他言道："要理清钱府事务，既费时又费力。我认为这些文书契据无非是钱牧强占民房、侵吞土地、敲诈勒索等恶行之证据。各行会会首已应承今日午后将荐举恰当人选来衙，充任录事等职，其中还有一名文案馆吏。办理此等事务，他们应是行家。"

洪亮应道："回禀大人，他们此时正于前院中听候差遣。"

狄公闻言便道："你与陶干指点他们各司其职，令文案馆吏今晚助你理清这堆文书契据。你代我拟写呈文，上报州府，写明处置钱府事务之办法主张。然你等须加小心，凡与谋害前任潘县

余寿干画轴（高罗佩　绘）

令之有关文书案卷，切勿混杂其中，要另行放置。你们自去办理，我要在此书斋内细想此案。"

说着，狄公拿起余夫人留在县衙之画轴，打开纸包，摊于书案之上。

洪亮与陶干也近前与狄公一同细细参详。

此乃一幅彩画，中等尺寸，以白绢作底，画的是山水风景，悬崖之间白云缭绕，山中林木茂密，房舍隐现。画之右侧，一眼山泉顺坡而下，整幅画内不见一人。

画之上方，余大人用隶书作题：虚空楼阁。

余大人未署名姓，只是盖了个朱红印鉴。

画之四边均裱以锦缎。画之下方有一木轴，画之上方有根细线，细线上系个活扣，供悬画之用。但凡悬挂之画，均须如此裱糊。

洪亮若有所思地捋着胡须，说道："'虚空楼阁'此题，似指一道家胜地或天神仙境。"

狄公点头。

"此画须细细端详揣摩，方能看见其中堂奥。你二人将此画挂于书案对面墙上，方便我随时参详。"

待陶干与洪亮将画轴在门窗之间的墙上挂放妥当，狄公便起身走至大院之中，见新来的录事、书吏个个品貌端正，甚感欣喜。狄公同他们略谈数语，末了说道："本县两位亲随洪亮和陶干即刻指点诸位各司其职，本县明晨升堂问案时，尔等即需各自当值。"

七

次日一早，天色尚未破晓，兰坊百姓便成群结队来到县衙。将近升堂时分，县衙门前街道已是黑压压一片人群。

三声铜锣响过，众衙役打开衙门，人们蜂拥进得衙内公堂。须臾，便不剩立锥之地。

衙役们分左右两列，于案前站定。但见大堂之后帷幕拂动，狄公身着全套官服，走将出来。只见他步上案台，于公案后坐定。马荣等四名随从各自就位，录事及书吏也于公案旁站定。此时公案之上的旧布已经撤去，换了一条崭新的猩红绸布。

狄公提起朱笔，批下令签命人前往大牢提取人犯。此刻，堂上堂下寂无声响。

方班头恭恭敬敬地双手接过令签，领两名衙役出大堂而去。

不过片刻，三人牵着钱牧那位年长师爷回转大堂。那师爷在公案之前双膝跪定。

狄公命道："案犯姓甚名谁，做何营生，报将上来！"

师爷低声下气地答道："小人姓刘名万方。十年前，小人伺候钱牧之父，在钱府充任管家。钱父亡故之后，遂当了钱牧的师爷。小人每每规劝钱牧改邪归正，然收效甚微。小人之言句句是真，望大人明鉴。"

狄公冷笑道："听汝之言，倒是苦口婆心，劳而无功了。现今县衙正勘察汝主罪证，你之如何助纣为虐，到时自有分晓。今日暂且不提你与钱牧所犯之轻罪，本县只问大案。钱牧犯有多少命案，快快招来！"

刘万方答道："大人，小人主人强占百姓田地房舍，还常对人施以酷刑，此事确是不假，然据小人所知，钱牧从未蓄意杀人害命。"

"此乃谎话！"狄公喝道，"前任潘县令在此惨遭杀害，你又怎讲？"

刘万方答道："那桩命案，钱牧与小人一样百思不解！"

狄公听后，心生狐疑，炯炯目光直逼人犯，似欲看透其所言是真是假。

刘万方忙又言道："当时我等确实明白，潘县令正筹划剪除小的主人。然潘县令只带着一名衙役，故小的主人并不将其放在眼里，一连数日按兵不动，意欲看那潘县令究竟要做何举动。不料，一日早晨，两名家人急匆匆跑入府内，报称潘县令已被人杀死，尸身弃于河岸之上。

"小的主人恼怒至极，因其心中明白，城内百姓定会说此凶案乃钱牧所为，故急忙伪造一份呈文上报州府，称潘县令率六名民丁冒险越过界河，追捕来犯之胡人首领时不幸遭难。呈文之上，有钱府六名家丁签字画押作证……"

　　狄公将惊堂木重重一击，怒道："如此胡编乱造，漫天扯谎，本县闻所未闻！看来，你不受刑绝不肯招认。来人，将这狗头抽二十鞭子。"

　　刘万方大声喊冤，方班头迅速走上前来，猛掌其嘴。衙役将其掀翻在地，剥下袍服，啪啪甩鞭就抽。那细鞭抽得鞭鞭入肉，痛得刘万方鬼哭狼嚎，可他一口咬定，所供之词句句属实，并无半句假话。

　　鞭完十五下，刘万方后背已是血迹斑斑。狄公抬手，示意停鞭。狄公心内明白，刘万方不会再为主子遮掩罪责。他必然清楚，如若扯谎，其他案犯的供词会使自家露出破绽。狄公命人用刑，意欲使他晕头转向，以为十五鞭只是初试刑罚，他就会将其所知全部供出。

　　此时，方班头给刘万方端来一盏浓茶。待其饮毕，狄公继续问案：

　　"若你所供属实，钱牧为何不去追查真凶？"

　　刘万方答道："大人，无须追查凶犯，因钱牧已知此凶案为何人所为。"

　　狄公闻言，扬眉瞪目，冷冷言道："你之供词越发荒唐离奇。你家主子既知凶犯是谁，为何不将他拿下送至州府衙门？若将其送至州府，钱牧岂不更得州府信任！"

刘万方神情十分沮丧，摇头道："大人，此事须问钱牧本人。小人主人并不以小人为心腹，遇有小事，还同我等商量，可遇有大事，却从不向我等吐露只言片语。据小人所知，逢有要紧之事，小人主人只对一人言听计从，然此人是谁，小人费尽猜度也不得而知，只知是一名高僧。"

狄公言道："本县以为，钱牧很有主见，遇事自会拿定主意，何须暗中请上一名高僧？"

刘万方答道："小人主人甚有胆略计谋，十八般武艺样样精通，然其生长于此边陲小县，又怎能得知如何应付州府上官和朝廷权贵？凡遇棘手之事，那人必来钱府密访，面授机宜，州府才不派员前来巡查。"

狄公于椅中稍稍俯身向前，问道："此神秘高僧究竟何许人也？"

刘万方答道："四年来，小人主人定期等候那人密访。夜深天黑之时，钱牧常命小人到钱府耳门，嘱咐守门家丁等候客人。客人一到，即刻引去钱牧书斋。此人一向身穿僧服，头裹黑巾，步行而来，我等从未见得此人面目。此人来后，小人主人便将书斋之门紧闭，与之密议两三个时辰。密商完毕，此人便同来时一般，悄然离去。小人主人对其来访之事不露一丝口风，可每次密商之后，必有大的举动。"

"小人深信，定是此人未和钱牧商量便将潘县令谋害。潘县令遇害当夜，他便到得钱府，可两人显然意见相左，吵得极凶。我们站在廊内都听得二人高声喊叫，却不曾听清所喊何事。那次密会之后，钱牧一连数日余愠不消。"

狄公听得甚是不耐烦，便说道："这事且说到此处。我再问你，钱牧掳去铁匠方达之子及长女之事，你又做何解释？"

刘万方答道："大人，此类事情，小人和同寅们却能详细禀报。方达之子确系钱牧家丁所掳。当时钱府短缺粗使家人，钱牧便派遣心腹到市井上抓人，共抓得四名壮实后生。其中三人因父母交了赎金得以返家，可方达却来钱府与看门家丁大闹一场，为教训方达，钱牧执意将其子扣在府中。

"至于方达之女，且听小人言来。一日，小人主人碰巧坐轿路过方铁匠铁铺，见此女貌美，心甚欢喜，遂派人去见方达，说是欲买其女为妾。方达断然回绝，钱牧也未强求，过多日便将此事忘于脑后。不料方铁匠却来钱府吵闹，说是钱府强抢其女。钱牧大怒，遂派人放火烧了铁匠铺。"

狄公身靠椅背，一手慢捋长髯，想道，观刘万方神态，分明其言句句都是实情，看来钱牧与方达之长女失踪并无牵连。目下要紧之事，是要速将那幕后神秘高僧缉拿归案，延迟恐会生变。想到此处，狄公对刘万方喝道：

"两日之前，本县到此就任。这两日之内，钱府又有何举动？快快招来！"

刘万方回道："七日之前，邝县令向钱牧通报大人到任日期，又向钱牧请求早日离任。他以为，与大人会面甚觉尴尬。钱牧准其所请，并严令大人到任之时全县上下不得理会。小人主人说道：'此举是要警告新任县令，不要不知天高地厚。'"

"于是我家主人等着牢头前来通风报信。第一日，牢头未曾露面；第二日傍晚，牢头到得钱府，向我主人禀报说，大人决意将其铲除。牢头又说，全县衙只有三四名扈从，但这几人却个个勇武凶猛。"

陶干极少听人奉承自己勇武凶猛，听到此处，不禁扬扬得意。

刘万方继续说道："小人主人闻报，即派二十名家丁当夜进得县衙捉拿大人，并欲将其他人众结结实实地打上一顿。夜深时分，林强等六人回得府中，说是一支官军已悄悄进驻兰坊，众人闻言皆大惊失色。然此时小人主人已酣然大睡，无人敢去将他唤醒。次日一早，小人偕林强进得主人卧室，主人遂命人速将一黑色小旗升于正门之上，然后匆匆赶到钱府大厅。我们正在商议对策，大人与二校尉便突然到得钱府，将我们一起拿下。"

"正门之上升起黑旗，此乃何意？"狄公问道。

"依我之见，乃是要召见那神秘高僧。昔日，每逢升起黑旗，那高僧晚间就来到府中。"

狄公使个眼色，方班头即刻将刘万方押下堂去。

狄公又批下一纸令签，命方班头前去交于牢头。

不过片刻，衙役便将钱牧带到大堂公案之前。

堂下众人见到八年来对百姓作威作福之人，如今披枷带锁，不免指指点点，哗声四起。

钱牧相貌凶恶，身高七尺有余，且肩宽背厚，一看便知力大无比。

钱牧到得堂上，并不下跪，只是睨视狄公一眼，便转过身去，鄙夷地环顾堂下看审百姓。

方班头喝道："你这无礼狗头，见了县令大人还不下跪！"

钱牧闻言，气得满脸青紫，额上青筋暴绽。正欲张口，突然鼻伤迸裂，血流如注，身子站立不稳，摇晃片刻，便瘫倒在地。

见狄公示意，方班头俯下身擦去钱牧脸上血污。见钱牧不省人事，方班头遂命一衙役取来一桶凉水。几名衙役动手解开钱牧衣襟，用凉水润湿钱牧额头与前胸，然均无效果，钱牧仍旧昏迷不醒。

狄公见状好生烦恼，遂命方班头再提刘万方上堂。一俟刘万方于公案之前跪定，狄公便问：

"你家主人是否身染疾病？"

刘万方见钱牧俯卧在地，几名衙役仍在设法令其苏醒，心中骇然，微微摇头说道：

"小人主人虽身强力壮，然染有慢性脑疾，多年来虽四处延医，却不见好转。昔时生气用脑，亦会瘫倒在地，昏迷不醒几个时辰。医家言道，欲治其病，须得打开头颅，放出内中毒气。然而在这兰坊僻远之地，怎会有如此高明的医生？"

刘万方被押下堂去，又有四名衙役将瘫软的钱牧抬回大牢。

狄公对方班头命道："吩咐牢头，钱牧一醒，即来禀报本县！"

狄公心中思量，钱牧瘫倒，昏迷不醒，于审案甚是不利。审讯钱牧，问出神秘高僧究系何人，乃十分紧要之事，若延宕下去，那暗中之人便有机会逃脱。拿下钱牧之后没有立即提审，局面才至于此，狄公心中懊悔不已。然谁又能未卜先知钱牧在暗中还有余党为其出谋划策？

想到此处，狄公叹息一声，在椅内直了直身板，又用惊堂木一击公案，朗声说道：

"八年以来，恶徒钱牧夺权乱政，兰坊自今日起，重振纲纪，恢复秩序，保护良善，严惩奸佞为恶之徒。

"恶徒钱牧夺政弄权，罪大恶极，自会受到惩处，然钱牧之罪岂止于此。全县百姓但凡有人欲诉钱牧之罪，都可告到县衙，本县自当一一查访审理，有冤必申，有失必偿。然本县有言在先，因讼案甚多，审理案子须费时日。但百姓尽可放心，时候一到，冤屈定会昭雪，正义必得伸张。"

堂下众人闻言，欢声如雷。衙役们费了好些口舌，众人才止。一墙隔之内，三名僧人不似其余人众那般欢欣鼓舞，却是挤成一堆，窃窃私语。欢声一止，三人即挤过人群，高声叫喊，说是蒙受奇冤。

待三人走近案台，狄公将其一一打量，只见三人獐头鼠目，个个相貌不雅。

待三僧于公案之前跪定，狄公方问：

"尔三人中年纪最长者报上名来，申诉冤情。"

"大人，"居中的僧人言道，"贫僧法号经藏，与二位师弟在城南小庙广宁寺出家，整日默诵经书，潜心修行。小寺无甚值钱之物，唯有一尊观音菩萨金身雕像。阿弥陀佛！两月之前，钱牧那厮来到小寺，夺走菩萨雕像。此事冒犯菩萨，小僧恳请大人将此圣物追回，归还贫僧与寺内僧众。倘使恶徒钱牧已将雕像焚毁，万望县令大人赐我等金银，以作补偿。"

言罢，三位僧人一齐连磕三个响头。

狄公听罢，用手慢慢捋着鬓须，思量一番，然后徐徐问道：

三名僧人诬告失盗（高罗佩　绘）

"此金身雕像乃宝刹唯一宝物，本县以为，寺内僧众自会悉心照看，爱护备至。"

"大人所言极是，"僧人匆忙答道，"每日清晨，贫僧亲自口诵经文，以丝绸掸除佛像尘土。"

"本县以为，你那二位师弟侍奉观音菩萨也定是不辞辛劳？"

跪于右侧之僧人说道："数年以来，贫僧早晚两次给观音大士上香，瞻仰大士慈容，丝毫不曾懈怠。阿弥陀佛！"

第三个僧人说道："贫僧不才，日日在观音大士像前诵经数个时辰，甚得佛经真谛。阿弥陀佛！"

狄公听罢，微笑点头，扭转头来对老录事言道："你去取些木炭、白纸，给三位原告每人木炭一条，白纸一张。"

三僧接过木炭、白纸，不明其意，个个迟疑不决。只听狄公命道：

"左边的和尚立于案台左侧，右边的和尚立于案台右侧，经藏和尚则转过身去，面向堂下看审之人！"

三僧只得按狄公之命，拖着脚步到得各自位置。狄公厉声命道：

"三僧跪下，各自画出菩萨雕像一幅交与本县！"

堂外众人听言，不禁交头接耳，议论纷纷。

众衙役见状，连声高喊："肃静！"

三僧不时抓搔秃头，大汗淋漓，半晌才涂将出来。

狄公对方班头言道："将画呈上公案，待本县看来！"

狄公一见那三幅画像，便将其推下公案。三幅画像飘落地面，堂上堂下之人个个看得清楚明白，三幅画像全无相似之处。第一幅画上，观音有三头四臂；第二幅则有八臂；第三幅中之观音大士则是常见之观音，只有一头两臂，且身旁还站有一名孩童。

狄公声如惊雷，喝道："此等佛门败类，竟到本县堂前妄言诬告，真是胆大包天！来人，将此三人各打二十大板！"

众衙役将三名僧人翻倒在地，撩起直裰，扯下内裤，将竹板抡得呼呼作响。

竹板落在僧人身上，打得他们皮开肉绽，尖声告饶。众衙役并不住手，直到打完二十大板方才罢休。

三僧疼痛难熬，行走不得，几位好心看客过来将他们搀下堂去。

狄公言道："那三位僧人上堂之前，本县意欲正告全县百姓，任你是谁，皆不得借诬告钱牧之机牟利。此三僧以身试法，便是例子！"

"本县还要晓谕全县上下，即日起，兰坊不用军队之法管辖百姓。"

言毕，狄公转过身，对洪亮耳语数言。洪亮匆匆出公堂而去。少顷，洪亮回到公堂，摇头不语。

狄公低声命道："吩咐牢头，即便是夜半三更，钱牧一醒，即来禀报！"

狄公举起惊堂木，正欲喝令退堂，忽见大堂口一阵骚动，一年轻后生正拼力挤过人群，向大堂走来。

狄公命二衙役将来人带到案前。

后生气喘吁吁在公案之前双膝跪地，狄公马上认出，来人乃是两日之前一同饮茶的丁秀才。

"大人！"丁秀才高声喊道，"那歹毒吴峰将家父谋害了。青天大老爷，求您要替小人做主！"

狄公坐在椅中，身子靠在椅背上，缓缓将双手拢入袖内，说道：

"汝于何时，又如何发现汝父遭害？"

丁秀才言道："大人容禀。昨晚乃家父六十寿辰，晚生全家齐集于府内大厅，共享寿宴，以示庆贺。宴席上个个喜滋滋、乐呵呵，好不热闹。时近午夜，家父起身离席，说是想回书斋，为其所著《边关征战史》作序。晚生亲自将家父送至书斋门口，请了晚安，见得家父进入书斋之内，听得家父插上门闩。

"可谁能料到，这竟是晚生和家父永诀之时。今日清早，管家前去敲书斋房门，告知家父早餐已然备妥。敲门数下，家父并不应门。管家心中起疑，呼唤晚生前往，我等因担心家父夜间染病，便用斧子破门而入。

"到得书斋之内，只见家父伏于书案之上。晚生起初以为家父伏案而眠，故轻轻拍打其肩。此时，晚生见有一把小匕首刺进家父咽喉，家父早已气绝身亡。

"故晚生急来县衙报案。晚生以为，家父年迈无力，定是吴峰那厮将其谋害。万望大人替晚生报此血海深仇。"

说罢，丁秀才潜然泪下，磕头碰地不止。

狄公浓眉紧蹙，半晌方道：

"丁秀才节哀。本县即刻勘察此案。一俟扈从备齐，本县即去案发现场。汝可放心，案情定会查明，正义必得伸张。"

狄公以惊堂木击案，宣布退堂，然后起身退入书斋。

衙役将看审百姓驱出县衙大堂。百姓们一边散去，一边纷纷议论适才狄公审理三僧诈财案，大家皆交口赞誉狄公足智多谋，明察秋毫。

林队副率二军卒亦在堂下看审。离去之前，他紧了紧腰带，说道：

"虽说县令大人不如马、乔二位校尉身高体壮、雄武异常，然亦是威风凛凛。此等气概必经多年行伍方能有得！"

两军卒之机灵者问道："狄大人宣称，不再用军队之法管辖兰坊。那就是说，屯于兰坊之官军已于夜间开拔离去。然除我等之外，并未另见一兵一卒。"

林队副不屑地睨视了他一眼，正色说道："军卒不得过问高层军机。然见你这后生聪明机灵，故以实言相告。那支官军并非常驻兰坊，而是巡查边界路过此地。此乃要紧军机，不得泄露，不然我定取你项上人头。"

那军卒又问:"队副,一支官军人马甚多,却如何无人见得?"

林队副听后,颇为得意地言道:"我中华王师可谓无所不能!难道我不曾对你讲过王师横渡黄河之事?当时,河上既无桥梁,又无渡船,然我军欲渡河击敌,于是,两千军卒跳入河中,手拉手牵成两堵人墙,又有一千军卒立于人墙之间,高举盾牌于头顶之上,将领们则纵马而过盾牌铁桥!"

那军卒闻言,心中思量,此等故事真是闻所未闻。然军卒知林队副脾气暴躁,如再多问,必定自讨没趣,故恭敬道:"小人曾听林队副说过此事。"三人随最后几名看审之人离开县衙。

县衙大院,狄公官轿仪仗已经备好。轿前轿后各有六名衙役,另有两名军卒为洪亮和陶干执辔牵马。

狄公全身官服,出得书斋,由洪亮搀扶上轿。洪亮与陶干也随即认镫上马。

一行人出得县衙来至街上。两名衙役手持长竿走在队伍之首,竿上之木牌写有"兰坊县衙"四个大字。另有两名衙役手敲铜锣在前开道,二人边敲边喊:"县令大人驾到,快快让道!"

各色人众恭恭敬敬地站立在街道两旁。见到狄公官轿,众人高声欢呼:"县令大人寿比南山!"

此时,洪亮正骑马走在官轿一侧。见此情景,洪亮俯身轿窗前,对狄公欢喜道:"大人,如此情景,绝非三日之前可比。"狄公淡淡一笑,并不言语。

一行人到了丁府门前,只见丁府高墙深院,朱漆大门,甚是气派！

丁秀才已在前院恭迎狄公。狄公下得官轿，见丁秀才身旁有一胡须灰白蓬乱的老者。老者走上前来，自称仵作，平素经营兰坊城中一家著名药铺。

狄公欲径直前往案发现场，方班头与六名衙役则去大厅布置临时公堂，为验尸做准备。

丁秀才领狄公和两名县尉随他前往书斋。

院内回廊曲折。过得回廊，进入后院，但见院内假山异石，奇花异葩，乃一秀美花园。园中有一片池塘，塘内金鱼往来翕忽，甚是雅静。大厅正门大开，众仆人忙着往外搬动家具物什。

丁秀才打开左侧一扇耳门，引众人穿过一条黑洞洞的过道，到得一四方小院，小院三面围有高墙，正面墙上有一硬木窄门，门板已被撞得向里倾斜。丁秀才推开窄门，闪过一旁，让狄公入内。室内燃蜡之味甚浓。

狄公迈步跨过门槛，举目环视。书斋很大，呈八边形，墙上高处有四扇小窗，窗纸莹白，阳光透过窗纸，漫入室内，甚是柔和。窗户上方，有两个小孔，供通风之用，均有栅板相隔。除了窄门，书斋墙上再无其他开启之处。

书斋中央正对门处，放着一张乌木雕花大书案，只见一人身穿墨绿锦缎便袍软软地伏于书案之上。此人头枕弯曲的左臂，右手伸于书案之上，手中握有一红漆竹制狼毫，一顶黑色丝帽掉落于地，灰白长发暴露无遗。

书案之上摆放着文房四宝，一角有一青瓷花瓶，瓶内花儿已经凋零。死者身子两边各有铜质烛台一支，台上蜡烛皆已燃尽。

倚墙立着数排书架，伸直手臂即可够到架顶。狄公见状对陶干言道：

"仔细检查这些墙壁，看看有无暗道机关。还要察看窗户和开口之处，看有无可疑之处。"

陶干脱下长袍，正欲爬上书架时，狄公又命仵作查验尸身。

仵作摸了摸死者臂膀、双肩，又欲将尸身头部抬起。此时尸身早已僵直，仵作只得将尸身翻转过来，以看清死者容貌。

老将军双眼呆滞，瞪着天棚一动不动；脸面瘦削多皱，显露惊骇神色；颈部更是瘦得皮包骨头，露出寸许长薄刃。此刀刃宽不及半指，刀柄乃木头所制，比刀刃稍宽，长不及一寸。

狄公交叉双臂，低头审视尸身片刻，便命仵作："将那刀刃拔出。"

仵作费了好大工夫才抓住刀柄。他将刀柄捏于拇指与食指之间，然拔出刀刃时却不甚费力。刀刃插入咽喉深不过两三分。

仵作小心将刀刃用油纸包了，说道："血已凝结，身已僵直，定是死于昨夜无疑。"

狄公点头，若有所思地自言自语道：

"死者闩上房门，脱下长袍，再换上便装，于书案之后坐下，研墨蘸笔。凶犯定是在此之后不久下的毒手。老将军只写了两行文字便被打断。然从老将军见得凶手到匕首插入其喉只有片刻工夫，他尚未放下手中之笔便一命归西。这时间极短，倒是奇了。"

"大人，"陶干插话道："还有一事更为奇特。在下无法弄清凶犯如何进得书斋，更不用说如何出得书斋！"

狄公闻言，扬起双眉看着陶干。

陶干又道："此门乃是进出书斋之唯一通道。卑职已查验了墙壁、书架上之窗户和挡有栅板的通气孔洞，还查验了窄门，并未见有暗道机关！"

狄公捋着长髯，问丁秀才道："莫非凶犯在令尊进得书斋之前便已溜了进来？"

丁秀才正瞪着双眼愣在门首，听得狄公问话，忙定了定神，答道：

"大人，绝无可能！家父到得书斋，打开门锁，晚生跪下请安之时，家父于门首站了片刻，彼时管家就站在晚生身后。道毕晚安，晚生起身，家父才将房门合上，因此无人能在此前后进得书斋。家父总是紧锁书斋之门，唯一一把钥匙也由家父随身携带。"

此时，洪亮俯过身，低声对狄公言道："卑职以为，须把管家传来问话。即便凶犯设法进得书斋而不为人所见，却又如何出得书斋？须知书斋是从里面上了闩的。"

狄公点头，转身对丁秀才言道：

"你道此凶案乃吴峰所为，你有何证据证明他曾到得书斋之内？"

丁秀才目光暗淡，缓缓环视四周，悲切地摇了摇头，说道：

"大人，那吴峰聪明绝顶，并不曾留下蛛丝马迹。然晚生深信不疑，只要大人追查下去，定会找到那厮罪证！"

狄公说道："须将令尊尸身移至大厅验看。丁秀才，你可去到大厅，将验尸一事安排妥当！"

九

▼

费思量疑窦难解惑
寻缘由仵作细勘查

丁秀才刚出书斋，狄公便命洪亮道："仔细搜查死者衣衫。"

洪亮伸手将死者两个袍袖摸了个遍，从其右袖内取出一方手帕与一个锦缎小袋，小袋内装有牙签和耳挖子一套；又从左袖取出一把造型精巧的大钥匙和一个纸盒。再摸腰带，又找到一方手帕，此外别无他物。

狄公打开纸盒，内装九颗蜜枣，三颗一行，整整齐齐排成三行。蜜枣乃兰坊名产。盒盖之上有红纸一张，上写"恭贺寿诞"四字。

狄公看罢，叹息一声，将纸盒放在书案之上。仵作将毛笔从死者僵直的手指间拔下，也放于书案之上。此时两名衙役走了进来，将老将军尸首置于一竹制板床上，抬了出去。

狄公于死者所坐之椅中坐下，说道：

"尔等皆去大厅伺候，本县要在此稍坐片刻。"

众人离去之后，狄公身靠椅背，看着摆满书卷的书架，颇费思量。书斋之内，唯窄门两侧没有书架，然墙上却挂有画轴。窄门上方，悬有横匾一块，上刻"自省书屋"四个大字。不问便知，此乃丁将军为其书斋所起之名。

狄公又将整整齐齐摆于书案上的文房四宝细细端详一番。那石砚极为雅致，堪称上品，砚旁的竹制笔架也相当精巧。石砚一侧，有一红瓷水缸，其上亦有蓝色"自省书屋"字样。显而易见，此缸乃专为丁将军而制。书案之上，还有一玉雕墨架，上有黑墨一块。

书案左首，狄公见到两块黄铜镇纸，上面各镌有一行文字，合于一处，乃是一副对联：

　　春风和煦柳袅娜，
　　秋月清明水旖旎。

联后署名"竹林修士"。狄公估量，此乃丁将军一友人之雅号，镇纸定是他请人制作，送与丁将军的。

狄公又拿起死者用过之笔。此笔亦精美异常，笔端以长长的狼毫所制，笔杆为红色雕漆，上刻"桑榆之赠"四字，边上刻有一行俊美的蝇头小字，"贺丁兄六秩寿诞　宁谧轩"。看来，此笔乃一友人所赠之寿礼。

狄公在丁将军的书斋（高罗佩　绘）

狄公放下毛笔，细细读那死者所书之文字。只见纸上字迹豪放，仅两行而已：

序

史籍浩繁，上溯远古，史书所记，多为历代豪杰，其英雄业绩，足可彰示子孙后代。

狄公心想，此句意思完整，可见丁将军书写之时，并未受人打扰。兴许，正当其思索下句该如何措辞之时，凶犯下了毒手。

狄公再次拿起那红漆狼毫，百无聊赖地观看那笔管上所雕之云龙图案。这书斋与别处房舍分而建之，此时又极其静谧，书斋之外，一丝声响也透不进来。狄公顿生莫名恐惧，觉察自己正坐在死者坐过的椅中，且姿态和丁将军死时完全一样。狄公迅即抬头，猛见门旁画轴歪斜，心里不禁发慌。难道凶犯是从此画背后的暗道进得室内，然后将匕首刺入丁将军咽喉？狄公想道，若情形果真如此，他本人只能听凭凶犯处置。狄公双眼紧盯画轴，等那画轴移至一边，露出凶犯狰狞面目。

过了片刻，狄公竭力定下神来，心中想道，倘若果真有暗门，陶干决不会疏忽不见。想必是陶干察看墙壁之时将画给弄歪了。

狄公擦去额头冷汗，心中不再慌张，然他始终无法摆脱那不祥之感：凶犯正在离他不远之处。

狄公将笔在水缸中蘸湿，俯身于书案之上，竟欲试试笔锋。

此时，狄公只觉右首的烛台碍手。狄公正欲将烛台推向一边，却又突然停住了。

狄公仰身向后，身靠椅背，颇费思量地望着烛台。显然，在写完开头两行文字之后，丁将军停下片刻，将烛台移近。丁将军此举并非是要看清字迹，若如此，他会将烛台推向左首。丁将军定是见到烛光下有某样东西，想要看个明白。就在此刻，凶犯下了毒手。

狄公蹙起双眉，放下毛笔，拿起烛台细细观瞧，却看不出丝毫独特之处，便又将其放回原处。

狄公心怀疑虑，频频摇头。猛然，他站起身，步出书斋。狄公行至走廊，只见两名衙役正在廊内值哨。他命两人好生看守书斋，在门板修复、贴上封条之前，不得让任何人靠近。

大厅之内，诸事皆已备妥。狄公于临时公案之后坐定。公案之前有芦席铺地，丁将军尸身就停放在芦席之上。丁秀才验明尸身确系其亡父后，狄公便命仵作动手验尸。

仵作小心翼翼地脱下死者之衣袍，那消瘦干瘪之尸身便展露无遗。

丁秀才心中不忍，忙用袖掩面。录事与其他人等则在一旁默默观看。

仵作蹲于尸首一旁，细细验看，对致命之处尤其留心，并且用手摸了死者头颅，看有无被击打的痕迹。仵作又用一银质薄板撬开牙齿，查验舌喉。

验毕，仵作站起身来向狄公禀道："死者生前身体康健，并无疾病。手臂及腿上有铜钱大小的色斑，舌头之上覆有厚厚的灰色黏膜。咽喉处伤口不足致命，丁将军之所以丧命，乃是插入咽喉之薄刃上的剧毒所致。"

观看验尸之众人尽皆愕然。丁秀才垂下双臂，目视其父尸身，脸现惊惧之色。

仵作打开包裹匕首之油纸，将匕首置于临时公案之上。

"大人请看，"仵作言道，"紧靠血迹那一点斑渍之上留有异物，此乃毒素是也。"

狄公捏住刀柄，提起匕首，仔细察看那匕首上之褐色斑渍。看毕，问仵作道："此系何毒，你可知晓？"

仵作摇头笑道："大人，鉴别此类外用毒药，我等尚无良法。若是内服毒药，我等尽皆知晓，对其所致症状也了如指掌。然涂于匕首之毒却十分罕见。据尸身四肢之色斑判断，小的仅知此系蛇毒。"

狄公听了，未置可否，只将仵作所言做了正式笔录，然后命其过目，并按下指印。

随后狄公说道：

"将尸首穿戴整齐入棺，唤那管家来见我！"

衙役为丁将军尸身穿好寿衣后，将其置于竹制板床上。此时，丁府管家到得大厅，跪于案前。

狄公对其言道："你主管丁府日常事务，理应知晓府内之事。你须把昨夜之事一字不差地说来。就从昨日晚宴说起。"

管家听罢，言道："丁将军寿宴就摆在此间大厅之内。丁将军居中朝南而坐，同桌坐于丁将军左右之人乃将军之二夫人、三夫人、四夫人、少爷夫妇及丁将军大夫人的两名表亲。丁将军大夫人已于十年前亡故。雇来的一队乐手曾在厅外平台之上吹奏寿乐，但在丁将军离席之前一个时辰已离府而去。

"将近午夜时分，少爷举杯向丁将军敬酒。之后，丁将军便起身说要回书斋，少爷随即一同前往，小人则手持蜡烛在后跟随。

"丁将军打开门锁，我进得书斋，用手中烛火将书案上的两支蜡烛点燃。小人可以作证，此时书斋内绝无他人。小人出书斋之时，少爷正跪伏于地，给丁将军叩请晚安。少爷请安之后站起身来，将军则把钥匙放入左袖之内，进得书斋关上窄门。将军大人插上门闩，少爷和小人都听得真切。小人所言句句属实，不敢有半点虚妄之词，望县令大人明鉴！"

狄公向书吏示意，于是书吏将所录管家证词当厅念了，管家确认所录证词准确无误，遂签字画押。

狄公命管家退下，转过头来问丁秀才道："你离开书斋之后，又做了何事？"

丁秀才闻言，面露不安之色，欲言又止。

狄公厉声道："回本县问话！"

丁秀才好不情愿，勉强答道："说来惭愧，晚生和拙荆大吵了一架。晚生离开书斋，径直回到自己住处。拙荆责怪晚生在寿宴之上对其不够尊重，使其在众位女眷面前丢了脸面。因时辰已晚，晚生于寿宴之后甚感疲乏，故未认真与其争个长短。趁两个侍婢为其宽衣之时，晚生则坐在床头喝了盅茶水。尔后，拙荆又称头痛不适，命侍婢为她捶背捏肩。又过了半个时辰，我等才各自上床安息。"

狄公将自己记录案情之纸卷了起来，漫不经心地说道："本县实难看出，此案同吴峰有何干系？"

丁秀才听言叫道："小人恳请大人将凶犯抓来严刑拷问，凶犯必定如实招供！"

狄公不动声色，起身言道："初审已毕。"说罢，便一言不发地来到前院，上轿回衙。丁秀才站于轿旁躬身长揖，送狄公离去。

回到县衙，狄公立即赶至大牢。牢头回禀，钱牧依然昏迷不醒。

狄公闻言，命其遣人去请郎中，务使钱牧苏醒过来。离了大牢，狄公偕陶干与洪亮来到县令书斋。

狄公在书案之后坐定，从袖中取出凶犯所用之匕首，又命录事取来一壶热茶，三人各饮一盏。狄公身靠椅背，手捋须髯，说道：

"此命案非比寻常。且不说须查明作案动机及凶犯为何人，我们面前就有两道难题。其一，那书斋关得严严实实，凶犯何以出入其中？其二，凶犯又是如何将此怪异之凶器刺入死者咽喉？"

洪亮不解，只是摇头。陶干一边细心检查那小巧利刃，一边用手指捻着左颊上的三根黑毛。少顷，他慢慢说道：

"大人，卑职曾以为已解开此谜。昔日，卑职浪迹南方各州府时，曾听人说起山中的生番，他们以长条吹管捕杀猎物。卑职刚才以为，此形状怪异之匕首兴许是从此类吹管中射出。凶犯可能从书斋之外，透过墙上格栅将凶器射向丁将军。然而，后来卑职又发觉，此凶器刺入死者咽喉之角度与我先前之推断不符。除非凶犯坐于书案之旁，不然就无法以此角度射出凶器。此外，卑职见到，正对着书斋后墙，有一堵严实高墙，无人能在那里架设梯子。"

狄公慢呷浓茶，过了片刻，开口言道："吹管之论难圆其说。然而，你之所言有一处甚是有理，即那匕首并非直接刺入死者咽喉。此匕首的柄小得异乎寻常，即使孩童也捏拿不住。再看这刀刃之形状，也是非同一般。刀刃中间凹陷，形状不像匕首，却更像扁凿。我等才刚着手勘察案情，我不想猜测凶器如何刺入死者咽喉。陶干，你须依样做出一把木匕首，以便我用来揣摩时不致伤及性命。不过，你仿制时需特别小心，那刀尖之上涂有何种毒药，唯有天知晓！"

此时洪亮于一旁言道："依卑职愚见，我等还须继续勘察此案背景。我们何不将吴峰传来问话？"

狄公点头称是，说道："我正欲前去拜访吴峰。我素来主张去嫌犯所在之处实地勘察。我将微服前往，洪亮可与我同行。"

言毕，狄公起身。不料，恰在此时，牢头闯进狄公书斋，高声说道：

"大人，钱牧已苏醒过来。小人以为，他恐怕是活不长久了。"

狄公听罢，急随牢头而去，洪亮与陶干紧跟在后。

到得大牢，只见钱牧躺在木床之上，四肢挺直，双眼紧闭，直喘粗气。牢头先前已将一条冷毛巾敷在钱牧额上。

狄公俯下身来。此时钱牧睁开双眼，看着狄公。

狄公急问："钱牧，谋害潘县令者究竟何人？"

钱牧双眼通红，怒视狄公。他动了动嘴唇，竟没说出一个字来。最后，他用尽全身力气才含含糊糊地迸出一声，随即，便不再言语。

　　突然，钱牧高大的身躯抽搐不止。只见他紧闭双眼，伸直身躯，接着，双腿一蹬，便躺着不动了。

　　洪亮见钱牧气绝，便说道：

　　"他刚才说了个'你'字，却无力将话说完。"

　　狄公直起身子，慢慢点头道："钱牧没供出我等急需之案情便一命呜呼，真是可惜！"然后，狄公又低头看那尸身，哀叹道："潘县令为谁所害，我们再无办法查清了。"

　　狄公将双手纳入袖中，朝书斋走去。

十
▼

丹青手恣言露破绽
县衙里论画究玄机

　　狄公与洪亮费了好大工夫寻找吴峰下榻处。两人在关帝庙背
后问了几家店铺，没有一家曾听说过吴峰这个名字。后来，狄公
记起，吴峰住在一家名唤"永春"的酒店，此酒店以其美酒而闻
名兰坊。一街头顽童将狄公二人引至一僻静小巷，只见绣有"永
春"二字的红色酒帘迎风招展。

　　酒店在前边开门，一排高高的柜台将店内座席同街道隔开。
店内靠墙处立着一座木架，木架之上堆着许多大酒坛，酒坛之上
贴有红色标签，标示坛内装满美酒。

　　酒店掌柜生就一张圆脸，慈眉善目，和蔼可亲，此时正站在
柜台后面，一边剔牙，一边向街心张望。

　　狄公与洪亮绕过柜台，选一方桌坐下。

狄公要了一小坛好酒。看着酒店掌柜擦拭桌面，狄公问他酒楼买卖如何。掌柜扬了扬眼眉，说道：

"虽说没有什么可夸口之处，生意却也平稳。在下以为，足够胜过欠缺，能挣些钱度日，不愁吃穿，在下也知足了。"

狄公又问："掌柜可曾雇用伙计？"

掌柜转过身去，从屋角的坛子里取出一些泡菜放在碟中端上桌来，然后说道：

"小店原可雇个帮手。然在下若是雇了帮手，就得有一张嘴挨饿，因而在下宁愿自己料理店务。敢问二位客官，到此城中有何贵干？"

狄公答道："我二人是京城的绸缎商，由此路过。"

"妙极！妙极！"店掌柜叫道，"二位须得会会我店中所住客官。此人名唤吴峰，亦从京城来。"

"吴相公也做丝绸生意不成？"洪亮问道。

"不，"店掌柜答道，"他是一名画师。对于作画之事，我不敢冒充内行，不过听内行人说，他所作之画很见功力。我只见他从早到晚画个不停，因此在下以为，他必定画得不错。"说罢，店掌柜走到楼梯脚，向楼上喊道："吴相公，楼下有两位客官刚从京城来到此地，二人有京城的最新消息。"

只听楼上有人喊道：

"此刻晚生正忙于作画，无法停笔。请二位上楼来吧。"

酒店掌柜听得此言，脸现失望之色。狄公取出一笔丰厚的酒资放在桌上，以示酬谢。随后，狄公与洪亮沿梯上楼。

楼上乃一间大房，房间前后各有一排格子大窗，窗上糊有白纸，阳光透过白纸照入室内，甚是明亮。

后生全套胡服，上装色彩艳丽，头缠蛮人所戴之丝绸五彩头巾，正于案前作画。画的是阴曹地府的阎王。

画师已将丝质画布在房间中央的大桌上铺开。房间墙上挂满画轴，画临时挂于纸轴之上，尚未裱糊。靠后墙放着一张竹榻。

那后生并不抬头看狄公二人，边画边说："二位，请于竹榻之上稍坐！我这里正在着色，不能停手，否则，颜色干了就不匀了。"

洪亮自顾自于竹榻上坐下，狄公则依然站着，饶有兴致地看那后生作画。狄公细观桌上之画，只觉画工尽管精到，但却有不少奇异之处，其中尤以衣服褶皱和人物相貌画得最不寻常。狄公又转身将墙上之画看了一圈，见各画均是胡番特色，无一例外。

那后生画完最后一笔，直起身子，于瓷碗内将画笔涮洗干净。此时，他双眼直视狄公，好似要看透狄公心思一般。他慢慢转动手中画笔，说道：

"老爷原来是新任县令大人。既然老爷到此微服私访，晚生也只好免去一切见官礼节，以免老爷窘迫。"狄公闻听此言，着实吃了一惊，问道：

"你道我是新任县令，有何凭据？"

那后生傲然微笑，将画笔插入笔筒之中，叉起双臂，背靠画桌，对狄公言道：

"晚生自以为擅长人物肖像，故观人相貌颇有眼力。老爷自有一副官员气派。请老爷细观画上阎君，他同老爷一般威风凛凛。不过，画中之人绝对无法与老爷相比。"

狄公不禁微微发笑，心中明白，此后生绝顶聪明，再要隐瞒并无益处，于是说道：

"你所言不差，我正是兰坊新任县令狄仁杰，这位是本县参军洪亮。"

吴峰听罢，缓缓点头，双目直视狄公，说道："大人威名，京城之内无人不晓。晚生不知何故蒙大人恩宠有加，亲自来访？晚生以为，大人此次前来并非要捉拿我，若是要捉拿晚生，只要差遣衙役前来即可。"

狄公问道："不知你何以想到我会来捉拿你？"

"请大人恕罪，晚生以为还是免去那些礼节客套，开门见山直说为好，也可省下你我不少时间。今晨城里风传，说是丁虎锢老将军已遭人谋害。晚生顺便说上一句，那虚伪之人真该有此下场。他那儿子行为鬼祟，早已传出谣言，说兵部尚书吴棣与丁将军有仇，还诬我身为吴尚书之子，存心谋害其父。丁浩在此街坊转悠已一月有余，还设法从酒店掌柜口中打探晚生情形。他编织流言，刻意中伤于我。

"无疑，丁浩已将晚生告下，说是我欲谋害其父。若大人是平庸县令，早已派出衙役班头，将我抓至县衙。然大人睿智颖达，非常人能及，故先微服到此，也好看看我吴峰究竟何许人也。"

洪亮坐在一旁，听他言语不冷不热，心中怒火越烧越旺，此时不禁跳了起来，喊道：

"大人，这狗头如此无礼，岂可容他！"

狄公略一抬手，淡然一笑，对洪亮说道："洪亮，吴相公与

狄公在吴峰的画室（高罗佩　绘）

我倒甚是相知。我以为，吴相公甚是不俗。"

洪亮坐回竹榻之上，不发一言。狄公继续对吴峰言道："你所言甚是，如今本县也同相公一样直来直去。你身为名闻朝野的兵部尚书之子，为何到此穷乡僻壤久居？"

吴峰环视墙上诸画，言道：

"五年前晚生秋闱应试，考得个秀才功名。然甚令我父失望的是，我无意仕途，决意学画，不愿再读那四书五经。我在京城时，曾随两位大师学画，但晚生对其画风不以为然。

"两年之前，晚生偶遇一位僧人，他从西域千里迢迢来到京城。那僧人向晚生展示此种画风，所画之物确是色彩鲜艳，生机勃发。晚生以为，我大唐画师如欲重振绘画雄风，便需学此画法，晚生也自当独步先行，故决意亲去西域学艺。"

狄公不动声色地言道："依本县所见，我大唐画风已臻完美，实在看不出有何蛮邦堪为我大唐之师。然本县亦不想充当行家，故不欲多言。你且往下说来。"

吴峰继续言道："晚生从家父手中索得盘缠，便独自西来。家父让晚生西来，只是希冀晚生有朝一日能意识到自己年少狂妄无知，继而回心转意，安心仕途。两年之前，前往西域之路仍从兰坊而过，故我来到此地。不料，晚生到得此地后才知，通往西域之路早已北移，官道已废弃不用。兰坊以西，只有游牧番族部落，那些人目不识丁，自然不会通晓绘画之艺。"

"既然如此，"狄公打断吴峰话语，问道："你何不即刻离开此地，继续向北赶路？"

那后生微笑答道：

"大人，要说清此事却非易事。须知，晚生生性怠惰，做事往往凭心情而定。不知何故，晚生只觉在兰坊很是舒心，心想不如在此住上一段时日，也好练习书画。晚生嗜酒如命，与卖酒掌柜同居一檐之下，甚是惬意。那店掌柜酿酒技艺出类拔萃，其店中所藏佳酿足可与京城上等酒店之酒媲美。"

听罢吴峰之言，狄公未置可否，只是说道："我再问你，昨日晚间一至三更你在何处？"

"就在此酒店之内！"那后生即刻答道。

"可有人作证？"

吴峰神色黯然地摇了摇头，答道："晚生昨晚并不知丁将军会命归黄泉，故并没寻找证人！"

狄公到得楼梯口，招呼店掌柜。一见店掌柜那张圆脸出现在楼梯脚，便高声问道："在下同吴相公斗嘴。在下说他昨晚外出，至深夜方归，吴相公则说他不曾离开贵店半步。店掌柜可曾看见他昨晚出门没有？"

店掌柜用手挠头，嬉笑道："客官，恕在下无能为力！昨日夜间，小店人来人往，在下忙着招呼生意，未曾顾及吴相公是否出去！"

狄公闻言点头，手捻长须，沉思片刻，又问吴峰道："丁秀才报称，你曾雇人窥视丁府，可有此事？"

吴峰闻言大笑。

"此类谎言甚是可笑！对丁虎锢那冒牌将军，晚生鄙夷至极，岂会花费银钱打探他的动静！"

狄公又问："当年令尊动本上奏，参他何罪？"

吴峰闻言，面容肃然，愤愤言道："那老贼为了活命，竟让整队大唐将士殒命疆场，可怜那八百男儿均被蛮兵剁成肉泥，无一幸免。当时军中对朝廷用人不当已多有不满，为稳军心，掩盖那厮丑行，遂将其革职为民，不再追究。不然，那老贼早已人头落地了。"

狄公听罢，默不作声，只是沿墙踱来，细品吴峰所作之画。画中人物均为佛门诸神，其中尤以观音画得最为出色。画中的观音有时独处，有时又有众神相伴左右。

看了一会，狄公转过身来对吴峰说道："我俩今日叙谈，可谓直来直往。临了本县还要直言相告，你所言之绘画新风并不比大唐之画有何高明之处。兴许，要识得其中好处，还须多看方能领略。不知可否赠我一幅，待我闲暇之时细细观赏。"

吴峰满腹狐疑，看了狄公一眼。踌躇片刻后，取下一中幅画轴，画中乃观音菩萨，另有四位神仙相伴。吴峰将画轴展于画案之上，又取过印信一枚。那印信原本搁在一紫檀木架上，以白玉制成，雕琢得极为精细。吴峰将印信盖于画轴一角，所盖之印为一形状怪异的古体"峰"字。吴峰将画轴卷起交给狄公，问道："晚生是否已被拿下？"

狄公不动声色地答道："犯罪感令你心事重重。本县尚未将你拿下，然你未经本县许可，不得擅离酒店。多谢赠画，告辞了！"

狄公向洪亮示意，二人步下楼梯。吴峰则长揖送客，却不愿劳神将两人送至酒楼门首。

狄公二人行至大街，洪亮怒气难捺，说道："那崽子也太无礼了！如若在大人公案之前，用拶子将其手指拶上一回，就绝不会如此放肆！"

狄公微笑言道："吴峰聪明绝顶，然却已铸下一个大错。"

此时，陶干、乔泰二人正在狄公书斋内等候。

二人下午于钱府之内取得证词，证词涉及几起钱牧强取豪夺之要案。陶干也核实刘万方在公堂上所供之词为实情，一应恶行，大都由钱牧自行决断，两名师爷不过是应声虫，按钱牧之意唯唯诺诺罢了。

狄公回到衙中，喝了一杯洪亮沏的茶，然后把吴峰的画卷展开，说道："我等倒要好好琢磨画艺了。陶干，将此画与余寿干大人的山水画并排挂在墙上。"

狄公坐在座椅里，将两幅画端详良久，方才开口言道："此两幅画定能解开黯陟使余大人遗言和丁将军遇害之谜！"

洪亮、陶干和乔泰闻言，都把凳子转将过来，面对画轴，细细观看。此时马荣走了进来，见此情景，大为惊奇。

狄公命道："马荣，你也坐下，我等同来鉴赏参详墙上这两幅画轴。"

陶干站起身，背着手站在余大人所作之山水画前。少顷，他转过身，摇头说道："卑职原先一直以为，画中树叶或石缝之间可能藏有极其细小之文字，可看了好半晌，也未曾见得一字！"

狄公心事重重地捋着长须，说道："昨日夜间，我对此画苦苦思索了几个时辰。今日一早，我又逐寸细观，可实言相告，此画实在令人费解。"

陶干捻着稀毛，问道："大人，难道此画的里衬里夹有纸条？"

狄公答道："我也曾想过这一点，故此将画对准强光细细看过，如若有纸条夹于里衬，必定见得。"

陶干说道："当年卑职于广州之时，曾学得裱画手艺。大人是否准许卑职将里衬全部取下，连同锦缎边框一起察看？此外，我也可验明画轴上下两根木棍究竟是空是实。卑职以为，黜陟使大人或许将卷紧的纸条藏入木棍之中，也未可知。"

狄公答道："倘若事后你能把画轴恢复原样，那定然要试试。依我之见，将文书藏在那地方，这主意未免浅陋，况且也不能显出黜陟使大人的聪明才智。然而，如能解开画轴之谜，即使机会甚微，也不能错过。说到吴峰所作之菩萨画像，情形却截然不同，确可从中看出些端倪。"

洪亮闻言，甚感诧异，问道："大人，何以如此？那画可是吴峰亲自挑选交给大人的。"

狄公淡然一笑，答道："那吴峰于此画中已露出破绽，而他却全然不知。吴峰以为我对绘画一事不甚通晓，可我却已看出他画中疏漏之处。"

狄公呷了口茶，又命马荣去唤方班头。少顷，方班头便到得狄公案前。狄公正襟危坐，看了方达片刻，然后和颜悦色地说道：

"令爱黛兰在我府中做得甚是出色，据我大夫人所言，她聪明伶俐，手脚甚是勤快。"

方班头闻言，深作一揖。

狄公继续言道："要让你女儿离开此安全稳妥之处，实非本县所愿，尤其你长女玉兰还杳无音讯，本县更是心中不忍。可我目下急需了解丁府虚实，黛兰前往丁府打探情况，当是最合适的人选。丁将军下葬之日临近，丁府忙乱异常，必定需要帮手，如黛兰能进得丁府，充当临时婢女，就可从其余婢仆口中探得许多内情。不过，你是黛兰的父亲，非经你许可，本县不愿擅自做主。"

"大人，"班头心平气和地答道，"小人和小人全家都自认是大人的奴仆，愿听大人调遣。况且小女很有主见，极想有些作为，倘能担当此任，自然欢喜不已。"

早已在椅中坐立不安的马荣，此时插话道："大人，此事由陶干去做，岂不更加合适？"

狄公狡黠地看了马荣一眼，答道：

"要探得丁府虚实，奴婢之间的闲聊乃是最好的消息来源。方班头，你可命黛兰即刻前往丁府！

"至于吴峰，本县要安排双重监视。马荣，你今晚前往永春酒店，充当明哨。你须装出生怕被吴峰觉察的模样，但又须让其明白，你是县衙派去监视他的人。同时，你还要给他一切机会，让其偷偷离开酒店而不为人察觉。须知，吴峰可是聪明绝顶，你可要使出浑身解数做好这件差事。

"陶干，你去充当暗哨，严密监视吴峰。一等吴峰从马荣眼皮底下溜走，你便暗中紧随，查明他去到何处，干了何事。倘若吴峰试图出城，你可亮出身份将其捉拿归案。"

陶干闻言，面露喜色，说道："大人，卑职和马荣也曾做过这双重监视的差事，可以称得上是老手。我先将余大人画轴取走，用水润湿，使其衬里分离。然后，小人即与马荣同去永春酒店。"

陶干、马荣离去后，狄公、乔泰和洪亮三人商议如何处置钱府事宜。狄公决定，将钱牧妻妾各自遣回娘家，奴婢仆役由县衙发给一月薪饷，释放遣散，唯羁押管家一人，以便日后再加讯问。

乔泰禀道，众守城军卒军纪严明，甚是令人满意。他亲率众军卒刻苦演习刀枪棍棒等行伍技艺，每日早晚两次，日有长进。另又报称，众军卒对林队副甚是敬畏。

洪亮与乔泰离去后，狄公坐在椅子内，想起多年来乔泰虽一直跟随自己，然却对他知之甚少。乔泰和马荣曾同为"绿林"中人，狄公曾听马荣说起身世，其中有些情节还听了两次，可他对乔泰之前的身世却一无所知。乔泰素来沉默寡言，闭口不谈自身遭遇。到得兰坊之后，他似乎更是埋头军务，不问他事。狄公心中纳闷，拿不准乔泰先前可曾在军旅中任过官职。狄公拿定主意，近日之内定要弄个明白。可眼下急务甚多，无暇顾及于此。想到此处，狄公叹了口气，拿起陶干放在桌上的案卷，只见案卷详尽记述钱牧罪行，遂细细批阅起来。

十一

▼

查案情陶干访古庙
逢对手马荣恣豪饮

马荣以为并无乔装改扮的必要，只将县衙差官之皂帽换成平民百姓所戴的尖顶小帽即可。陶干则换了顶可折叠的黑色薄纱帽。

二人离开县衙之前，在衙役房简要计议了一番。

马荣说道："必得让我惹人注目，使吴峰明白，我受官府派遣看住他，使他不得离开酒店，此事易办。然我等并不知晓那厮会做何反应。倘若他离店外出，并在路中设法摆脱我，又该如何处置？"

陶干摇头道："吴峰不至于此。道理很简单，他并不知晓你领受了何种使命。他不敢贸然外出，冒着被你当场拿下之风险，因为这会被县衙推断为可疑之举。吴峰绝不会有此举措。我唯一担忧的是，他根本不想躲你，而是按狄公之命待在店中。万一他溜了出来，你尽可放心，我定会将他擒住！"

计议已毕，二人出县衙而去。马荣走在前头，陶干则隔开一段距离，尾随在后。此前，洪亮已向马荣二人说明永春酒店的位置，故二人不费多大工夫就找到了酒店。

酒店之内，酒香十分诱人，两只彩纸灯笼照得店内通明，映得酒坛之上的红色标签分外醒目。店掌柜正低头沽酒，两名闲汉站在酒店之前，身倚柜台，慢吞吞地伸手抓起盘中的咸鱼块送往嘴中。

马荣见酒店对面是一富足人家宅第，便走了过去，站在门廊下，将身倚靠在黑漆大门上。

酒店二楼点了好几支蜡烛，马荣见有人影移过窗纸，明白是吴峰在辛勤作画。

马荣探身向前，把黑魆魆的街道前后扫视一遍，并不见陶干踪影。他遂将双臂抱于胸前，意欲在门廊内久候。

看那两名闲汉喝得正酣，马荣身后大门突然洞开。一名老者由一门丁指引，走了出来。老者见了马荣，言道："客官是否要见小老儿？"

"我可不想见你！"马荣没好气地说道。他转过身去倚在门柱之上。

老者闻言，恼怒道："客官听着！此处乃我私宅。你既在此无事，那就请离开此地，小老儿自是感激！"

马荣喊道："此街道乃百姓之街道，谁又能阻止我站立在此处！"

老汉高声叫道："客官还是快快离去，不然我要唤值更之人了！"

马荣高声回道："你这老东西，倘若你不喜欢我站在这里，你来将我推走试试！"

那两名饮酒的闲汉转过身来看热闹。他俩身靠柜台，双手拢袖，美滋滋地看马荣与那老汉争吵。

此时，二楼之上一扇窗户推开来。吴峰探出身子，不知是向谁高声怂恿道："敲他脑袋！"

门丁问主人："主人，小人再去唤些家丁前来，如何？"

"把那帮杂种统统唤来，"马荣吼道，"我一概奉陪。"

那老者见马荣一副好斗架势，知其来者不善，便气呼呼地说道："让那土佬站在那里，直站到烂了骨头才好！"

说罢，关门而去，嘴里还生气地嘟囔不已。

吴峰见状，大为失望，遂将窗户合上。

马荣则大摇大摆地走入酒店，那两个闲汉连忙给他在柜台边让出一个位置。

马荣瞪了两人一眼，冷冷说道："我想二位不是对面宅内之人吧。"

其中一人闻言，答道："不是。我俩住在隔壁街上。住在对面的老东西是位开学馆的，脾气甚坏。"

另一闲人说道："我俩来此并非是要跟那老东西念书的，只是到这善待客人之酒店吃菜喝酒罢了！"

马荣闻言，朗声大笑，遂取出一把铜钱放在柜台上，向掌柜的喊道："来壶好酒。"

酒店掌柜忙不迭地走上前来，将几个酒盅斟满，又用一只新盘子装了些干鱼和腌菜放在酒盅之前，这才笑盈盈地问道：

"这位客官从未谋面，敢问来自何方？"

马荣将一盅酒一饮而尽，待店掌柜重新斟满，然后说道：

"在下乃京城大茶商王老爷之车夫。我等带了三车砖茶，今日下午才到得此地，欲将砖茶售往边界那端。主人给了我三块银子，叫我出来自寻乐趣。我本欲找个标致的青楼女子，现在看来，肯定是走错了地方。"

店掌柜答道："客官说得不错，客官要去的地方离此地甚远。从边界那头来的蛮人女子都在兰坊的西北角，又叫北寮，走去要半个时辰。此类汉人女子则在南寮，过了荷花湖，到得兰坊的东南角便是。"说罢，店掌柜又奉承道："似你这等从京城来的爷，这些女子都配不上。客官见多识广，所干之营生必定是丰富多彩，客官何不进店来，给我等讲讲你一路上之奇遇？"

酒店掌柜边说边将铜板推给马荣："这第一巡酒算是酒店请客！"

那两位闲汉盼着白吃白喝，立即兴致高涨。

另一闲汉对马荣言道："似你这样的好汉，必定除掉过许多凶恶强人！"

马荣依了众人所言。他们进得店内，在一方桌旁坐下。马荣选了一个面向楼梯的座位坐定。

酒店掌柜也入席凑趣，一时间酒盅在桌上快速传递，那酒一盅盅地灌下四人肚内。

马荣的故事令人毛发倒竖。说了几个故事，只见吴峰从楼上走了下来。

吴峰在楼梯中间停住脚步，锐利的目光迅速扫了马荣一眼。

"吴相公，是否也请下楼同饮？"店掌柜高声说道，"这位爷讲的故事实在惊险离奇，不妨同来听上一二！"

吴峰答道："我眼下正忙，恕不能奉陪。不过，夜间晚些时候我会下来，务必要给我留些酒菜！"说罢，又返身上楼而去。

酒店掌柜说道："彼乃我之房客。他生性快乐，与之交谈乐趣无穷。汝等不要离开，也好等他下得楼来会上一会。"

店掌柜言罢，又斟酒一巡。

此时，陶干则一直忙个不停。

陶干见马荣到得酒店对面门廊之内，便迅即走进一条黑洞洞的小巷，飞快地脱下袍子，又将它里朝外地反穿在身上。

这袍子乃特制的袍子，其面子为上等褐色丝绸，看来华贵非凡，可其衬里却用粗麻布缝制，而且污迹斑斑，上面还歪歪斜斜地补了几片补丁。陶干拍了一下帽子，帽子即成扁平状，样子与乞丐常戴的帽子竟无二致。

收拾成这副狼狈相后，陶干进入那吴峰所住酒店与另一排房舍之间的窄小通道。两墙之间，阴暗异常，地面上满是污物，陶干只得小心择路而行。陶干估量已到了酒店后墙，便停住脚步。他踮起脚尖，刚好能够到墙顶。他曲臂向上，头探过墙头，仔细观察起来。

店堂后面黑漆漆的，看不清里面究竟如何，然楼上所有的窗户都透出烛光。酒店后院满是空酒坛，整整齐齐地堆成两排。这无疑便是吴峰所住房舍之后。

陶干又下到地面，四处摸索，找到一个破旧酒坛。他将酒坛滚到墙根，站到上面，双肘正可撑在墙头上。他将下巴枕于双臂，从从容容地观察起酒店上下。

吴峰房间的后面是一窄条阳台，上面放了一排盆花。其下则是酒店的泥灰后墙，一扇小门虚掩着，门旁则有一间侧室，应该是个厨房。陶干心想，吴峰想要翻阳台出房间，是易如反掌。

陶干耐着性子守候。

过了约莫一个时辰，吴峰房间的窗子慢慢推开来。吴峰探出头来四处张望。

陶干纹丝不动，心中思忖，自己身后一片漆黑，吴峰必定看不见他。

吴峰跨过窗台，像猫似的沿阳台稳步走到侧室上方，翻过栏杆，下到侧室的屋顶之上。吴峰在瓦上蹲了片刻，分明是要在下面的酒坛之间选一个适宜的空地以便落脚。然后，他轻轻一跳，落在两排酒坛之间，随后疾步钻进那酒店与隔壁房舍间的狭窄通道。

陶干亦紧跟着起身离开，竭力跑出小巷。他绊着了一只旧木箱，差点儿将腿弄折。转过房角，又和吴峰撞了个满怀。

陶干口出恶语，骂了一声，但吴峰却头也不回，只顾匆匆赶路，向大街而去。

陶干隔了一段距离，尾随其后。

街上人头攒动，故陶干无须躲于暗处。吴峰则因所包头巾模样怪异，且高出常人所戴皂帽好多，跟踪起来倒也方便。

吴峰一路向南而行，然后突然拐入一条偏僻小巷。此处，行人变得稀少。陶干脚不停步，紧追不放，一手抓住帽子中间的纽扣一提，帽子便成了寻常百姓戴的小帽，又从袖中抽出一根尺许长的竹管。此乃陶干诸多聪明的法子之一。此竹管内套有六根竹管，一根细似一根，陶干将其抽出，便成了一根竹制手杖。陶干放慢步履，行路的模样像位脚步又慢又稳的老年管家。陶干继续向前，直走到离吴峰很近之处才收住脚步。

　　那画师又拐入一小巷之内，陶干紧随其后。两人一前一后，到得一僻静之处。陶干心中思忖，此地定离东城墙不远。看来吴峰对这一带十分熟悉，只见他又进入一条空无人迹的狭窄小巷。

　　陶干在拐角处四下打量了一番，才尾随吴峰而入。陶干看得明白，那原来是条死巷，巷子尽头是一座小庙的寺门，寺之木门已不复存在，庙内也无丝毫灯光，四周杳无人迹。显而易见，这小庙早已废弃不用。

　　吴峰径直向前，待上到通向庙门的石阶时，却突然停住脚步，转过身来。陶干见状，忙将脑袋缩了回去。

　　陶干再探头观望时，吴峰已消失在庙门内。陶干等了片刻才走入空巷，静悄悄地朝庙门走去。到得庙前，陶干依稀见到庙门之上有三个大字："三宝寺"，字由彩色瓦片嵌于砖中而成。

　　陶干上得台阶，进入寺内，看来此庙已废弃多年。庙内无一家什，佛台内空空如也，唯石壁而已。庙的屋顶已有几处塌陷，抬头可见夜空星斗。陶干跷起脚尖，走向寺庙深处探看，只不见吴峰踪迹。到得寺庙后门，陶干正待向外张望，却又急忙缩身回来，藏于门柱之后。

后门之外为一小园，四周砌有围墙，园子中央有个鱼池，池边有张旧石凳，吴峰正独自坐在石凳之上。他双手托腮，似乎那鱼池甚是令人心驰神往。

陶干心内忖度："此处定是个密会之所。"他寻到一窗洞，见窗洞内设一龛，便坐于龛内，这样既可观察吴峰举动，又能守候其他入庙之人而不露形迹。

陶干在窗洞之内坐稳之后，袖起双手，合上双眼，竖耳细听动静。他不敢盯视吴峰，生怕看得太多会被吴峰察觉。有人对别人暗中偷窥甚是敏感。陶干在窗洞内坐了许久，不见有何动静。

吴峰偶尔变换一下姿势，还有一两次竟拾起几块石子投入池中消遣。等得不耐烦了，吴峰便站起身来，在园中来回踱步。又过了一阵，吴峰突然走出庙门离去。陶干见状，急忙缩进窗洞，将身子紧紧贴在潮湿的石墙之上。

吴峰快步返回住所，一路上并不左顾右盼。来到酒店所在的小街，吴峰在街角上伫立片刻，仔细张望，分明是要看清是否有人站在街内。见无人，他便疾步消失在酒店和邻房之间的窄道内。

陶干长舒了口气，慢慢踱回县衙。

酒店之内，众人个个兴味盎然。马荣已是江郎才尽，于是酒店掌柜自己也讲了几则。两位闲汉听得满心欢喜，每听完一则故事，二人都使劲击掌叫绝，满心想要连续听上几个时辰。

夜深之时，吴峰下得楼来，入座共饮。

马荣记不清酒已喝了几巡，然马荣饮酒海量，虽说喝了不少，头脑却依然清醒。马荣心中寻思，若是能将吴峰灌醉，兴许

马荣在永春酒店（高罗佩 绘）

能从其口中套出些实言真情。想到此处，马荣热情招呼吴峰，并向其敬酒，好似是其京城故交。

众人开始痛饮，将那上好之酒又喝了数坛。之后数月之内，附近邻人提起这场豪饮，还是津津乐道。

吴峰说道，他入席迟了，所饮之酒远少于他人，故将半坛烈酒倒入海碗中，一饮而尽。那烈酒灌进吴峰肚内，犹如一碗清水，丝毫不见醉意。

之后，吴峰又要了壶酒和马荣对饮，且边饮边聊，故事说得极其真切动人。

此时，马荣已感觉酒劲发足。他强打精神，搜索枯肠，十分费力地嚷着又讲完一则故事。

吴峰听毕，高声叫好，又急急连饮三盅。而后，他把头巾推到脑后，双肘撑在桌上，讲了一连串京城的奇闻轶事，偶尔也停嘴不语，饮上几口好酒。

吴峰饮得饶有滋味，每每举杯，总是一饮而尽。

马荣则是舍命相陪，隐约觉得吴峰乃是可交之人。马荣心中记得，要向吴峰打探虚实，然而却想不起要问何事。

马荣提议再喝一巡。两位闲汉已先行醉倒，酒店掌柜请邻里友人将其抬回家去。马荣此时已酩酊大醉，几次开口欲言，临了却语无伦次。吴峰又饮了一杯，讲了个粗俗不堪的笑话，引得店掌柜狂笑不已。马荣没听明白，却依然觉得滑稽而放声大笑，然后又向吴峰举杯祝酒。

此时，吴峰已双颊通红，额上汗珠涔涔。他摘下头巾，掷于屋角。

此后，两人皆变得语无伦次，偶尔停嘴拊掌大笑，举杯饮酒。

时过午夜，吴峰才说要上楼安歇。他费力地从座位上站起身，来到楼梯脚，不停地和马荣絮絮叨叨，说是愿俩人交情地久天长。

店掌柜扶着吴峰上楼之时，马荣思忖，此酒店真是个快乐、好客的地方。他悄无声响地滑跌在地，随即便鼾声大作。

十二

▼

次日上午，陶干正穿过县衙大院往狄公书斋走去，见马荣双手抱头屈身坐在一石凳之上。他停下来看那一言不发的马荣，问道："仁兄身体有何不适？"

马荣举起右臂随意挥了挥，头也不抬，嘶哑着嗓音答道："仁兄只管忙去，我要在此歇息歇息。昨日夜间，我与那吴峰饮了几盅，后因夜色已深，故留在那酒店之中住了一宿，希冀多打探些吴峰之所作所为。我刚回县衙不久，故而有些疲乏。"

陶干将信将疑地看了马荣一眼，不耐烦地说道："你我同去书斋，我正要向大人禀报，你须前去听听，还须看看我拿了何物回来。"

陶干边说边拿出一油纸小包。马荣无奈，好不情愿地站起身来。二人穿过大院，进到狄公书斋之内。

狄公坐在书案之后正埋头审阅公文，洪亮则坐在书斋一角品着香茗。狄公抬起头来问道：

"二位，那画师昨夜可曾出得酒店。"

马荣见问，抬起大手直搓前额。

"大人，"马荣愁眉不展地回道，"我目下头痛得紧，好似装满一头石子。禀报之事还得劳烦陶干！"

狄公注视马荣，见其面容憔悴，遂不多问，转过身来听陶干禀报。

陶干将其尾随吴峰到"三宝寺"一事，以及吴峰之奇特行止原原本本讲述了一遍。

听陶干说完，狄公无语，紧锁双眉沉思片刻，然后言道："如此说来，那年轻女子未曾露面！"

洪亮与陶干闻言，皆面露惊诧之色。马荣尽管身体不适，亦想听个究竟。

狄公拿起吴峰所赠之画，起身将画展于书案上，用镇纸压住画之两端，又取过数张宣纸将大半画面盖住，只露出观音菩萨面容。

狄公命道："诸位过来细瞧！"

陶干与洪亮站起身来，低头观画。马荣亦起身离凳，然又旋即坐下，面露疼痛之色。

陶干看了一阵，缓缓言道："大人！此脸绝非常见观音面容。佛门女菩萨之脸向来画得恬静而不露声色，然此画上乃是一生气勃勃的年轻女子。"

狄公闻言，面露喜色。

"正是如此，"狄公高声说道，"昨日我遍观吴峰之画，只觉所有观音菩萨相貌不但相同，且颇具凡人气息。我以为，吴峰定是深爱一名女子，其面容不断出现在他脑中，故吴峰所画之菩萨都是此女相貌，而自己却未曾察觉。既然吴峰画艺甚佳，此画定是那神秘女子的精妙画像无疑。我断定，吴峰正是为此女子而滞留兰坊。从此女子身上兴许能找到线索，弄清吴峰与丁将军遇害一事有何干系！"

洪亮道："要寻找这女子并非难事，我们不妨去那寺庙四周转转。"

狄公道："此法甚好。尔等三人须将此面容熟记，以便日后辨认。"

马荣呻吟着站起身来，看了一眼画像，又用双手压住太阳穴，合紧双眼。

陶干嘲讽道："我们的酒仙有何不适？"

马荣并不恼怒，睁开双眼慢慢言道："我定是见过这位女子。不知何故，我看此相貌甚是面善。然我冥思苦想，也记不起在何时何地见过此女子！"

狄公复将画轴卷起，言道："待你头脑清醒时兴许能回想起来。陶干，你手中所持何物？"

陶干小心翼翼地打开小包，包内有一木板，木板之上贴着一方小纸。陶干将木板置于狄公面前，说道："大人须仔细，这薄纸仍潮湿未干，极易撕破。今日清晨，卑职揭下余大人画轴衬里之时，见此纸糊于画轴缎边衬里之后，纸上所写正是余大人遗言！"

狄公俯身看那蝇头小楷，脸色骤变，然后将身子靠在椅背上，气得直拽胡须。

陶干摊了摊手，显出一副无奈的模样。

"大人，相貌常给人错觉。那余夫人一直在戏弄我等。"

狄公将木板推至陶干面前，冷冷地命道："高声念来！"

陶干听命，念道：

本人余寿干，自知不久于人世，特立遗嘱如下：

本人填房梅氏向来为妇不贞，其所生之子非我骨血，故本人全部遗产均归余之长子余基所有。余基须好生照顾家产，扬我余家之遗风。

立嘱人　余寿干

（签字并盖章）

陶干停顿片刻，继而言道：

"我自然已将此遗嘱上之印鉴与余大人画轴之印鉴做了比较，两个印鉴全然相同！"

室内一片寂静。

不过片刻，狄公俯身向前，以拳猛击书案，言道："全然错了！"

陶干不解地看了洪亮一眼，洪亮微微摇头，马荣则瞪大眼睛望着狄公。

狄公叹了口气，说道："我来说明我何以确信其中定然有假。余寿干远见卓识，聪明过人，我依此推断，他必定明白其长子余基心术不正，且对其异母幼弟忌恨万分。余杉出世之前，余基自以为是余家唯一子嗣。因此，余大人行将就木之时，想的必然是如何保护年轻的夫人及幼小的次子，使其免受余基诡计之害。

"已故的黜陟使大人明白，即便他将家财在二子之间平分，更不用说不给余基家财，余基必定会伤害其年幼的异母兄弟，甚至可能杀了余杉来夺取那份遗产。故而余大人表面上并不分给余杉财产。"

洪亮听了点头，又意味深长地瞥了陶干一眼。

狄公又道："余大人在其画中隐藏着把大部分家财留给余杉的真实用意。从老黜陟使在留遗言时所采用的古怪方式，就能看出端倪。余大人说得明白，画轴须归余杉所有，而余下之物归余基所有；他不说明这'其余'二字究竟所指为何，可谓用心良苦。已故的黜陟使大人想借此暗藏之遗言保护幼子，直至其长大成人，继承遗产。余大人希望，约莫十年之后，有位聪明县令能解开画轴之谜，使余杉应得的那份遗产物归原主。他嘱其遗孀将画轴交给每位到任的新县令验看，正是为此缘故。"

"大人，"陶干插话道，"兴许余大人从未有过这等吩咐，我们不过是听了余夫人的一面之词。依卑职之见，此遗书说得明白，余杉乃私生子。余大人心地善良，宽宏大度，意在免使余基为其复仇。同时，余大人又欲在适当时机使真相得以大白，故而把遗书藏在画轴之内，等哪位新任县令发现了遗书，就可以以遗书为凭，驳回余夫人诉余基之状纸。"

狄公仔细听罢，问道："余夫人企盼解开画轴之谜，你又做何解释？"

陶干答道："凡女子都以为，若是男子深爱自身，便会体贴入微，处处为之着想。女子往往高估此事。卑职深信，余夫人指望余大人出于仁爱，会在画轴之内藏一飞钱或一纸文字，指点其寻得藏匿好的家财，补偿其所失之一半家产。"

狄公摇头道："你之所言听来倒也有理，然与余大人之为人甚是不符。我确信，此遗言为余基伪造。我想余大人在画轴之中曾藏了一封不甚要紧之遗书来蒙骗余基。我先前已说过，若余大人使用此画轴来藏匿至关紧要之文书，不免过于笨拙，以余大人之智，绝不会有此愚笨之举。依我之见，在此虚假证据外，余大人必定在画轴中藏下真实遗言。余大人担心，若余基疑心此画轴中藏有珍贵之物，必会将其毁掉，故而在画轴内衬中安下一纸文字，故意让余基找到，以此法来确保他在找到文书后，不会再去找寻那真实遗言。

"余夫人对我言道，余基曾拿走此画，留了七日有余方才归还她。余基自有充裕时间寻找画中所藏之文书。且不论此文书上写了何种言语，余基定是以此假遗书将其取代。那样，不论余夫人如何处置此幅画轴，他都可以高枕无忧了。"

陶干点了点头，说道："大人之说，卑职听来也确实有理，然卑职还是以为，卑职之说更为简单明了，合乎案情。"

洪亮道："卑职以为，要弄到余大人手迹来对比一番，原本并非难事。然而不巧的是，余大人在画上所题之字乃是篆体。"

狄公忧心忡忡地言道："我早已打算拜访余基，今日午后便去设法弄得余大人日常手迹和印鉴样品。洪亮，你即刻拿我的名刺去到余府，就说我想登门造访。"

洪亮和陶干、马荣起身离去。穿过衙院之时，洪亮说道："马荣，你现在需要一壶热乎乎的浓茶，喝上几盏，酒自然会醒。在你酒醒之前，我不愿你离开县衙。"

马荣称是。

到得衙役房，三人见方班头正坐在方桌旁与其子说话。方班头之子见三人进来，忙起身让座。

众人坐定后，洪亮命当值衙役取来一壶浓茶。闲聊数语之后，方班头说道：

"三位爷进来之时，我正与犬子计议应往何处找寻我长女下落。诸位有何高见，望不吝赐教。"

洪亮呷了口茶，缓缓言道："方班头，在下本不想提起刺痛你内心的话题。既然你提起此事，我倒要说，令爱可能已与意中人一起远走高飞，也未可知。你须估计有此可能。"

方达听了，使劲摇头，言道：

"在下长女与小女儿大不相同。黛兰任性有主见，仅长到膝头高矮时，便知该做何事，并知如何去做。黛兰原该生成男儿身。相反，我之长女为人沉静，素来听话，性格温和柔顺，从未想过要找个心上人，更不用说与之私奔了。"

陶干说道："既然如此，恐怕我等须做最坏打算，是否有人将她掳去卖给了青楼？"

方班头凄然点头，叹道："陶兄所言甚是有理，在下亦以为须查查那些风月场所。这类去处，兰坊城内有两个，一个称作

'北寮'，位于城的西北角。北寮的女子大多来自疆界那边，当年通西域之路经过兰坊时，这去处甚是繁华，现时盛时已过，反成了城内泼皮偷儿等常去之处。另外一处称作'南寮'，其间都为上等妓院。那里的女子全为汉人，其中有的颇识得几个字，与都市大埠中的歌伎舞姬并无不同之处。"

陶干拽了拽左颊上的三根稀毛，说道："依我之见，应从北寮查起。据你所言，在下推断，南寮的烟花场所应不敢掳掠女子，逼良为娼。似那类高等妓院大多小心谨慎，他们往往出钱买人，不至于违法行事。"

马荣将大手按在方班头肩上，说道：

"方班头休要烦恼，一俟狄大人审毕丁将军命案，我即向大人请命，委派我和陶兄寻访你长女下落。如有人能找到令爱，那必定是陶干这老鬼精灵，更加上有我为他出手助力，我想必定能够成功。"

方达含泪谢了马荣。

此时，黛兰一身侍婢打扮进得门来。

马荣见了，即刻喊道："干这活计，姑娘是否喜欢？"

黛兰并不搭腔。她向其父深施一礼，说道："父亲，女儿有事禀报县令大人，请带女儿前往。"

方达起身，道声"少陪"。洪亮要去余府知会余基，方班头则偕女儿穿过衙院到得狄公书斋。二人见狄公双手托腮，独自坐于案后沉思。

狄公见到方达、黛兰二人，面露喜色。二人鞠躬请安，狄公点头，忙不迭地说道：

"姑娘，把你在丁府探得的全部情形禀报本县。慢慢细说，不必着急！"

黛兰说道："大人，丁将军生前十分怕人谋害，这事千真万确。丁府侍女告诉奴婢，丁将军所食之物都要先喂过狗，以确证其中无毒。丁府大门和边门日夜关门落锁，众仆人深感不便，因每每有客来访，或有生意人来做买卖，皆须开锁、落锁，十分费事。丁将军怀疑每个仆人，丁少爷也严密盘问每人行止，因此仆人们都十分烦恼，不愿在丁府伺候，往往做不数月就辞工而去。"

狄公命道："给本县说说丁府诸人。"

黛兰又说道："丁将军之大夫人已于数年前去世，现由二夫人管家主事。二夫人整日怕别人瞧她不起，很难侍奉。三夫人目不识丁，又胖且懒，不过要令其满意倒也不难。四夫人十分年轻，丁将军到了兰坊后才娶其为妾。奴婢以为，四夫人乃男人心中的美貌女子。不过今晨梳妆时，我见她左胸有颗黑痣，甚是丑陋。她整天不是设法从二夫人手中要银子，就是面对镜子顾影自怜。"

"丁少爷和少夫人另居在一小院之中，膝下尚无子女。少夫人长相一般，且长其夫婿几岁。但奴婢听众人说道，她颇有才学，读书颇多。少爷几次提起要纳二房，她只是不依。少爷现今想在年轻女仆中拈花惹草，却不太得手，因此没有仆人愿在府中伺候，婢女们也不怕冒犯少爷。今晨我收拾少爷房间时，将他私人信札文摘偷着略略翻阅一遍。"

狄公听了，冷冷说道："本县未曾命你做这种事。"

方班头则怒目圆睁，瞪了女儿一眼。

黛兰满脸通红，忙往下说道：

"奴婢在一抽屉内见到丁少爷所写的一札诗稿与书信。那文笔太深奥，我只是不懂。可我从看得明白的几句诗文中看出，所写之文甚是奇特，故带了出来，给大人过目。"

黛兰边说边用纤手从袖中取出一包诗文信函，恭恭敬敬地深施一礼，呈给狄公。

狄公以异样的目光溜了一眼火冒三丈的方达，便自顾快速浏览起那些诗文。狄公放下诗文信札，说道：

"这些诗文说的都属不伦的风月艳情，言辞甚是不堪，你看不懂倒是好事。信札所说之事也不过如此，落款都为'奴丁浩拜上'。丁浩写此诗文、信札，只为宣泄心头之情，并未送至应去之处。"

黛兰说道："丁少夫人是个才学女子，丁少爷不会写此诗文给她。"

方达此时已按捺不住，听得女儿说话放肆，便狠掴了她一个耳光，喊道："你这贱人，大人不曾问话，你如何胆敢饶舌！"说罢，又转身面向狄公，歉疚道："大人，此乃拙荆教女无方所致！"

狄公微微一笑，说道："待我等具结了此凶案，本县要为令爱择个佳婿。教导任性女孩之法，莫过于让其安心操持日常家务，彼时，令爱自然会循礼办事了。"

方班头恭敬道谢。黛兰挨打，脸虽露愠色，却不敢吭声。

狄公用食指轻敲书文小包，说道："本县自会命人立即誊抄出来，今日午后你将这些诗文、信札放回原处。姑娘，你差事干得不错。你须眼观六路，耳听八方，不过仍须小心，不要翻看关严的抽屉箱柜。明日再来禀报本县。"

　　方达偕女离去之后，狄公命人将陶干唤入，说道："此乃一札诗文信函。你须小心誊抄清楚，从这些艳词丽句中找出线索，推断收信者究竟是何许人。"

　　陶干溜了一眼诗文，不禁双眉倒立。

狄公前往余府，只有洪亮与四名衙役相随。

官轿抬过汉白玉石桥时，狄公望着左侧荷花池上的九层宝塔高高耸立，心中赞叹不已。随后一行人向西折去，沿河到得城西一荒无人迹之处。

余基府孤零零地立于一片荒地之上，四周围墙高而坚实，难以逾越。狄公心想，此宅靠近水门，概因此地百姓盖房但求坚固，以防界河对岸蛮人来袭。

洪亮一叩门环，门随即洞开，两名门丁见狄公官轿抬入大院，便深深作揖施礼。狄公正欲下轿，一名身材中等、体态微胖之男子匆匆走下客厅台阶。此人脸颊胖圆，胡须尖短，稀疏眼眉之下双眼转个不停，与动作爽利及言语快捷很是匹配一致。

他恭恭敬敬地施礼作揖，说道："小民余基乃此宅主人，在此拜见县令大人。大人今日光临寒舍，蓬荜增辉，小民恭请大人下轿入内。"

余基引狄公上得台阶，穿过高大之门，进得厅内。余基请狄公上座，狄公也不推辞，便在靠后墙之大方桌旁坐定。狄公环顾大厅，只见大厅布置得精巧雅致。狄公推想，那古董桌椅及墙上书画墨宝原先必为余大人所收藏。一位仆人走上前来，往一套精美的细瓷杯内斟茶。狄公开口言道："本县有个惯例，每到一处上任，必要拜访当地士绅名流。你乃国家重臣、已故黜陟使余寿干大人之子，本县久盼一会，今日来到贵府，心中甚是欢喜。"

余基闻言，忙从椅中起身，向狄公连连作揖。重新入座后，余基说道："多谢大人如此抬举！确实，先父一生卓有成就。然而，先父如此出类拔萃，其子却这般平庸，真是愧煞小人。咳，天赋乃上天所赐，加上勤奋钻研，天赋会更有作为。然而，小民驽钝，无天才之根底，即令从晨至晚苦读，也是白费力气。然而小民至少还可说是尽了全力。大人，小民禀赋不高，故从不敢奢望高官厚禄，只是掌管家产，料理几亩薄田，安稳度日罢了！"

余基搓搓胖手，谄媚一笑。狄公张口欲言，可余基却自顾自说道："似大人这等饱学之士，小民不配与大人闲话。小民心中甚感羞愧。大人官居县令，声名显赫，屈尊光临寒舍，乃小民三生有幸，可又令小民诚惶诚恐。小民恭贺大人迅速拿获恶徒钱牧，此功此业何其辉煌。前任几位县令只知向钱牧卑躬屈膝，真是可悲！小民清楚记得，家父生前常说，现今年轻官员缺少品行，可大人您却截然不同。众所周知，小人意为……"

余基至轿前恭迎狄公（高罗佩　绘）

余基犹豫片刻，正想着该如何措辞，狄公马上打断其话头，说道："已故黜陟使大人必定留下不少家财吧！"

余基答道："确实，只是小民甚是愚笨，管理田产忙得我整日不得空闲。还有那些佃户，当然都是些老实百姓，却总拖欠田租！还有当地的仆人！哎，兰坊和京城大不相同，小民总说……"

狄公不动声色地说道："本县以为你在东城门外还有大片田庄。"

余基答道："不错，那田庄确是不错。"

说到此处，余基第一次闭口不语。

狄公说道："改天本县倒要看看那座迷宫。"

余基闻言，说道："小民不胜荣耀，不胜荣耀！只是那地方年久失修，小民原本打算将其重新修葺一番，然家父生前对此田庄十分钟爱，曾训示不准动其一砖一瓦。大人，小民虽是愚笨，但却不乏孝道。家父生前留下一对老仆看护此田庄，二人虽忠心耿耿，然却无力将田庄妥善维护。大人必定知道，那些老仆自恃曾侍奉家父，居功自傲，使唤起来甚是不便，故小民从未去过那片田庄。大人必然明白，那两个老人兴许……"

狄公耐住性子说道："听说那迷宫之内道路复杂曲折，故本县极有兴趣前往一观。不知你可曾去过那迷宫？"

余基一双鼠目现出不安之色。

"不，小民不曾去过，噢，小民不曾到过迷宫之内。小民实言禀报大人，家父生前对迷宫另眼相待，唯他一人知道其中奥秘……"

狄公漫不经心地问道："余大人遗孀可知那迷宫底细？"

余基闻言悲戚起来，说道："说起家母，实在令人伤心。大人想必知晓，小民年幼之时，家母便因疾病不治身亡。小民年幼丧母，好不痛哉！"

狄公道："你幼年丧母，本县早知。今本县所问，乃尔之继母，令尊之续弦也。"

余基闻言色变，猛从椅中站起，气鼓鼓地在狄公面前踱来踱去，言道：

"此事好不恼人！今日又要谈及，煞是令人心烦！大人自然明白，余门向来父慈子孝，然今日小民要说，家父生前铸此大错，怎不叫人心痛！家父生前品格高尚，为人宽厚仁爱，才至如此。

"大人，家父受一刁钻狡猾之女子欺蒙，动了恻隐之心，娶其作为续弦。可恨这妇人不但不感恩戴德，反倒欺辱家父，勾上个年轻野汉。天知晓那野汉是何许人！大人，她犯下私通之罪，丢人现眼，家父明知此事，但怕张扬出去坏了名声，只得默默忍受。家父心中苦涩，就连对小民也未曾吐露半字，只是到了身染重病、卧床不起之时，方才于临终遗言中吐露真情！"

狄公意欲开口说话，然余基兀自说道："小民知道大人欲说何言。我原本应当将其告到县衙，然我却不忍心将家父私事在公堂上抖搂出来，惹人耻笑。小民我实在是不忍心为之！"

言毕，余基双手掩面。

狄公冷冷地说道："然此事终究还须对簿公堂。说来真是憾事，尔之继母已到县衙将你告下，说那口头遗嘱不足为信，应分一半家产给其幼子余杉。"

余基听了又气又恼，叫道："好个忘恩负义、恬不知耻的婆娘！大人，她是个狐狸精，但凡是人，都不会堕落到这步田地！"说毕，竟哽咽起来。

狄公悠然饮茶，等余基坐回椅中，恢复常态，才语气和缓地说道：

"本县未曾有缘一晤令尊，真乃憾事。常言道，字如其人。似这等饱学之士，定会留下墨宝，墨宝中定会透出令尊气概。已故黜陟使大人乃书法大家，我久闻其名，意欲借令尊翰墨一览，不知可否？"

余基答道："此乃又一憾事！小民无法从命，甚觉难堪。其实，此乃家父又一美德。换言之，此乃家父虚怀若谷之明证。家父病危之际，自知不久于人世，便严命小民将其所写文字书稿统统付之一炬。家父言道，其书画不值留传后世。家父真可谓谦逊至极！"

狄公得体地附和了数语，随后又问："令尊四海闻名，本县以为，兰坊城内与之相交者必定不少。"

余基傲然微笑，答道："此边陲城内，全无饱学之士，家父自然不屑与之谈天论地。当然，大人自属例外。倘若大人能会晤先父，先父自会与大人倾心交谈，乐不思止。家父在世之时，对治世治国之事，兴趣尤浓……不，家父晚年埋头治学，监管稼穑，那妇人能巴结上家父，道理即在于此……啊，小民离题远矣！"

余基击掌，命仆人添茶。

狄公默将须髯，心想，这宅主真是位狡狯之人。他话语滔滔不绝，却无一紧要言辞。

　　余基又喋喋不休地谈论兰坊险恶的气候，狄公则是慢慢呷茶，不予理会。突然，狄公问余基道："令尊一向在何处作画？"

　　余基不知狄公何意，茫然地看了狄公一眼，一时竟没答话。他轻抚下巴，略想了想，答道：

　　"小民对画不甚了了……待我思想片刻。对了，先父在那乡间宅第背后有座小轩，常在那轩内作画。那轩就在园子背后，紧靠迷宫入口，是个好去处。小民以为，若是那年老门丁看管得严，先父作画之画案当在轩内。大人自然明白，那些老仆……"

　　狄公站起身来，欲告辞离去。但因余基执意挽留，狄公不好固辞，就又听余基闲扯一番。最后，狄公费了好些口舌，才辞别宅主，脱身出府。

　　洪亮此时在门丁值房中已等得甚不耐烦，见狄公出来，便连同衙役一起随狄公返回县衙。

　　狄公回到书斋，于书案之后坐定，长嘘了一口气，对洪亮说道："那余基好生絮叨。"

　　洪亮急问："大人可曾探得些紧要消息？"

　　"不曾探得紧要消息，"狄公答道，"可那余基提及之一两件事兴许甚是要紧。我未能弄到余大人手迹来和陶干在画轴之内发现的遗书相核对。余基说道，其父命他将其书稿统统焚毁。我原本以为，黜陟使大人在兰坊之友兴许会藏有一册两本，然余基却道，其父在兰坊无一亲朋好友。洪亮，不知你如何看待那余府？"

洪亮答道："属下在门丁值房内等候时，与那两名门丁闲话许久。二人言道，他家主人看事想事与众人不同。余基同余大人一样偏执，却远不如其父聪慧。虽说余基绝称不上雄健魁梧、身手敏捷，却甚好舞拳弄剑，因此丁府中的仆役们个个身强体壮。余基最喜家人习武比试，已将中院改为校场，他常常坐在一旁为演武家丁喝彩并奖励胜者，往往一坐便是几个时辰。"

狄公听了微微点头，说道："体弱之人欣羡他人强健体魄，倒也常见。"

洪亮说道："二位门丁还曾言道，余基曾以重金聘请钱牧府中之最佳剑师到余府效力，钱牧为此甚为不悦。余基并无胆略，却日日望胡兵突袭兰坊，他要其家人个个身强体健，擅长武艺，道理就在于此。余基还从界河对岸请来两名习武胡人，传授仆人胡兵征战之法！"

狄公问道："门丁可曾说起余大人生前如何对待余基？"

洪亮答道："余基对其父甚是畏惧，即便余大人已经去世，其惧父之心丝毫未减。余大人入土之后，余基将所有旧仆一一辞退，说是见到这些旧仆就想起父亲威严，心中悸怕。但对其父遗言，余基则是不折不扣句句照办。余大人生前叮嘱，城郊那片田庄不得更动分毫，余基自余大人去世之后果然未曾去过一次。门丁还告诉卑职，一提起城郊那片田庄，余基就怕得脸面变色，真可谓谈虎色变。"

狄公手捋美髯，面现忧虑之色，言道："改天我倒要去那乡间府第，亲眼看看那座名闻兰坊之迷宫。洪亮，你须打探余夫人和余杉现住何处，邀她二人前来县衙见我，兴许余夫人处藏有余大人手迹。除此之外，我等还可核实余基之言，看余大人在兰坊有无良朋好友。说及潘县令遭害一案，我尚未全然绝望，或许能获取密访钱府那神秘人物之蛛丝马迹，亦未可知。我已命乔泰盘问钱府家丁，方班头则细审狱中所关押之钱府二位师爷。我正在思量，是否须派遣马荣到城内痞出没之场所进行察访，如若果真是那神秘人物坏了潘县令性命，定还有党余相助。"

洪亮言道："大人，马荣亦可乘机打探方班头的大女儿玉兰之下落。今晨我等与方班头议及此事，方班头以为，玉兰十之八九已被歹人劫持，卖给了青楼。"

狄公叹道："我担心那可怜姑娘已然遭遇厄运。"

略停片刻，狄公又道："丁将军之命案至今无多大进展。我将命陶干今晚去那三宝寺，看吴峰或他所画之女子露面与否。"

狄公外出之时，陶干曾送来一堆公文。狄公从中取出一卷，意欲批阅，然洪亮似乎并无离去之意。踌躇片刻后，洪亮才启齿说道：

"大人，有件事总萦绕在卑职心头。卑职以为，在丁将军书斋之内，我们可能有忽略之处。卑职思前想后，认为要破解丁将军遇害之谜，还需到那书斋走上一遭。"

狄公放下手中公文，定睛看了看洪亮，然后取出一只漆盒，从中拿出陶干依样制成的匕首，放在手掌之上，缓缓言道：

"洪亮，你自然明白，我万事皆不瞒你。我反复揣摩丁将军命案之种种根由、各种可能，然时至今日，对于此匕首究竟如何使用，那凶犯又如何进得书斋，如何逃遁，依旧一无所知！对此案之就里，我仍是毫无头绪。"

二人半晌不语。

狄公突然决定："洪亮，明晨我等再访丁府，细细察看那书斋。兴许正应了你适才所言，要破此凶案还需在书斋之内寻找破案之法。"

十四

▼

觅线索狄公探丁府
拿案犯县令峻辞色

次日清晨，天气晴朗，看来整日都会天朗气清，阳光明媚。

用完早饭，狄公告诉洪亮："我想走路前往丁宅。"狄公又道："我还想邀陶干一同前往，走动走动对他有益！"

三人由西门出了县衙。狄公事前并未知会丁秀才他将前往丁府。到得丁府，只见丁府上上下下正忙于丁将军的丧事。

管家引狄公及二位随从到得大厅。只见丁府大厅已改成灵堂，灵堂之内放着丁将军巨大的朱漆木质灵柩。灵柩之前，十二名僧人正高声诵经，超度亡灵。丁府内四处可闻僧人一成不变的念经声与木鱼声，焚香浓烟缭绕。

狄公见到走廊内一条长桌上堆满寿礼，且均以红纸包裹，还附有祝寿吉言。管家见狄公面露惊诧之色，连忙前来赔称不是。

管家言道，祝寿礼品令人想起凶案当日情景，若非所有的仆人正忙于丁将军丧事，本该早已清理完毕，堆放别处。

丁秀才一身白麻孝服，赶至大厅，说是府内乱成一团，万望县令大人见谅。

狄公截断丁浩话语，说道："或是今日，或是明日，本县要升堂审理汝父命案。现今仍有两三处细节有待查实，故本县未经知会便来到贵府。本县欲即刻前往令尊书斋，你自有事缠身，不必相陪。"

两名衙役仍在通往书斋之走廊内看守。两人向狄公禀报，并无一人走近书斋一步。

到得书斋，狄公揭去封条，推门入内。只见他以袖掩面，急急退回，一股恶臭朝众人扑鼻而来。

狄公说道："屋内必有腐尸，陶干，快去大厅向僧人要几炷香来！"

陶干领命，匆匆离去。不过片刻，陶干回到书斋，双手各擎香三炷，散发出刺鼻的浓烟。

狄公接过香炷，进入书斋，一面舞动佛香，直至四周布满蓝色浓烟。洪亮与陶干则在门外等候。

少顷，狄公出得书斋，手举悬画所用之分叉小棍，棍端叉着一头半腐死鼠。

狄公将小棍交给陶干，命道："令衙役将死鼠装入盒内封好！"

狄公和洪亮立在门外等候臭味散尽。此前，狄公已将香炷插在书案笔筒之内，以熏去室内腐尸臭味。但见阵阵烟雾从斋内飘出，漫于园内。

洪亮笑道："大人，那小小死鼠可唬卑职一跳！"

狄公闻言，不动声色，言道：

"洪亮，待你进得书斋之后，定然不会发笑。须知，其内尽是凶杀之气！"

陶干返回后，三人同入书斋。

狄公手指地上一小纸盒，说道："那日我将纸盒放在书案石砚旁。此乃我等在将军袖内找到之小盒，内装蜜枣。小鼠闻得枣味，就爬来觅食。瞧，死鼠足迹在书案尘埃中清晰可见。"

狄公俯下身子，用两指小心夹起小盒，放在书案之上，只见盒盖一角已被咬破。狄公打开小盒，内中九枚蜜枣少了一枚。

狄公正色道："此乃凶犯又一凶器。盒中蜜枣均浸有毒汁。"言毕，又对陶干说道："你在地上找找那枚枣儿。休要用手捏取！"

陶干跪地，细细搜寻，终在书柜底下找得那蜜枣，可已被老鼠咬去一半。

狄公从袍缝中取出一根牙签，插入枣内，然后置于盒中，盖上盒盖。

狄公对洪亮道："将此盒用油纸包了，带回县衙仔细查验。"随后环视书斋，摇头道："今日查验至此，我等先回县衙再做打算。陶干将门重新封好，两名衙役仍留在廊内值守。"

三人步行回衙，一路上均不言语。

回得县衙书斋，狄公唤书吏取来一壶热茶。

狄公在书案之后坐下，陶干与洪亮亦在惯常座位中坐定。三人各饮一盏热茶。饮毕，狄公开言道："洪亮，差一名衙役去唤那仵作前来县衙见我。"

洪亮走后，狄公对陶干道：

"此命案越发扑朔迷离了。我等尚未弄清凶手如何用那匕首刺杀丁将军，却又发现他还备有另一凶器。我等刚刚摸清那被告吴峰有一诡秘相好，却又获知原告丁浩亦有一秘密相好！"

陶干听后，狡黠地说道："大人，此二女莫非是同一妇人？倘若吴峰与那丁浩争风吃醋，那丁浩所诉之状则需另当别论！"

狄公面露喜色，说道："你这见地倒颇有趣味。"稍停片刻，陶干又道：

"卑职还是无法明白，那凶手何以能让丁将军收下那盒毒枣！那盒毒枣必定由凶手亲手交给丁将军。我等在丁府之中见那桌上有一堆礼品，因此凶手必不会将此盒置于桌上。卑职以为，若其将此盒置于礼品桌上，凶手如何有把握使丁将军挑那纸盒？若是那样，倒是丁秀才或丁府之中另有一人会成冤鬼。"

洪亮此时已回到狄公书斋，听了片刻，插话道："按你所言，又如何解释这一疑点：凶手既已杀了丁将军，为何不将此盒从丁将军袖中取走，反倒将罪证留在现场？"

陶干大惑不解地摇了摇头，过了半晌方才言道："此前，我等从未在同一时间遇到如此多的疑案。除此命案外，墙上画轴所藏之谜亦未解开，钱牧府第之神秘访客仍逍遥法外，鬼知道他还要犯下何种罪行。此人是谁，竟丝毫不知？"

狄公苦笑道："丝毫不知。昨日夜间乔泰向我禀报，说是已将钱府家丁和师爷一一盘问，却无一人能说清楚。此神秘访客每每深夜造访，宽大长袍遮住身体，到得钱府又一言不发。一条脖巾遮住脸之下部，长袍头罩阴影遮住额头，还将双手拢于袖中，从不外露！"

三人又喝了一盏浓茶。

此时，书吏来报，仵作已到县衙。

狄公盯住那年老药商，上上下下打量了一番，说道："那日你验丁将军尸身时言道，内用之毒大都可以验出。本县手头有蜜枣一盒，一只老鼠只食了半枚便立即死去。你现在当本县之面验看枣内含有何毒。如若必要，亦可验看死鼠。"说罢，将纸盒递给仵作。

老仵作打开随身所带小包，取出一皮质包夹，夹内装有薄刀一套，刀皆刃短而把长。仵作选出一锋利小刀，又从袖中取出一张白纸，然后用镊子取出小鼠啮咬之蜜枣放在纸上，娴熟地切下纸般厚的薄枣肉一片。

狄公和二位随从将其一举一动看得真真切切。

仵作用刀刃将枣片平摊在纸上，细细察看，然后抬起头来索取开水一杯、新狼毫笔一支、蜡烛一支。书吏取来所需之物。仵作于沸水中蘸了狼毫，将枣片濡湿，又取出一张白纸铺在枣片之上，然后以手掌紧压其上，随后点燃蜡烛。仵作将白纸给狄公观看，白纸之上留有肉枣湿印。仵作又将白纸置于烛火之上烤干。

仵作将白纸移至窗边仔细观瞧，并以手指轻轻抹之。陶干性急，起身离椅，走到仵作背后看那白纸。

仵作转过身来，将白纸递给狄公，说道："启禀大人，此枣内之毒剂量甚大，乃一橙色颜料，唤作藤黄，系用针管注入枣内。"

狄公慢捋胡须，瞥了白纸一眼，说道："仵作何以见得？"

仵作笑道："此验毒之法已在我药界使用数百年，从枣汁内异物之色泽、颗粒形状即能辨认。大人请看纸上印痕，可清晰见得淡淡黄色，而其颗粒形状也异于枣汁，但唯药界行家方能摸出。又见薄片之上有细小圆形斑迹，故小人以为，此毒乃由一空心针管注入。"

狄公赞道："验得好！你把那余下八枚蜜枣也一一验过，看看有无毒汁？"

仵作验看之时，狄公无事，只拿着那纸盒在手中把玩，无意中松动了盒底白纸。狄公忽然低头细瞧，只见白纸边上有一淡红印记。

"哎，"狄公道，"何以疏忽至此！"

洪亮与陶干起身，走近案前，注目观瞧。狄公手指着那纸上的淡红痕迹。

洪亮道："此乃半个吴峰印鉴，与那日他盖在画轴上之印鉴分毫不差。"

狄公身靠椅背，说道："如此说来，两条线索均指向吴峰。其一，是所用之毒。藤黄乃一颜料，画师均用来作画，且均知其毒性。其二，便是这垫底白纸。我想这定是吴峰那厮绘画盖印之时，曾用此纸衬于画下，无意之中将半个印章盖在这张纸上。"

陶干惊喜道："此乃我等费尽心力寻觅之物证，如今到得我等手中，真是幸事。"

狄公并不作声，只是静待仵作验毕全部蜜枣。

过了好一会儿，仵作才禀道："大人，据小人验看，每枚蜜枣所含之毒均可致人死。"

狄公从公案之上取一公文用笺递给仵作，命道："如实记下查验结果，然后画押。"

老仵作将笔蘸墨，写完查验文书，按上手印，双手呈给狄公。狄公好言慰勉，准其离衙，随即命书吏将方班头唤至跟前。

方班头进得书斋，狄公厉声命道：

"汝率四名衙役，把那画师吴峰捉拿归案！"

下午，县衙内三声铜锣响过，狄公升堂审案。

丁虎锢将军生前久居兰坊，且曾任将军之职，故兰坊城内人尽皆知。听说今日审其命案，大群百姓聚在县衙大院之内，想要看个究竟。

狄公进得大堂，在公案后坐定，遂命丁秀才上堂。丁秀才于公案前跪下，狄公开言道：

"丁浩，那日你到得县衙，状告吴峰谋害你父。本县经仔细察访，集得证据凭信，现已将吴峰拿下，然尚有些疑点有待澄清。本县即将提审被告吴峰，你须仔细听审，如遇有可提供案情之处，务须仔细说来，不得有误！"

说罢，狄公批出一纸令签，命衙役交给牢头。少顷，两名衙役引吴峰上得大堂。待吴峰走近案前，狄公细观其面，只见他泰然自若，神态如常，不见半点惊慌之色。

吴峰在公案之前跪定，恭敬等候狄公发问。

狄公厉声问道："汝姓甚名谁，做何营生？"

吴峰答道："小人姓吴名峰，现有秀才功名，然更喜作画。"

狄公音容威严，说道："有人到县衙将你告下，说你害了丁虎锢将军性命，可有此事，快如实招来！"

吴峰镇定自若，答道："大人容禀。说起丁虎锢遇害一事，小人断然否认与此事有丝毫瓜葛。受害人之姓名小人耳熟能详，因小人常听家父谈及其丑行劣迹，深知其何以身遭罢黜、被逐出军营。然望大人明鉴，小人从未与丁虎锢谋面，直至其子丁浩四处散布谣言、恶言中伤我，小人方才得知其在兰坊城中苟度余生。对丁浩所布之流言，小人全然不予理会，因其荒诞不经，不值一驳。万望大人不要听信丁浩一面之词，冤枉小人。"

狄公冷冷地说道："如此说来，那丁虎锢将军何以整日惧怕你？又为何将府门日夜紧闭，自锁于书斋之内？倘若你并无谋害将军之意，却为何雇用泼皮流氓，布下眼线，打探丁府虚实？"

吴峰见问，答道："小人回大人问话。前两件事全属丁府私衷，小人对其家内之事一无所知，自然无法说明。至于最后这一桩，小人从未雇用人打探丁府情形。原告说小人雇用流氓、泼皮，小人欲请原告唤出证人，与小人当堂对质！"

狄公说道："书生切勿如此嘴硬！本县实已拿住泼皮一名，时候一到，本县自会让你与他对质！"

吴峰听了，怒火中烧，高声说道："定是丁浩这恶徒贿以钱财，让其上堂招供虚假证词。"

狄公见吴峰怒气冲冲，心中暗忖，此乃攻其不备之良机，正好再问他个出其不意。狄公俯身向前，厉声说道：

"吴峰听了，还是由本县帮你说明为何你对丁家切齿痛恨。此恨并非出于汝父与丁将军之宿怨，而全是你自己有不可告人之念。你且抬头看来，认认这女子是何许人也！"

狄公说着，从袖中取出由吴峰画中剪出的观音菩萨头像，命方班头递给吴峰观瞧。此时，狄公只将双眼紧盯吴峰与那丁秀才，观其颜色。只见两人听得狄公提起此案牵涉一年轻女子，都即刻脸色灰白，丁秀才则更是骇得睁大了眼睛。

狄公听得身旁有人惊叫，只见方班头手持画像，面色死灰，呆立在案旁，真若见了鬼魂一般。

"大人，"方班头惊呼，"此乃我长女玉兰是也！"

听得此言，院内众人一片哗然。狄公见状，急举惊堂木一击，大声喝道："肃静！"

狄公本人亦惊诧不已，然还是瞧见，在方班头认出女儿之时，吴峰极其焦躁不安，丁浩却如释重负，长舒了一口气，脸面由灰变红。

吴峰定睛观那画像，默不出声。

狄公喝道："你与此女有何瓜葛，从实招来！"

吴峰此时面如死灰，然答话则镇定如常："小人不愿招供！"

狄公身靠椅背，冷冷言道："看来被告早已忘却身处县衙大堂。本县命你如实回话！"

吴峰一字一句地说道："你可用刑，小人宁死不招！"

狄公叹道："你今犯有藐视公堂之罪！"说罢向衙役使个眼色。两名衙役走上前来，脱去吴峰衣袍，另两名衙役拧住吴峰双臂，将其按倒在地，然后睁眼望着手持皮鞭之方班头，等其上前施刑。

方班头心内似热油煎熬。他脸露凄惨之色，抬头看着狄公，只不上前。

狄公明白，方班头乃正直之人，唯恐盛怒之下会鞭打吴峰至死，故不愿动手。狄公手指一名壮实衙役，命其上前。

衙役接过皮鞭，举起手臂，细细的鞭子便落在吴峰赤裸的背上。

随着背上绽起一条条鞭痕，吴峰也发出声声呻吟。鞭至十下，吴峰背上已是皮肉俱裂，血流不止，但他依然拒不招供。鞭至二十，吴峰身体瘫软，昏厥过去。

衙役禀报道，吴峰已不省人事。狄公将手一摆，两名衙役将吴峰拉起，在其鼻下燃香熏蜡，吴峰渐渐醒转过来。

狄公命道："抬头望着本县！"

一衙役手揪吴峰发髻向后拽拉，使吴峰面朝狄公。

狄公俯身向前，细看吴峰，只见吴峰此时已疼得嘴歪眼斜，双唇抽搐，语不成声，然还是迸出两字："不招！"

那手持皮鞭之衙役正欲以鞭柄敲击吴峰脸面，狄公举手制止，放缓口气道："吴峰，你乃聪明后生，你须明白，你今日在堂上之所为实乃不智之举。你与那误入歧途之可怜女孩之事，本县所知甚多，你却不曾料到。"

吴峰听了只是摇头。

狄公又平心静气地说道："你与玉兰在东门近旁的三宝寺内相会，本县尽知……"

听得此言，吴峰突然跳将起来，摇摇晃晃几乎跌倒，一名衙役伸手抓住其手臂，方得站稳。吴峰此时已顾不及此，只见他举起鲜血淋漓的左臂向狄公挥拳，嚣声骂道："如此，玉兰性命休矣！正是你这狗官坏了她的性命！"

看审人群交头接耳，议论纷纷。方班头步至大院，结结巴巴问看审之人何以噪声四起，众衙役皆不知所措。狄公将惊堂木猛然一击，声色俱厉地喝道："看审之人不得喧哗！"经此一喝，喧哗之声顿止。狄公又道："如再有喧哗之声，本县便将尔等赶出县衙。尔等个个站立原地，不得走动。"

此时吴峰已瘫倒在地，浑身抽搐，泣不成声。方班头直立一旁，呆若木鸡，牙齿紧咬下唇，滴血于地。

狄公慢捋胡须，又开口说道："吴秀才，事到如今，你须将事情和盘托出，此外别无他法。本县听你适才之言，倒像是本县谈及你与玉兰相约在三宝寺内而危及她之性命。然依本县之见，是你使玉兰身处险境。你须知晓，你原本有法子事先提醒本县不要说及此事。"

说罢，狄公向衙役摆手。衙役会意，取来一盏浓茶，吴峰一饮而尽，然后凄声说道："玉兰之事既已全城皆知，已无法救其性命矣！"

狄公不动声色道："玉兰性命是否可救，你只把事情原委告诉本县，县衙自会权衡。本县再次命你将事情原委如实说来！"

吴峰打起精神，低声说道："东城门旁有座小佛寺，名唤三宝寺。多年以前，通西域之路经兰坊而过，西域高僧便在此建了此寺。后来，这些僧人弃寺而去，寺庙失修，邻里小民纷纷取走寺门及其他木质器物以作烧柴之用，然西域高僧所作之画却完好无损。一日小人在城内闲游，意欲觅得佛门弟子所绘之画，偶然去到此寺，故得见寺内壁画，此后小人便常去寺内临摹。小人对那寺后的宁静小院甚是喜爱，故常常于夜间步入院内赏月。

"约二十日前，一日夜间，小人多饮了几杯，头脑昏沉，故去到院内想醒醒酒意。小人刚在石凳坐下，忽见一女子进得院来。"

说到此处，吴峰将头垂得更低，公堂之上鸦雀无声。停了片刻，吴峰抬起头来，双眼一无所视，说道："小人只觉是观音下凡。她身穿白色薄丝长袍，一条白色丝巾盖在头上，貌可闭月羞花，容能沉鱼落雁。她面容悲戚，两行泪珠挂在脸颊，更显得楚楚动人。其天仙般的容貌铭刻小人心间，终生不忘！"

吴峰言毕，双手掩面，然后又颓然垂下双臂。

"小人疾步走到那女子跟前，也不清楚向她说了些什么胡话，只见她吓得连连后退，低声说道：'相公勿言，快自离去，奴家心中甚怕！'小人听罢，便在她面前双膝跪地，对天盟誓，请姑娘相信小生之言！

"只见她裹紧衣袍，低头说道：'奴家被拘于他人之手，得到吩咐，不得离宅。今夜私自溜了出来，现今便须赶回去，不然会被毒打至死！相公切勿对他人提起此事，奴家还会设法前

吴峰庙中奇遇（高罗佩　绘）

来！'此时一片乌云遮蔽明月，小生只听得姑娘疾步离去之声！那日夜间，我在那寺里寺外、寺左寺右寻了数个时辰，只是不见那姑娘的踪影。"

吴峰停顿片刻。狄公摆手又命衙役给吴峰递上一盏茶水。吴峰心烦地摇头，说道：

"自那难忘之夜过后，小生几乎夜夜去那寺庙，然那姑娘却再也不曾露面。无疑，她必是被歹人严加看管。如今她私访三宝寺一事已人尽皆知，那歹人必会害她性命！"

吴峰说罢，泣不成声。

稍过片刻，狄公说道："你现时已亲身经历，若不将事情原委说明，该是何其危险。本衙自会尽力察访那女子下落。此事今日暂且不谈，你先从实招供，究竟是以何法害了丁将军性命！"

吴峰哀告道："大人要小人供认之事，小人自会招供，然必非急在此时！小人求大老爷速遣衙役救那女子！兴许为时尚未晚矣！"

狄公听罢，抬了抬眼眉，向衙役点头示意。衙役上前将吴峰拖起，送回大牢。

狄公转向丁秀才，说道："丁秀才，吴峰与玉兰相会一事，我等均未曾料到，而且分明与其谋害汝父一案毫不相干。然今日公堂之上，吴峰挨了鞭刑，又加上玉兰一事，他已身心交瘁，不宜再审。今日审案就到此为止，汝父命案改日再审。"

狄公一拍惊堂木，起身离案台而去。

看审之人慢慢出得县衙，对案情横生枝节说长道短，议论纷纷。

狄公换上便服，命洪亮传唤方班头前来。

马荣、陶干则在狄公身旁的椅凳上坐定。

狄公待方班头进得书斋，便道："方班头，今日之事定然令你受惊不小。事前没将那画让你瞧一瞧，实在不巧。然本县确实无从知晓，此画上之人乃你长女。不过，对于你女儿玉兰的下落，倒是第一次有些眉目。"

狄公边说边提起朱笔，批了三道令签，说道："方班头，你率二十名衙役即刻前往三宝寺，马荣、陶干为你引路。他们两位乃本县最得力之人，此类差事又是行家，你大可放心。凭本县所批之三条令签，你可在城东一带挨户搜查，有敢违抗者，即抓来县衙！"

说罢，狄公将三纸令签盖上大印，交给马荣。马荣急忙将手令纳于衣袖之内，与方达、陶干匆匆离去。

狄公命书吏取来一壶热茶，饮完一盏，对洪亮道："至少方班头之女有了些音信，且现在已弄明白，吴峰画上之人乃方班头之女。现在看来，那画上之人与方班头次女黛兰确有些相似之处。我原本早该看出来，不想竟疏忽了。"

"大人，"洪亮狡黠地笑道，"那唯一看出相似之人乃县衙勇将马荣是也！"

狄公淡然一笑，说道："马荣观瞧黛兰比你我都要仔细。"言罢，狄公面容又严肃起来，慢慢言道：

"若真能找到玉兰，天晓得她会是何种模样。那玉兰夜访三宝寺之时，身上分明穿的是睡袍。据此推断，玉兰应该是被囚于离寺不远的房舍之内，而囚她之人多半是个酒色之徒。此歹徒获知此女曾偷偷溜了出去，便会心生疑惧，害了姑娘性命。我担心，不知哪一日会从枯井中找到姑娘尸身……"

洪亮说道："查寻玉兰之下落对勘察丁将军命案丝毫无补。小人以为，再审吴峰时须严刑拷问。"

狄公对洪亮最后之言不置可否，只是说道："今日审案，我提起此案牵涉到一名女子时，吴峰、丁浩二人皆脸色灰白，且丁浩更是神色慌张。我看得很清楚，一俟说明那女子乃玉兰姑娘时，丁浩即如释重负。如此看来，定有一名妇人卷入丁将军命案，且分明是那丁浩艳诗情书所书之对象。"

此时有人轻敲房门。洪亮起身开门，黛兰进得房来。

黛兰向狄公作揖，道了万福，然后说道："大人，奴婢寻父不见，故斗胆独自前来向大人禀报。"

狄公喜道："姑娘此举甚好，不必客套。我正与洪亮议论丁府一案，你快告知本县，丁秀才可是经常离家外出？"

黛兰频频摇头，答道："大人，情况并非如此。众奴仆都盼他多多外出，但丁少爷却几乎整日在家厮守，四处窥视。奴仆们做事若有半点差错，他即可查获。一日，一个婢女深夜还见他蹑手蹑脚地在回廊之上行走。那婢女猜想，少爷多半要察访是否还有仆人在赌牌耍钱。"

"今日上午，本县不经知会便造访丁府，丁浩又作何论？"狄公问道。

"门丁前来禀报大人已到丁府时，奴婢正在丁少爷房中，与少夫人一起估算丧事所需开销。听得大人又至丁府，丁少爷不禁喜形于色，对少夫人言道：'我曾对你说过，县令大人上次查验

黛兰回禀在丁府中的情况（高罗佩 绘）

书斋只不过是走马观花。这不，他如今复来查验，正合我意，亦不出我之所料。我断定，他们上次查验之时，必忽略了诸多线索！'少夫人听了不以为然，劝丁少爷切勿自以为比县令大人高明。丁少爷则不搭话，匆匆前去迎候大人您了。"

狄公边听边品香茗，此时说道："姑娘真是耳聪目明，探得丁府诸多真情，本县甚是感激！从今日起，你无须再去丁府。今日下午，我等于公堂之上得悉你大姐些许消息，令尊已率衙役前去搜寻。你先回住处歇息，希望令尊能带得喜讯而归！"

黛兰连忙辞别而去。

洪亮言道："丁秀才夜间不常外出，这倒有些蹊跷。小人以为，他总该有个秘密去处，也好与那女子暗中幽会。"

狄公点头，说道："说不定是往日旧情，二人早已分手，也未可知。然有些痴情种子不忘旧情，偏要留存旧日信物。不过，黛兰交给我等之艳诗情书似是近日写就。不知陶干可曾从那眷下的诗文中觅得些许蛛丝马迹，以便探查那女子究竟是何许人？"

洪亮答道："却还不曾。不过陶干办此差事倒是乐在其中！他拿出看家本领精心眷抄，且边抄边窃笑不止。"

狄公宽厚地笑了笑，从书案上的文牍中找出陶干工工整整所眷抄之诗文，身靠椅背读了起来。过了片刻，狄公说道：

"这些艳诗题材雷同，只是写法不同罢了。丁秀才可算是个情种，异常痴情。仿诗歌之长，莫过于吟风颂月，卿卿我我了！且听我念来：

　　紧锁朱门落罗帐，

绣花缎被温柔乡；
足似花蕾唇似榴，
玉臂圆润散芳香。
酥胸绵软白胜雪，
疵点怎掩明月光；
拥得佳人美如斯，
岂顾伦常与典章。

狄公鄙夷地将诗稿掷于书案之上，慢捋长须，漠然言道："还算有韵，其他则一无是处！"

蓦然，只见狄公身子一颤，又捡起那诗文细细地阅读起来。

洪亮见状，心知狄公必然有所发现，便起身立在狄公身后看那诗文。

狄公以拳猛击书案命道："速将在丁府中所录之管家供词取来一阅！"

洪亮取来丁将军案卷皮箱，拿出一卷加封卷宗。

狄公从头至尾细阅一遍，又将其放回皮箱之内，然后从椅中站起，在室内来回踱步。少顷，他说道：

"那些痴男情女，坠入情网便无所不为。而今，我对丁府命案已知其一半。此案真可谓伤风败俗，无耻至极！"

十六
▼

烟花巷马荣探内情
猛县尉北寮弄伎俩

初更鼓响之后，马荣、陶干与方班头在东城里正家中会齐。三人坐在方桌旁，个个面露倦容，默然无语。

三人已领众衙役将东城梳篦了一遍，却是一无所获。

马荣将衙役分成三路，每路七人，陶干领一路，方班头领一路，马荣自领一路。每路又三人一组，两人一伙，由不同路径进得东城，行动可谓隐秘。每组人马以各种口实察访，将茶肆酒楼、商家民居，里里外外看了个遍。

方班头冲散青楼一帮蠡贼，马荣驱散一伙赌徒，陶干则搅了香罗帐内两对鸳鸯好梦，然却不见玉兰的踪迹。

陶干细细盘问了妓院老鸨。因其心知，只要有人掳得姑娘羁押在某处，老鸨迟早会得到音信。可陶干用尽手段盘问了半个时

163

辰，也未曾问出个所以然，只是获知兰坊城内的几位头面人物也常来青楼走动。

最后，三人手持里正户籍簿册，逐户逐人核查，最后又聚于里正家内，搜查仍一无所获。

过了片刻，陶干说道："依在下之见，只剩一种可能，即玉兰被囚在附近房内不过几日，而那歹人知悉玉兰曾私下去了三宝寺，吃惊不小，便将其移至城内别处青楼，或是卖给某家地下妓院。"

方班头听罢，神情沮丧地摇头道："在下不信那歹人会将我长女卖与妓院。我家世代居住兰坊，如有嫖客前往，自会认出我女并禀告于我。在下以为，他决不会冒如此风险。"

"地下妓院则是最有可能的地方。然要遍察这些去处，则需数日之久。"

马荣言道："小弟曾听说，那城北之北寮极少有汉家客人光顾，不知是否确实？"

方班头点头说道："那是下等青楼，只有界河那边的诸国胡人前往取乐。昔日兰坊兴盛之时，城内颇多西域诸国之王公富商，故北寮门庭若市。然今非昔比，现时北寮之女子皆是旧时留下之人。"

马荣起身，束紧腰带，说道："小弟即刻前往北寮。为避人耳目，在下只身前往，夜间我等于县衙相见。"

陶干边听边捻那左颊上的三根稀毛，此刻忧心忡忡地说道："此计甚好。不过，我等还须速速行动，不然明日早晨这搜查东城之事定会传遍全城。在下即刻前往南寮打探，与那些鸨母们聊上几句。在下对此行虽不寄厚望，然不去试上一试却于心不安！"

方班头执意与马荣同往，说道："北寮乃兰坊藏污纳垢之处，盗贼、匪徒、流氓出入其间，你若只身前往，无异自寻绝路。"

马荣道："班头不必担忧，在下自有办法对付那些泼皮无赖！"说罢，摘下皂帽交与陶干，再拿一条脏破布缠了头发，卷起衣袖，又将袍角掖在腰带之中。方班头再三相劝，马荣只是不听，迈开大步入街而去。

大街之上，依然熙熙攘攘，人头攒动。众人见马荣凶神恶煞般大步流星走来，便急急闪过一旁，为其让路。

马荣穿过鼓楼街市，到得穷人所居之地。此处街道狭窄，危房排列两旁，偶见小贩点个油灯沿街叫卖，所售之物，无非廉价米糕与水酒而已。

行近北寮时，景象却又不同。但见酒店之内，异邦之人身着胡服，口操番语，大声交谈，见马荣走过，也只是瞥上一眼而已，并不以为怪。在北寮街内，似马荣这副打扮之人，倒是司空见惯。

马荣穿过街道，眼见一排房舍门首均挂有油纸灯笼，映得街道明如白昼。马荣听得胡箫番笛之音此起彼伏，不绝于耳。此时，一人身穿破衣烂衫，从暗处走来，用汉语结结巴巴说道：

"客官可要位胡人美女相伴？"

马荣站定，将此人上上下下仔细打量一番，只见他谄媚而笑，露出一嘴残缺黄牙。

马荣骂道："瞧你这副模样，还要找揍不成！如我动手，你必定变得更加不堪。还不快快在前带路，领我到个好去处。不过，价钱还须公道。"不等此人答话，马荣随即将他拨转身去，还踢上一脚，说道："前边带路。"

"是，是。"那人答道，随即将马荣引入一偏僻小巷。

小巷两旁皆为平房。这平房昔日也曾装点得光彩夺目，然经风吹雨淋，色彩剥落，加之无人修缮显得破旧颓败，就连遮门之帘也补丁重叠，油腻不堪。诸多娼妓浓扮艳抹，依帘而立。见二人走近，忙上前搭话，邀其入内。所讲之话汉胡掺半。

那黄牙男子引马荣到得一栋房子跟前。房前高挑着两只灯笼，门面略比别家好看些。

那男子道："客官，此处便是，内里全是胡番美娘！"说罢，又说些不堪入耳之语，伸出脏手向马荣要钱。

马荣伸手掐住男子颈脖，将其脑袋往门上直撞。"这便是你将老子引来此处之酬劳！你引客人至此，行院自会付你赏银，甭想再打老子主意，得那双份赏钱！"

此时，屋门开启，一秃头大汉光着膀子走了出来。此人一眼凶光，盯着马荣打量了一番，另一瞎眼上有条红色肉疤，丑陋异常。

马荣说道："此狗头欺生，欲从我身上骗取银两。"

那大汉闻言，转身对黄牙男子厉声喝道："还不快快离去！过些时候再回来取你的赏钱！"又对马荣闷声说道："客官请进！"

屋内又闷又热，满是羊油膻味。地中央支了个铁火盆，盆内炭火通红，盆边矮凳之上坐了六个男女，一个个手持铜针烧烤羊肉。三名男子光着上身，一只红纸灯笼照着他们汗涔涔的脸。男子身旁有三名女子，身穿宽大红绿细布褶裙，上着无袖背心，袒胸露乳，头发梳成大卷，上系红绳。

那守门之人疑惑地看了马荣一眼，说道："一饭一女，现钱五十，照例先付后用。"

马荣嘟囔一声，摸索着从袖内取出一贯铜钱，松开扣结，缓缓向柜台上数出五十枚铜子。那人伸出手来，意欲取钱，马荣却一把将其手腕抓住，压在柜台上说道："可有酒水？"

马荣将手掌收紧，那人龇牙咧嘴道："无有酒水。"

马荣松开他的手，把他向后一推，边捡铜钱边说道："那可不成。此处行院并非独此一家！"

那人双眼贪婪地盯着那堆铜钱，忙道："好吧！就添加美酒一壶。"

马荣道："这还差不多。"说罢，转过身，想坐到盆边那伙人中间，故学起此地做派，双臂抽出长袍，将空袖系于腰间，在矮凳上坐下。

凳上之人见他双臂粗壮且布满伤痕，不免心生狐疑。

马荣从火盆中取出一串羊肉。马荣乃好吃好喝之人，但闻得那腥膻之味，却不禁反胃，只得咬紧牙关，扯下一片羊肉，咬了起来。

三名胡人之中，一人已有八分醉意，一只胳膊搂住身旁的女子，满头满肩布满汗珠，左摇右晃地哼着胡族小调。

另二人则清醒如常，用番语交谈。这两人身材虽瘦削，然肌肉紧实，马荣心知，不可小觑此二人。

店主在马荣身旁放了个陶制酒壶。一名女子起身，走至柜台，从架上取下一把三弦琴，然后背靠土墙，开始自弹自唱起来。此女嗓音虽哑，然所唱之曲倒还听得。马荣见那些女子所着之裙皆薄如蝉翼，难以蔽体。

此时，后门又走进一名女子。那女子粗俗中却有几分姿色，所着丝裙已褶松色褪，光着的上身还算匀称，然双臂及胸前均沾有煤灰。一望便知，此女刚帮完厨。她走到马荣身旁坐下，圆脸之上微露笑容。

马荣举起酒壶，喝了一大口烈酒，向炭火之中吐了口唾沫，问道："美娘芳名？"

那女子微笑摇头，原来不懂汉语。

马荣向对面两位汉子说道："还好，我与此女之事不用多费唇舌。"

那高个子汉子闻言大笑，用蹩脚的汉语问道："朋友，你尊姓大名？"

马荣答道："在下姓雍名豹。不知您姓甚名谁？"

那男子答道："此间之人都唤我'猎手'。你今日相陪之女子诨名图尔比。不知朋友到此有何贵干？"

马荣看了那人一眼，眼神意味深长，却不言语，只把手搁在身旁女子的大腿之上。

猎手哼了一声，言道："若只为此事，何须专程来此！"

马荣闻言，怒目而视，站起身来。那女子欲拉马荣坐下，马荣却猛地将其推开。他绕过火盆，抓起猎手胳膊一拧，便将其翻

马荣初见图尔比（高罗佩　绘）

转过来，怒声说道："你这肮脏狗头，盘问大爷是何道理？"

那猎手瞧瞧众人。另一胡人自顾自地啃吃羊肉，店主则身靠柜台剔牙，两人皆无意前来相助。猎手见状，哀求道："雍豹切莫见怪，只因汉人极少来到此地，故在下才询问你。"

马荣松手，回到自己凳上坐下。那女子将胳膊环住马荣，马荣抚摸片刻，举起酒壶一饮而尽。然后以手背擦唇，说道：

"既然我等在此相会，就好似旧人故友相聚，你要盘问在下，在下就如实相告，又有何妨。一月之前，我在离此地三日路程的哨卡与一同伴斗了几句嘴，我只是轻拍其头，不意他却颅脑迸裂。我虽失手伤其性命，然上司往往不晓内情，定会查办。在下以为三十六计走为上策，故而到得此地。如今在下盘缠将尽，如能给个差事，使在下挣些银钱，在下定然听命！"

另一胡人身材矮胖，头顶尖削，不懂汉语。猎手权作通事，将马荣之言用番语说了。说罢，两人定睛细细打量马荣。

那猎手心存戒心，说道："兄弟，现时此处无事可忙！"

马荣道："何不掳个姑娘？将年轻女子出手换钱最是容易！"

胡人答道："在此城中却不然。须知，青楼妓院皆粉头充裕，而上门之客却是不足。若是数年之前，官道驿路皆由此城而过，弄个姑娘换取大把银子却是不难。目下则是今非昔比，好景不再！"

马荣又问："此处可有汉家女子？"

猎手摇头，答道："汉家女子却是一个也没有。你身旁之女难道不称你意？"

马荣拽了拽那女子裙裾，说道："此女甚好，在下也非挑三拣四之人。"

那胡人不无好气地说道："你们汉人傲慢无礼，往往小觑我胡人女子。须知，胡人女子却胜过汉人女子十倍。"

马荣心想，此非争执之时，故而说道："在下并无小瞧番女之意，况且这番女之模样长相，在下甚是喜爱。"马荣见身旁之女并无穿衣之意，又道："且胡人女子亦不忸怩作态。"

那猎手说道："我族远比汉人健壮强悍，迟早要从西北而来，平定中华！"

马荣笑道："可惜，在下有生之年却不会再来！"

那猎手又狠狠地瞪了马荣一眼，与另一胡人说了许久。那胡人先是拼命摇头，尔后又似乎应允了猎手。

那猎手站起身来，走到马荣身旁，将图尔比推开，紧挨着马荣坐下，然后附耳说道："听着，朋友，兴许有一件美差。但不知你是否熟稔汉人军中常用兵刃？"

马荣心想，这番问话好生蹊跷，倒是要探个明白，忙答道："在下在行伍之内混了多年，不是在下夸口，在下十八般兵器样样精通！"

猎手听了点头说道："此处不久即有战事，行家自然大有银钱可得！"

马荣伸手索钱。

"不，"猎手言道，"并无现钱。待数日之内我等动起手来，那金银财宝尽你收取！"

马荣喜道："在下愿干此差事！但不知在何处动手？"

猎手又与那胡人计议一番，起身说道："朋友，随我同去见我家头领！"

马荣跳将起来，将衣袍穿好，轻拍图尔比，说道："改天还会再来！"

两人出得屋来。猎手在前引路，马荣紧随其后。两人穿过两条漆黑胡同，到得一座破旧庭院，在一间小屋前停了下来。

猎手举手敲门，见无人应答，遂推门而入，招呼马荣随其入内。两人在两张铺有羊皮的矮凳上坐下。屋内除木质矮榻外，别无他物。

猎手说道："请稍候，头领转眼便回。"

马荣点头，准备久候。可大门突然被撞开，一宽肩大汉闯了进来，冲着猎手直嚷嚷。

马荣问道："这厮为何叫嚷？"

猎手脸现惧色，说道："他说适才众多衙役在东城挨家挨户搜查！"

马荣闻言，一跃而起，惊呼道：

"如此，我该速速离去！如衙役们到得此处，我命可玩完了！在下明日再来。只是还须告知在下，如何寻得此处。"

"只需打听奥洛拉其便可。"那胡人答道。

"我这就走，只是请留住那个女子。"

马荣跑将出来。他回到县衙，只见狄公一人独坐书斋，沉思默想。

狄公见是马荣，蹙眉道："适才陶干和方班头来此禀报，说是搜查东城并无结果。陶干已去过南寮，然各院鸨母均称，半年以来从未买过任何女子。你在北寮可曾察得玉兰姑娘的下落？”

马荣答道：“并无半点被掳女子的消息，可我却听得一段怪事。”说罢，遂将猎手之事原原本本地禀报狄公。

狄公听了不以为然，说道：

“这些泼皮流氓兴许拉你同去袭击另一部落之人。倘若我遇此事，可不愿冒险去到界河那边的草原与人争斗。”

马荣听了，将信将疑，摇头不止。然狄公自顾说道：“明晨你随我和洪亮同去黜陟使余大人之乡间田庄访上一访。明日晚间，可再去北寮打探胡人泼皮头领之虚实。”

狄公原打算一早便去余大人乡间府第，然刚用毕早茶，洪亮前来禀道，余夫人及其子余杉已应狄公之命到得县衙。狄公命人将其引入。

余杉年少，然个子不矮，五官端正，秀外慧中，狄公见之甚喜。

狄公让余夫人及余杉案前就座。寒暄毕，狄公道："本县本想对夫人的讼案多下功夫，然因其他公务缠身，故未抽出时间，至今尚未解开余大人画轴之谜。然本县以为，如果能对余大人生前家事知之稍详，对于解谜自然有益。故本县今有几问。"

余夫人点头称诺。

狄公问道："其一，余大人生前对其长子余基如何看待？据夫人所言，余基乃是蛇蝎心肠，那余大人是否知晓其子心术不正？"

余夫人答道："先夫在世之时，余基循规蹈矩，行止无亏，因此妾身万没想到，余基后来变得如此歹毒。先夫在时，常夸余基勤勉上进，助他治家理财甚是得力。余基称得上孝顺，凡事揣摩其父心思，对其父百依百顺。"

狄公又道："夫人，余大人生前在兰坊可有至交密友？可否告诉本县其中几人姓名？"

余夫人踌躇片刻，而后答道："大人，先夫生前不喜交游，每日上午均去田间察看农务，下午则去那迷宫之内待上个把时辰。"

狄公问道："夫人可曾进得迷宫之内？"

余夫人听罢摇头："妾身未曾进得。先夫总说，迷宫之内阴暗潮湿，进去无益。先夫出得迷宫，便去宅后花园小亭内饮茶，或读书，或作画，可谓乐在其中。妾知有一妇人，先夫称之为李夫人。此人虽非靠作画谋生，然画艺甚精，先夫常邀李夫人与妾身同去亭中论画。"

狄公问道："那李夫人可还健在？"

"妾身想来，此人应还健在。她往昔所居之处离我家城中府第不远，常来舍下看望我。此人心地甚善，然命运不济，出嫁不久便丧了夫婿。一日，她在妾身娘家田庄不远处行走，与妾相遇，遂常与妾交游。妾身嫁至余家之后，李夫人仍与妾往来，先夫对我二人时常交往亦不阻拦。大人，先夫对妾身甚是体贴！他深知妾身从小户人家新到一人丁众多的偌大府第，有时会有孤独

・176・

之感。正是为此缘故，尽管先夫不喜有人来访，却常邀李夫人前来做客。"

狄公问道："余大人身故之后，李夫人还与你交往依旧？"

余夫人见问，双颊泛起红云，说道："自先夫亡故之后，妾再未见过李夫人。此皆妾之缘故。自余基将妾身赶出余府之后，妾身自感羞愧，便回娘家度日，自此便不曾见得那李夫人。"

狄公见她伤心，便忙问道："如此说来，余大人在兰坊并无挚友亲朋？"

余夫人忍住悲痛，点头道："是的，先夫喜爱独处。不过，他有一次对妾言道，离城不远的山中有位挚友，然此人年事已高。"

狄公听得此言，忙俯身向前问道："夫人，此人姓甚名谁？"

"先夫从未提起此人姓名。然妾感觉先夫对此人十分敬仰，将其视为至交密友。"

狄公正色道："夫人，此事至关紧要，希望夫人仔细想想，对于此人，夫人还记得何事？"

余夫人慢慢饮了口茶，说道："此人必定来到府上见过先夫，但来得有些蹊跷。先夫在世时，每月之中，只有一日在家中与佃户会面，但凡佃户心有不平或想请求指点，皆可在那日登门求见。一日，一位年老农在院中候见。先夫一见此人，便连忙上前深作一揖，将他引入书斋之内，闭门长叙数个时辰。妾以为，那农人兴许便是先夫挚友，是哪位隐士也未可知。然妾身从未向先夫问起此事。"

狄公捋须，沉思片刻，继而问道："以本县愚见，夫人手头定有不少余大人所作之画？"

余夫人摇头，言道：

"妾身嫁给先夫之时，目不识丁。先夫教妾身识得些字，然妾身却评不出书画之优劣。现余基府中定有先夫手迹，大人可找余基索要。"

狄公听罢，起身说道："夫人一路辛苦到得县衙，本县甚是感激。夫人尽可放心，本县定会尽全力解开余大人画轴之谜。令郎看来好生聪明伶俐，倒是可喜可贺！"

余夫人与余杉起身，深深作揖拜别，由洪亮送出县衙而去。洪亮回得室内，说道："大人，不曾想取得余大人手迹竟如此困难！当年余大人在京城之中常有本章上奏朝廷，我等不如去京城弄一幅来。"

狄公答道："这是个办法，然去京城往返需一月有余，兴许那李夫人处有余大人所作之画。洪亮，你去查明李夫人是否还在人世，现居何处。余大人之至交隐居山林之中，且余夫人所言不详，我认为，想觅其踪迹至为困难，兴许此人已不在人世，亦未可知。"

洪亮问道："今日午后可要再审丁将军一案？"

前一日晚间，狄公读那丁秀才诗作时有所发现，然并未将觉察之事告诉洪亮。洪亮想明白其中情形，故以此话试探狄公。

狄公一时并不答话，稍后才起身说道："洪亮，实不相瞒，我对此案尚未有所定见，待我等从那乡间府第回衙后再做区处。你去看看官轿是否备好，并命人唤马荣同往！"

洪亮明白，再问无益，遂出了狄公书斋，命人将狄公官轿备好，又命六名轿夫抬轿而往。

狄公上轿，马荣与洪亮则上马随行。一行人由东门出城，沿田间阡陌迤逦而行，只见前面一片高地。马荣向一农人问路，方才明白须沿右边的小道行走，即可到得余府田庄。

那小道已许久无人修葺，两旁杂草、荆棘丛生，只剩得中间一线落脚之处。

轿夫无法行走，遂放下轿子，狄公下得轿来往四周观瞧。

马荣说道："大人，此处官轿无法通行，还是步行前往省事。"

马荣边说边将马缰拴在树上，洪亮亦照此办理。狄公在前，三人排成一队缓步而行。经几处曲弯之后，不期然到得一座大门之前。两扇大门昔时也曾刷漆，呈金、红两色，然现今已不见丝毫漆迹，空剩下光秃秃两扇门板。门板之上道道裂缝，其中一扇门板已摇摇欲坠。

狄公见状诧异道："如此模样，人人皆可入内！"

洪亮答道："此乃兰坊最安全之处，即便是胆大包天之强人也不敢越此门槛。传闻此处常有鬼魂出没！"

狄公推开吱吱作响的大门，进得昔日锦绣花园。那花园之内已是一片荒芜，美景不再，粗大的杉木树根穿石阶缝隙而出，处处灌木丛生，挡住路径，园内不闻虫吟鸟鸣，一片沉寂。

园中有一小道通向榛莽深处。马荣用手分开浓密枝条，好让狄公行走。三人往前行来，只见前面一座高台，高台中间乃一破旧屋宇。

那屋宇只一层高，十分宽大，昔日必定很是气派。现屋顶已有数处坍塌，大门与柱子之上所雕之物早已残破不堪，难以辨认。

高台之前有段石阶，亦已歪斜。马荣上得台阶，四周不见一人，遂高声喊道："有客来访！"可仅闻回声，不见有人应答。

三人进得大厅，厅内亦是满目萧然。四壁之上，泥灰剥落，只一角还剩几件破旧桌椅。

马荣又高喊一声，依然无人应答。狄公仔细在一旧椅中坐下，说道："你二人且去园中四处看看，兴许那两位老者正在屋后做事。如能找到，将他们唤来。"

二人去后，狄公双手拢袖，见那屋宇之内一片寂静，深觉惊诧。突然，狄公听到一阵急促的脚步声由远及近。

马荣与洪亮冲入厅内。马荣喘着粗气，说道："大人！我二人已找到那老两口的尸身！"

狄公不以为然地说道："人已死去，于我等无害，何必惊慌，引我前去看来。"

二人引狄公穿过走廊。只见后园四周长松围绕，园中有一座八角小轩。马荣手指园角一株木兰树。狄公按其所指下得高台台阶，穿过草丛，到得木兰树旁。树下一张竹榻上躺着两具尸体。

那两具尸体躺在竹榻之上必定已数月有余，因尸身之上衣衫早已腐烂，露出根根白骨，骷髅头顶则尚有缕缕白发。两位老人以手抱胸，并排躺在竹榻之上。

狄公俯身细瞧，说道："两位老者均为寿终正寝。其中一人先因年老体弱而逝，另一人活着无趣，便也躺在一旁慢慢死去。

本县自会命衙役将尸身抬回县衙验看，然应不至于查出别样结果。"

马荣神情黯然地摇头叹息，说道："园内之事只能全凭我等自己勘察，别无他法！"

狄公走过去，到得轩边，只见格扇精巧别致，可见昔日乃是个雅致之处，如今却只剩得数面光墙、一张大桌而已。

狄公说道："已故的黜陟使生前常于此处读书作画。"

三人离开小轩，走到一木门跟前。马荣伸手将门推开，见是一座大院，前面一宽大石门隐现在绿叶丛中，门顶弯弯曲曲，上盖蓝色琉璃瓦块。石墙两侧，灌木丛生，松树密列，恰似两堵树墙。狄公抬头看那石门上方泥灰中所嵌之石板，然后转身对两位随从说道："此处分明是余大人迷宫入口。二位看那对联：盘道弯曲千里遥，捷径通幽咫尺近。"

洪亮与马荣抬头细看，只见书法狂草，难以辨认。洪亮高声道："此书草也草得太过了些，我竟一个字也认不得。"

狄公好似未曾听到洪亮之言，只驻足不动，凝神看着那对联，半晌方道："如此好字，本县平生首次见得。可惜，落款大半被青苔遮盖，难以看得真切。噢，是了，那落款为'鹤衣隐士'，这名字何其有趣！"

狄公思索片刻，又说道："本县记不起曾听说何人用此雅号。然而不论此人是谁，皆堪称书法大家！二位，只有见得如此神来之笔，方知古人所云'静如伏豹，脱如蛟龙'之意也！"

狄公一边从拱门下穿过，一边连连摇头赞叹不已。

马荣悄声对洪亮言道："在下竟不知那字好在何处，草得无法辨认。我只认那清晰可辨之字！"

三人朝前走去，迎面一排古杉挡住去路。树干之间堆满巨石，且长满荆棘，树冠高参入云，枝叶相交，遮天蔽日，四周尽是枯枝败叶，散出阵阵腐臭。

右侧小道两旁，两株松树曲干相交，成一天然拱门。一树根旁有一石碑，上书"入口"二字。向前，便是一潮湿阴暗之通道，先是直行，随后一转，不知通往何处。

狄公凝神向内瞅去，蓦然心生不安。

狄公缓缓转过身来，又见另一通道开口之处。杉树之间亦堆满巨石，一石之上刻有"出口"二字。

马荣与洪亮二人立在狄公身后，一言不发。二人深感那地方幽邃之至，故亦心生疑惧。

狄公又转身看那"入口"。那通道好似正在吸入一股冷气，狄公只觉阵阵寒气浸入心肺，然细细观之，却是风静树止。

狄公意欲转睛观望别处，然那阴暗通道似有无穷魅力，令他欲罢不能，催他入内。狄公似乎见到那老黜陟使站在拐角阴影中，向他频频招手。

狄公竭力自持，强使自己低头注视那厚厚腐叶覆盖之地面，不为那邪恶之气所迷。

突然，狄公猛地一惊。就在自己脚前一段泥泞道中，狄公见一小小脚印，脚尖直指通道。那脚印犹如路标，欲引狄公入内。

狄公长叹一声，猛然转身，不动声色地说道："我等无备而来，还是不要贸然入内的好！"

说着，转身穿过拱门，返至大院，又到得后花园中。园中温暖和煦，似乎阳光从未如此明媚。

狄公抬头望去，见一高大柏树，那树盖远在一松树之上，便对马荣道："我等想知迷宫形状、尺寸之大略，无须入得其内。你今爬上此树，便可将迷宫看个明白。"

"此事易办！"马荣说道。马荣松开腰带，脱下长袍，将身一跃，攀住下方树枝，再曲身向上，转眼便消失在那密枝浓叶之间。

狄公与洪亮坐在一倒伏树干上等候，一言不发。少顷，听得树上瑟瑟作响，马荣从树上跳下，懊恼地看着裤子的撕裂口，说道："大人，卑职一直爬至树梢，俯视迷宫全貌。迷宫为圆形，足有数十亩大小，其边缘远至山坡脚下。然迷宫如何布局，卑职却丝毫不明，只因树冠枝叶茂密，处处障我眼目，迷宫内之路径，我只见得十之一二，无法窥其全貌。另外，迷宫内有数处云烟氤氲，卑职以为，里面必有数潭死水。"

狄公问道："你可曾见得亭台轩阁之顶或小巧房舍？"

马荣答道："卑职不曾见得，只见一片绿色树冠！"

狄公自语道："这就奇了。想那余大人长久待在迷宫之内，其间必然会有小轩小亭才对。"

言罢，狄公起身，整整衣袍，说道："我等不如细细瞧那高台之上的府第，兴许会有所获。"

三人折身路过园中小轩及木兰树下两具腐尸，然后上得高台。

三人将大小空房一一看了，只见里面木门、木窗均已朽烂，墙面泥灰剥落，青砖裸露。

狄公走在一暗廊之内，只听得马荣在前喊道："大人，此门却是严密紧闭。狄公与洪亮行至跟前。马荣手指一木门，只见那木门完好无损。

洪亮道："此乃府第中唯一完好之木门！"

马荣侧肩一撞，险些跌入室内。木门的门轴没有丝毫朽坏，开启灵活。

狄公进得室内，见室内唯有一扇窗户，上有铁格栅。室内一角仅有一张竹榻，别无他物。地面洁净无灰土。

洪亮也走入室内，到得窗前。然马荣则急急退出喊道："自我等于铜钟之下遇险以来，我一见密室便顿生戒心！大人与参军在内察看，卑职在走廊里值哨，以防居心叵测者将你二人锁在房内！"

狄公苦笑，看了看那带格栅的窗子与高高的天棚，说道："马荣言之有理！若是我三人皆被锁在房内，一时倒难以脱身！"

狄公伸手摸那竹榻，见竹榻光洁无尘，便又说道："有人居住于此，方才离去不久！"

洪亮道："倒是个不错的藏身之处，兴许是个罪犯巢穴！"

狄公忧心忡忡地说道："兴许是罪犯，兴许是囚徒。"说罢，命洪亮用封条将门封上。

三人又将其余房间细查一遍，皆无所获。因午时将至，狄公命打道回府。

十八

▼

　　回至县衙，狄公即命人唤来方班头。狄公命其率十名衙役，抬两副床板去往乡间余府，将那老门丁夫妇尸身抬回。之后，狄公在书斋内用饭之际，命人将那文案馆吏唤来。此人已年过花甲，由丝绸行会首推荐，原本也经营丝绸买卖，现已告老歇业。此人生于斯，长于斯，熟知本地情形。

　　狄公将碗内清汤喝干，问馆吏道："传闻此处有位老学究，号称'鹤衣隐士'，你可曾听说过此人？"

　　那馆吏答道："大人是否指那'鹤衣先生'？"

　　狄公道："应该就是此人。他居于城外。"

　　那馆吏道："不错，正是此人，世人多称其为'鹤衣先生'。此人是位隐士，长年隐居在本城南门之外的山林之间，无人知其高寿几何。"

狄公道："本县欲会他一会。"

老馆吏面露疑惑，说道："大人，此事难办！那老先生足不出山，拒不见客。若非数日之前小人听说二樵夫偶然见其于园内侍弄花草，还真不知其仍在人世。大人，此人聪颖过人，博学多才。小人还闻说，他已采得长生不老之药，不久便要仙去。"

狄公慢捋长髯，说道："此种隐士本县也听过不少，但大多是些懒散无知之人。然本县曾见得此人所书之一副对联，其笔势大气磅礴，因此兴许此人与他人不同，乃真隐士，故欲会他一会。你且告诉本县，欲往城南山中，道路可好行走？"

馆吏答道："大人若要前往，大半路程须得步行。那山道路窄坡陡，即便二人抬一轿椅也难以行走。"

狄公谢了馆吏，命其退下。此时，乔泰面带忧色入得书斋。

狄公忙问："钱牧宅中是否一切安妥？"

乔泰坐下，捻弄短须，说道："大人，卑职感觉数名军卒的情状异于往常，却道不出个中究竟，只以为这些军卒间定然有事。卑职曾同林队副谈及此事，他也为此忧心忡忡。林队副告诉卑职，少许军卒近来花费大把银子，却道不清银子来路。"

狄公细细听完乔泰禀报，慢慢言道："乔泰，此事听来事关重大。你且听听马荣所遇之奇事！"

马荣遂将他在北寮之所见所闻细说一遍。

乔泰听了摇头，说道："大人，卑职以为，据马荣所言，近日之内必有麻烦！昔日我等虚张声势，伪冒官军巡边，其结果有二。其一，我等剪除钱牧，使其手下之人就范。其二，本欲来袭兰坊之胡人部落，得此消息后，自会以为驻军到来之前，乃袭击兰坊之良机。"

狄公手拽长须，怒道："我等本已诸事缠身，穷于应付，若遇胡人来袭，则兰坊危矣！我以为，必定是那个为钱牧出谋之神秘人物在幕后策划。乔泰，你手下有多少军卒可以信赖？"

乔泰若有所思，少顷说道："大人，不出五十！"此言一出，众皆默然。突然，狄公以拳击案高声喊道："现在为时尚未晚矣！乔泰，你刚才言道，我等虚张声势成就大功，此言倒使我有了主张。马荣，你昨晚原本要见那胡人泼皮，我等须即刻将他擒来，但不得惊动他人。不知你能否办得此事？"

马荣闻言喜形于色。他将双手置于膝上，笑道："大人，光天化日之下，自然不宜办此差事。然卑职以为，此事可以办得！"

狄公命道："你即刻与乔泰一同前往！然你二人务须记住，捉拿此人须于暗中进行，若你二人无法避人耳目将他擒来，则先回县衙，切勿惊动此人！"

马荣点头应允，起身招呼乔泰随他而去。二人到得衙役住处，低声计议一番后，马荣只身离衙而去。

马荣绕过县衙，沿大道往北门而去，到得一家小酒店门前，站了片刻，然后走入店内。

马荣前日曾到过此酒店，掌柜与他相识，知其姓名，故直呼其名。"在下想在楼上小间用饭！"马荣说罢，即上了楼梯。

马荣到得二楼，进入屋隅单间，点过酒菜。此时房门开启，乔泰走了进来。乔泰是从后门上得楼来，他人并不知晓。

马荣匆匆脱去上装、皂帽，打散发髻，在头上裹一块脏布。乔泰则将马荣衣帽包在一布包之内。马荣将袍子下摆掖入腰带里，卷起衣袖，匆匆别了乔泰，蹑手蹑脚地下楼而去。

马荣进得厨房，向那满头冒汗的胖大厨吼道："你等无有油饼不成？爷腹中饥饿，快快拿些与爷。"

那厨子抬头见一蓬头垢面泼皮，忙去锅中铲出一片油饼。马荣嘟囔一声，抓起油饼，从后门出厨房而去。

楼上小间之内，乔泰兀自用饭。店小二见得褐色长袍、尖顶皂帽，只道还是原先那位客官，乔泰则在店掌柜忙着张罗生意时出得店来。

此时，马荣一摇一摆地到了鼓楼一旁的市廛之内，先在小贩摊位旁磨蹭片刻，然后向鼓楼走去。

鼓楼石头拱道之下阴暗无人。每逢雨天，小贩都将摊子设在拱道之内，但今风和日丽，自然都将摊子摆在阳光和煦之处。

马荣扭头观瞧，见无人注意，便疾步进了拱道，沿狭窄楼梯上了二楼。

此二楼乃一阁楼，四壁皆有大窗。夏季闷热之时，间或有人上来吹风纳凉，然此时并非炎夏，故空无一人。通向三楼之梯有一木门阻隔，门未上锁，只插一铁闩，闩上贴有封条，封条之上盖有县衙大印。

马荣撕下封条，拔下铁闩，开门入内，上得三楼。

楼上地板中央有一方台，台上立一面大圆鼓，鼓面积有厚厚的灰土。据唐制，只有事态紧急之时，方可擂动此鼓以警谕百姓。看此情形，此鼓已有多年未曾使用。

马荣点头，随后疾步下得楼来，躲在拱道之内探头张望，见无人看见，便溜出拱道，往北寮而去。

日间，那北寮比夜间更显凄凉萧索，街上不见一人。不用多问，定是屋内之人因前晚熬夜，此时正蒙头大睡。

马荣四处走了一遍，却找不到他曾去过之行院，便胡乱推开一门，只见一衣衫邋遢的女子躺在一木榻之上。马荣伸腿踢那木榻。那女子慢慢坐起身来，愠怒地瞪了马荣一眼，自顾自搔起头来。

马荣粗声说声："奥洛拉其！"

那女子蓦地变得腿脚敏捷，从榻上一跃而下，转到屏风后面。少顷，拉出一邋遢男童，手指马荣用胡语说了一阵，又对马荣用胡语说了一番。马荣不曾听懂一字，却频频点头。

那男童向马荣招手示意，随即跑入街内，马荣则紧随其后。

那男童钻入两栋房屋间之窄缝，马荣身高体壮，好不容易才挤了过去。从一方形小窗底下走过之时，马荣心想，倘若此时有人要砸他脑门，也只能束手待毙了！

一道铁钉勾住马荣衣袍，马荣立停片刻，懊恼地看了看那撕破之处，无奈地扬扬双眉，然转念一想，这样装束倒更像泼皮了。

突然，马荣听得头顶之上有人喊道："雍豹！雍豹！"马荣抬头，只见图尔比正从头顶上方的一小窗内探出头来与他说话！

马荣喜道："姑娘可好？"

图尔比模样惊惶不安，睁大眼睛看着马荣。她压低嗓音同他说话。

马荣摇头，说道："姑娘，你有何难事？但是，在下有急务缠身，容我以后再来。"

马荣正待要走，图尔比从窗口伸出手臂，抓住马荣衣领，手指那孩童所去方向，使劲摇头不止，又用食指在颈上比画，做出割颈动作。

马荣明白其意，笑道："我知那帮泼皮乃杀人歹徒，然姑娘无须担忧，在下自有道理！"

图尔比将马荣拉至窗口，脸颊贴在马荣脸上，身上虽微微散出膻味，然马荣闻来却似花之幽香，温馨异常。

马荣轻轻推开图尔比手臂，向前走去。出得那狭窄通道，便见那男童正在等他。那男童一见马荣便急切地絮叨起来，显然担心马荣失了踪迹。二人爬过一堆垃圾、一堵塌墙，男孩便用手指了指一栋房屋，随即就跑开了。那房子泥灰整齐，相比之下，周围之房却是泥灰剥落，形似破棚，摇摇欲倒。

马荣认出，这便是前一夜与猎手同来之处，遂举手敲门。

"进来！"门内有人喊道。

马荣将门推开，顿时一怔。正对门的后墙前，一瘦高男子背墙而立。马荣目不转睛地盯着那男子右手所握之长刃，防备那男子将刀掷来。

一阵紧张过后，那男子开口言道："雍豹，原来是你，过来坐下！"说罢，他便将刀插回皮鞘，坐在矮凳上，马荣则另择一凳坐下。

马荣言道："昨日夜间，猎手引我至此……"

那人说道："住嘴！倘若我不曾听得猎手说起你之身世，你早已成了刀下之鬼。须知,我之飞刀从不虚掷!"

马荣思忖,此言可能不假。这胡人说得一口流利汉语,定是胡人小头目无疑。

马荣逢迎地笑道:"我听闻头领能助我有个挣钱的营生,故而前来。"

那人轻蔑说道:"你乃逃兵叛将,心中所思,唯钱而已。不过你对我等兴许有用。然而在我用你之前,有一事须言明在先。你须听命于我,倘若发现你行事有诈,此刀定将插在你后背之上!"

"头领,这个在下明白!"马荣匆忙答道,"头领亦知我今日处境。我……"

"休再多言!"那胡人好不耐烦,"你须仔细听着,我所发之令,从来不说两遍。现今三个部落的人马正集结在界河对岸平川之上,明日午夜之前来攻占此城。我等原先随时可占兰坊,然我等不想伤人过多,故而一直未曾下手。你大唐朝廷疏于政事,却又自命不凡,且兰坊离京城有千里之遥,朝廷可谓鞭长莫及。兰坊失陷未必会在长安引起多大震动,朝廷亦不会急急派兵前来。况且,通向西域之路已然改道,不经兰坊而过,汉人朝廷无须担忧我们胡人会拦截西域诸国东进献礼之驼队。待长安朝廷决意兴兵前来之时,我等已开疆立国,扎稳根基,足以抵御任何来袭之敌。要奇袭此城,出其不意最为要紧。现今已将一切安排停当,先占县衙,杀死县令和其手下之人。只是我等尚需几位汉家朋友做内应,杀掉守城军卒。"

马荣听罢大笑:"说起此事,真乃巧极!我在此地有一友人，恰好是头领所需之人。他原本在唐军任伍长之职，只因与此地县令不和，便逃出营寨躲避一时。听说狄仁杰那厮甚是狠毒，今有如此机会，我那朋友必然应允！"

那胡人嗤的一声，说道："你们汉人就是害怕县令！我却丝毫不怕。几年之前，我就亲手割了一位县令的首级！"

马荣假装佩服，望着胡人说道："我那朋友剑术非比寻常，且又熟知军中暗语及一应军务。你最好与我那朋友见上一面。"

那胡人急问："此人现在何处？"

马荣答道："头领，离此地不远，我替他寻了个极好的藏身之处。他只在夜间出来走动，白天就在那鼓楼上睡觉。"

那胡人笑道："那地方倒是不错，没有人会去鼓楼上寻他。你即刻前去将他领来！"

马荣面现疑虑，皱眉道："头领，我刚才已经禀报过，他万不肯在青天白日下冒险外出。鼓楼离此地不远，我们还是去那里会他吧。"

那胡人狐疑地看了马荣一眼，沉思片刻，起身将刀藏于袖内，说道："朋友，若你还想活命，千万别耍把戏。你走在前头，我在后面跟着，若见你有半点异样，我就甩出此刀穿透你背。你丧命之后，无人能猜得出此刀来自何方！"

马荣装出一副无可奈何的模样，说道："头领无须如此。须知我等已尽在你掌握之中，你只需向县衙传一句话，我和我那朋友便再也无活路可走！"

那胡人答道："你只需记住此话就可！"

二人出门，沿街而行，马荣在前，那胡人于十数步之外紧跟。

马荣进得市廛，只见乔泰背对一石碑而立，双手拢袖，悠闲地看着市廛内之众人。乔泰头戴尖顶皂帽，身穿褐色长袍，更兼那一身公人气派，一看便知是县衙公差。

马荣放慢脚步。走到此处，马荣自知需冒风险，身后那人随时都会飞刀插入背内。然马荣必得放慢脚步，好让乔泰看个明白。马荣额冒冷汗，小心翼翼地扮演泼皮角色。

马荣慢步行来，装出踌躇不前的模样。只见乔泰抬手慢捋胡须，马荣心内明白，便转身从石碑后折向鼓楼而去。

一待马荣安然进入鼓楼拱道之内，那胡人随即也紧跟而至。马荣装作不安，说道："头领是否见得背靠石碑那厮？此人是县衙官差！"

那胡人冷冷说道："我已见得。你速上楼！"

马荣沿楼梯上得二楼，等那胡人也上得楼时，便手指门上撕破之封条，言道："头领请看，我那朋友即从此处上至鼓楼。"

那胡人从鞘中拔出尖刀，用拇指沿刀刃试试锋芒，命马荣道："上去！"

马荣顺从地点头，慢慢向窄梯上爬去，那胡人则在后紧随。

马荣双肩一过三楼地面，随即叫道："那懒狗还在酣睡！"一面快步上了最后几级台阶，一面朝那大鼓喊道："瞧瞧这厮，还睡得正熟！"

那胡人亦快速上梯而来。待其头一过楼面，马荣猛起一脚，正中其面。那胡人大叫一声，跌下梯去。

马荣迅即沿梯滑下，到得梯脚，那胡人拔刀便刺，马荣闪往一旁躲过。那胡人侧身躺在地上，左臂压在身下，一条腿分明已经摔断了，光头之上有一黑孔还兀自流血不止。

马荣明白，时间紧迫，须从速擒获此人，故旋即转到胡人身后，未待其转过身来，便又狠命踢上一脚，那胡人的头猛然撞到梯侧，昏厥过去，手中的刀也跌落在地。

马荣将刀拾起，插在腰带上，然后将胡人反绑，又摸那胡人断腿。看来所断不止一处。

马荣下得楼梯，出了鼓楼，似无事人般步入市廛，向那石碑走去。

马荣即将过得石碑，那乔泰走向前抓住马荣手臂喊道："休走！"

马荣挣脱手臂，愠怒地瞪了乔泰一眼，"你这狗头，休用那脏手碰我！"

乔泰怒道："我乃衙役公差，你须随我去县衙走一遭，县令大人自会有话问你。"

马荣愤愤不平，说道："为何有话问我？你这公差须知，我乃守法良民。"

一群闲汉围将上来，兴致勃勃地围观二人争吵。

乔泰威逼道："你若不跟我走，我便将你打倒，然后捆上牵走。"

马荣转向众人说道："县衙之内这些走狗四处欺压百姓，难道我等就忍了不成？"

马荣言罢，无人应声。马荣心内暗喜，一摊双手，说道："也罢，我且随你走上一遭。我一身清白，县衙能奈我何？"

乔泰将其双手绑在身后。马荣转过身来，说道："官差老爷听着，我有位朋友病倒在此，行走不得，我欲用几个铜钱换些米糕给他送去。"

乔泰问道："此人现在何处？"

马荣迟疑片刻，勉强答道："事到如今，在下只得实言相告。昨日夜间，他上得鼓楼观赏兰坊夜色，不料摔下梯子，跌折一腿，现正躺在鼓楼二楼之上。"

围观之人闻言，皆讪笑不止。

乔泰说道："本差爷以为，县令大人亦会有话问你那狐朋狗友。"说罢，转向众人说道："敢烦哪位去将里正找来，带一副门板，几条毛毡，另唤四人抬那摔伤之人前去县衙！"

少顷，那里正率四名壮实汉子肩扛竹竿赶来。

乔泰命道："里正，小心看管此人，休叫他跑了！"说罢招手，示意两位汉子随他前往鼓楼。

乔泰肩扛毛毡，上得楼来。那胡人依然昏迷不醒。乔泰速将一油纸膏药贴在他嘴上，然后将其卷入一毛毡内，另用一条毛毡将其头肩裹严，又向楼下高喊一声，那两位汉子即上得楼来抬那毡内之人。

两位壮汉将那胡人放在竹竿之上。乔泰牵着马荣在前引路，一行人向县衙而去。

众人由边门进得县衙。一入衙院，乔泰即对里正说道："尔等可将那病人放下，各自回家。"

乔泰待众人出得县衙，即将衙门锁定。马荣将缚手绳索解开，与乔泰二人将胡人抬至大牢，置于一牢房床榻之上。马荣先为那胡人包扎头伤，乔泰则用一块粗木板将那断腿固定。

之后，马荣匆匆赶往狄公书斋禀报。

乔泰锁起牢门而去。见牢头过来，乔泰说道："现捕得泼皮一名，此人凶蛮异常，你须好生看管。待其醒来，即刻问他姓名。"

马荣进得狄公书斋，只见陶干一人坐在角落打盹。马荣将其摇醒，急切问道："大人现在何处？"

陶干抬起头来，不悦道："你与乔泰走后不久，大人即与参军离衙而去。你因何事如此焦急？可曾将那胡人擒获？"

马荣喜不自胜，说道："不仅将那胡人擒获，我等还将谋害潘县令之凶手也捉拿归案！"

陶干听了，满心欢喜，言道："兄弟，今晚你须破费请我等喝上一巡！噢，大人命我前往余府，邀余基下午至县衙一叙。我以为，大人定是问他余家乡间府第门丁夫妇亡故一事。天色不早，我须即刻前往。"

十九

▼

指清虚隐士论人生
悟缘由狄公谢老翁

马荣、乔泰奉命离县衙而去，狄公从案头取了一纸公文，拿在手中看了半晌，却不知公文所云何物。洪亮见状，明白狄公心中烦闷，自然难以研读公文。

狄公烦躁地放下公文，说道："如马荣、乔泰无法擒获那胡人，我等处境危矣！"

洪亮安慰道："大人，马、乔二人胆大心细，智勇兼备，往昔所干差事有难于此者，亦皆能马到成功。卑职以为，二人将会得胜而归。"

狄公听罢，并不出声，只是低头批阅公文。过了半个时辰，仍不见二人回衙，便放下手中狼毫，说道："看来在此空候无益。想是那马荣、乔泰已经找到机会，逮获那胡酋。今日天高气爽，我等何不去那城南山中寻访鹤衣先生。"

洪亮追随狄公多年，深知每遇狄公心内烦闷，那消愁解闷之良药便是外出勘案，遂急忙出了狄公书斋，命人备马。

二人由大门出了县衙，向南而去。二人策马过石桥，出南门，沿城外大道行了一刻，经农夫指点，上得一狭窄小道，直奔南山。到得一陡峭山梁之下，便再无道路。

狄公与洪亮甩镫下马，见近旁有位樵夫，便赏了几枚铜钱，令其代为看马。

二人一口气攀上山脊，稍稍歇脚喘息。只见山脊之上青松苍翠。狄公放眼看那山谷，清凉山风吹入狄公宽大袍袖，好不清爽。

待洪亮喘息略稳，二人沿脚下一曲折蜿蜒的羊肠小道下谷而去。

到得谷中，只觉风不吹，草不动，异常宁静，唯闻那山涧溪水潺潺之声。

二人经一石桥过得小溪，沿一岔道而行。前面绿荫丛中，隐约可见一低矮茅屋。二人遂拨开荆棘，穿过草丛，沿小道到得一竹门跟前。竹门之内为一小园，两旁树木足有一人多高，树上花满枝头，幽香四溢。狄公心想，似这般奇花异卉集于一园，甚是少见。

小屋藤蔓满墙，屋顶茅草青苔碧绿，那泥墙似乎不堪屋顶重压而向内凹陷。几级木阶通向木门。木门无漆，未曾上锁。

狄公本欲高声呼唤，称有客来访，却又不愿搅扰这静谧，遂拨开草木，向前观望。

狄公见一竹台之上有一老翁。老人穿蓝衫，头戴斗笠，正俯身浇灌花木。竹台四周，兰香飘溢。

狄公将树枝往两旁再推上一推，高声问道："鹤衣先生是否在此？"

老翁转过身来。只见他银白须髯盖住一半脸面，另一半脸面又被斗笠遮住，狄公无法看清其容貌。老翁闻言并不答话，朝房子方向做了个手势，又放下手中水壶，便默默转到屋后。

对此漠然待客之礼，狄公不以为然，故命洪亮候在门外，自己却上得木阶，进到茅屋之内。

屋子甚大，木地板，泥灰墙，屋内并无装饰之物。矮窗之前仅有木桌一张、矮凳一对，另有一张竹案靠后墙而立。此屋看似与农舍相似，然屋内洁净明亮，一尘不染。

不见屋中主人，狄公心中颇为气恼，自思远道而来，竟遭此冷落，不免懊悔，便叹息一声，往凳子上一坐，朝窗外观瞧。

只见窗外竹台之上，排排花草竞相开放，陶瓷盆内奇兰异葩争芳斗艳，微风吹来，满室幽香。

四周宁静无比，狄公坐于室内，心中烦恼渐渐散去。一只蜜蜂嗡嗡作响，狄公听着，只觉光阴不前，时间凝滞。

此时，狄公之恼怒已烟消云散，遂将双肘搁在桌上，悠然四顾起来。但见竹案上方泥墙之上有副对联，笔迹苍劲雄健。狄公随意看来，只见上面写着：

苍龙腾空入仙境，
褐麟入地成正果。

狄公寻思，这副对子不寻常，其中寓意倒有多种解法。那对子下方有签名盖印，可狄公离得太远，故看不清楚。

此时后墙上一幅绿色旧布帘掀起，老翁进得屋来。老翁此时已换上宽松褐色长袍，脱去斗笠，露出一头银发。手中所持水壶热气蒸腾。

狄公忙站起身来深施一礼。那老翁略略点头，背对窗户，在另一矮凳上坐下。狄公踌躇片刻，又坐在矮凳之上。

老翁一脸皱纹，然却双唇丹红。低头沏茶之时，雪白长眉挡住双眼，故狄公未能看清。

狄公恭敬微坐，单等老者先开口说话。

老翁沏茶毕，将壶盖盖上，双手拢袖，双目直视狄公。老者浓眉之下，一双眼睛锐似鹰隼。

老翁开口说话，声音低沉洪亮："某居深山，少有访客，于那世俗礼仪，不甚了了。若有怠慢之处，请多担待。"

狄公见那老人齿白如珠，心中暗叹，说道："在下不请自来，万望老先生见谅。余……"

"噢，余公！"老人截断狄公话头，"原来先生是那余门之人。"

狄公急忙纠正道："余非姓余，乃姓狄。余今日……"

"是了，"老者说道，"自从上次见得余老先生，至今已有多年。容我想来，余老先生谢世已有八年？抑或九年？"

狄公心想，此老翁定是年老昏聩。不过，老翁之言正好与此行目的有关，倒不如因势利导，故不再执意更正其错。

老翁又将茶斟满，若有所思地说道：

"已故的黜陟使余大人胸怀大志。是了，七十年前，我俩于京城同窗苦读。他胸怀大志，深谋远虑，意欲革除一切弊政，整肃朝纲……"

老翁说着，声音渐轻，且说话时频频点头，还连连品呷香茗。

狄公则将话岔开，说道："余大人晚年居住兰坊，在下甚想知晓其中情形。"

屋主似乎不曾听得狄公言语，照旧品呷香茗。狄公只得耐着性子，也将茶盅举至唇边。刚呷一口，便知从未饮过此等好茶，那茶之幽香直沁心脾。

屋主突然说道："此水取自岩间泉眼。昨夜老夫将茶叶放入菊花花蕾之内，今晨阳光初露，菊花开放，便将茶叶取回。茶叶之内，尽为晨露之精华也。"

说罢，径又转换话题，说道："后来余公出仕为官，老夫则在大唐疆界之内四处漫游。余公先出任地方，后为黜陟使，朝堂之上，声名甚隆。余公惩恶扬善，于整肃纲纪上亦大有所为。然正当他宏图尽展之时，却突然觉察未将其子余基教养好。于是余公辞去高位，隐退兰坊种田养花，故我俩于五十年后又得相见。我二人，正可谓是殊途同归矣。"

那老翁突然似幼童般咯咯发笑，说道："所不同者，唯一途长，另一途短而已！"

说到此处，屋主停住不语。狄公心内疑惑，欲请那老翁说明此话究竟何意，可未及张口，老者又说道："就在余公故世之前不久，我二人还就此事商讨一番，余公写下墙上之对联。先生不妨过去观其书法之苍劲雄浑！"

听得此言，狄公站起身来看那墙上条幅。此时，狄公将那落款看得清楚明白："宁谧轩余寿干书"。狄公此时已然明了，余夫人画轴内之遗书确系他人伪造。此条幅上之签名与假造遗书之落款看来相似，然绝非出自一人之手。狄公慢捋胡须，心中诸多疑团变得清晰起来。

狄公重又坐下，说道："老丈，恕在下妄加评论。余大人书法确是出众，然老先生之书更是炉火纯青。您在余大人迷宫门上之书可谓龙飞……"

那老丈似乎不曾听得，只将狄公话头打断，说道："余公志向高远，此生苦短，不足以践其所愿。即使定居兰坊之后，依旧忧国忧民。余公精心策划，旨在昭雪沉冤，有些深谋远略须在其去世后多年方可见效！为求避人独处，才造那骇人迷宫，似乎能求得清静。须知他日夜烦心，放不下心中筹划之事，又怎能清静得了。"

老者说罢摇头，又将茶盅斟满。

狄公问道："余大人在兰坊可有许多至交高朋？"

老翁慢捻长眉，吃吃一笑，说道："余公笃信儒术。尽管数十年间历尽人间沧桑，却照旧研读夫子著述。余公曾给老夫送来一车卷帙，老夫将这车书卷用作柴薪，烧水做饭，火力极旺！"

狄公听得此言，心内自不好受，意欲对老翁贬低儒家经典之言辩上几句，然老翁并不听其言语，又兀自说道："孔子！现今孔子被视为志向高远之人，其实，其乃碌碌之辈，一生四处奔波，到处说教，嗡嗡不止，像只苍蝇。他从不知他所为愈多，所

鹤衣先生与狄公（高罗佩　绘）

获愈少；所获愈多，所失愈多。孔夫子真乃壮志凌云之人，余公亦然……"

老翁停了片刻，又说道："年轻后生，你亦然也。"

狄公听得老翁如此评说，大惊失色，惶惶然站起身来，深作一揖，小心说道："晚生有一处不明，可否请老先生赐教？……"

那老翁亦站起身来说道："一处不明还是一处，未有穷尽也。你好比渔夫，丢下河水、渔网不管，前来缘木求鱼；又好比那渡河之人，将那船底凿个大洞，却想乘船过河！你切勿舍近求远，却须脚踏实地，将那不明之处一一解来，早晚会柳暗花明。失陪了！"

狄公正欲作揖告辞，那老翁却早已转过身去，向后墙的门帘处走去。直待老翁出屋而去，狄公方才转身出屋。到得园门，见洪亮倚门而睡，遂将其唤醒。

洪亮以手揉眼，笑道："卑职从未睡得如此香甜，且还梦见幼时身边之物。其实，幼时情景我早已忘个干净，不知为何又在梦中见得！"

狄公若有所思地说道："只因此地是个奇异之处……"

二人默默无言，从原道返回。到得山脊之上，洪亮站在松树下问道："大人，那隐士是否说出诸多内情？"

狄公心不在焉地点头，稍停片刻，说道："我确已获知诸多内情。我已知，那黜陟使大人画轴内所藏之遗书确系伪造，也知余大人何以突然辞官，并且对那丁将军命案也已知其大概。"

洪亮还欲再问，但见狄公脸色阴沉，便不再言语。稍事休息之后，二人下得坡来，上马回城。

马荣正在狄公书斋内等得心焦。见狄公回衙，便急忙向狄公禀报他与乔泰将那胡酋擒获之经过。狄公听此禀报，愁闷之情顿然全消。

马荣又道，擒获胡酋之事全然没有走漏风声，又将他与胡酋所谈之言细细讲了一遍，唯将他与图尔比相遇一节略去。马荣心知，狄公对此类男女之情毫无兴趣。

马荣禀报完毕，狄公拍案叫道："好极！此趟差事干得极好！我等今已胜券在握！"

马荣又道："现时陶干正同余基在前厅品茶闲话。适才卑职向那花厅望了一眼，只见陶干满脸不悦之色，因那余基喋喋不休，陶干毫无机会说上只言片语。"

狄公面露喜色，对洪亮说道："洪亮，你去前厅见那余基，说是我有急务，一时不得脱身，一旦得空，我立即前去会他。还有，就说我深感歉疚。"

洪亮起身要走，狄公又问道："对了，可曾探得余大人遗孀之友李夫人下落？"

洪亮答道："大人，我已命方班头办此差事。卑职以为，他乃兰坊土生土长之人，耳目众多，办此差事自然比卑职快捷许多。"

狄公又问马荣："仵作验了余大人乡间府第门丁夫妇之尸，结果如何？"

马荣答道："大人，仵作已然验明，那门丁夫妇均属老死。"

狄公点头，起身换上官服，正待往头上戴那县令官帽之际，又对马荣言道："马荣，我记得十年前你已获角抵最高级别九级，是也不是？"

马荣听了不禁沾沾自喜，挺胸抬肩，说道："大人，确有此事。"

狄公说："你且回头想来，在你初学之时，比方说，在你有二或三级能耐之时，你如何看待业师？"

马荣不惯细析心内所想，故紧皱双眉，冥思苦想片刻，慢慢答道："大人，卑职对业师敬佩至极。我师乃当时一流高手，因此我不胜钦仰。在我与其比试之时，他挡我拳击不费吹灰之力，破我防守之术亦易如反掌。卑职对业师确是万分敬佩，然因他强我十分，故心甚恼之！"

狄公淡然一笑，说道："我要谢你此番言语。今日下午，我到城南山中遇见一人，此人甚是令我着恼。我未敢明说之言，你却替我明明白白地道了出来！"

马荣虽不解狄公之言，不过对狄公的赞许之词倒是受宠若惊，于是满脸堆笑地掀起帷帘步入公堂。狄公亦出得书斋，进入公堂，于案台之上坐定。

午后三声锣响，县衙升堂审案。

百姓之中，无人知晓今日审理要案，只道是处理县衙例行公务，故只有数十人到得公堂看审。

狄公在公案之后坐定，宣布开堂审案，命方班头率四名衙役去大堂入口处把住大门。

狄公对众人高声言道："今日审案，关乎国家社稷。退堂之前，众人不得离开公堂一步！"

看审之人闻言，惊得交头接耳，不知所以。

狄公提起朱笔，批了公文，命人交给牢头。少顷，二衙役将那胡酋带至公堂之上。那胡人断了一腿，行走不便，由二衙役搀扶而来。

胡酋到得公案之前，屈那好腿跪下，又忍痛将那断腿直直地伸在身前。

狄公命道："堂下人犯，姓甚名谁，做何营生？"

那胡人昂首怒视，眼中仇恨毕露，恶声恶气道："我乃回纥蓝部落乌尔金郡王！"

狄公冷笑，言道："你蛮人之中，多有不知天高地厚之人，手中只得二十匹马，却要自称郡王！然此事与本案并无干系，本县不欲多加评说。"

"我大唐皇帝龙恩浩荡，对回纥可汗以王侯之礼相待，可汗亦对天地盟誓，效忠大唐。乌尔金，你却图谋攻掠此城，既背叛可汗，又犯下叛乱天朝之罪。你可知晓，谋反乃大罪，须以酷刑处死。你若欲减轻刑罚，就须将实情从实招来，速速供出那欲做内应之汉人叛贼。"

那胡酋喊道："狗官，你将此汉人称作叛贼，我却称他为正人君子！有汉人承认，从我回纥所取之物须还我回纥。你们汉人夺我草场，汉人农夫在我草原之上推犁耕作，将草原转为稻田，以致我们回纥人被赶往北方，越赶越远，致使羊只成群死去，难道此非实情？那些汉人明白对我回纥做了何种错事，我岂能供出其姓名？"

方班头举鞭要打，狄公抬手制止，坐在椅中俯身向前，不愠不火地问道："本县公务繁重，不会费时一审再审。现今你右腿已断，行走不得，如那左腿也断，想来不会有多大不便。"

狄公向班头示意。

两名衙役把乌尔金掀翻在地，将其双手踩在脚下，另一衙役则搬来高约两尺木凳一张。那班头抬起乌尔金左腿，将左脚绑在凳上，然后举目看定狄公，待其示下。

狄公将头一点，一壮实衙役手起棍落，正中乌尔金左膝，疼得他嘶声尖叫。

狄公命那衙役："莫要性急，且一棍一棍慢慢打来。"

衙役往乌尔金小腿打了一棍，又往大腿上打了两棍。乌尔金用胡语尖叫辱骂不止。待小腿又挨上一棍，乌尔金骂道："有朝一日，我部落大军必来攻城略地，杀男掠女……"

打到第六棍时，乌尔金痛得狂呼乱叫。那衙役举棍还要再打，狄公抬手制止，说道："你须明白，此刑讯乃例行公事罢了。你之汉人同党已将你和胡人同党告知本县，并已供出你等阴谋诡计！我今日审你，不过要你证实他所供之词罢了。"

乌尔金闻言，拼力从衙役脚下抽出手来，又用手肘撑起身子，喊道："你这狗官，莫想用谎言诓骗于我！"

狄公冷冷说道："汉人自比你蠢笨胡人聪明十倍。他假意助你，只待时机成熟，便将你告至官府。不久朝廷将委以其官职，酬以其丰厚俸禄，以嘉奖其通风报信之功。你与你之同党被蒙在鼓里还不自知，却又为他受刑，岂不可怜？"

狄公早已向马荣使过眼色，此时马荣已将余基带上堂来。

余基一见乌尔金躺在地上，心知大事不妙，顿时脸色死灰，正想拔腿溜走，怎奈胳膊早被马荣死死抓住。

乌尔金一见余基，连唾带啐，骂不绝口："狗杂种！无耻叛贼！你这两面三刀之汉人，真是卑鄙至极！我乌尔金真心为你，你却将我告官，如此恶行，必遭报应！"

余基喊道："大人，此人疯疯癫癫，满嘴胡言。"

狄公只不理会余基之言，语气和缓地对乌尔金说道："此人府中，还有谁是你的同党？"

乌尔金供出两个胡人武士姓名，此二人在余基宅中充当剑术教师。乌尔金又高声说道："你还不知，城内还有汉人奸党。余基狗头设下圈套引我上钩，为要图个一官半职，然其余汉人无赖为我出力，皆是为了银子。这些无赖均是狼心狗肺之徒，我索性一并供出。"

乌尔金随即说出三名店家与四名军卒姓名。

陶干在一旁将九名从犯姓名一一录下。狄公示意乔泰到得身旁，附耳说道："速去设于钱宅之军营，将那四名军卒拿下。回头与林队副率二十名军士去往余府擒拿那两名胡人，然后再去捕那三名店主，最后去北寮将猎手及两名奸党捉拿归案。"

乔泰领命，急急离去。狄公又对乌尔金说道："乌尔金，本县秉公执法，若有汉人唆使、怂恿你犯下罪行，却又反咬你一口，以图赏赐，本县绝不助其成功。倘若你不想余基逍遥法外，须将那谋害潘县令一事从实招来！"

乌尔金闻言，眼露凶光，高声说道："我即刻供出实情，以报此仇。县令，你须听仔细了！四年之前，余基那厮给了我十锭银，嘱我去县衙报知新任县令，说是当夜余基欲与回纥可汗之心腹使臣在水浅河段岸边密会，请其前往捉拿余基。潘县令只带了一名随从前往。到得城外，我就将那随从给杀了，随即又杀了县令，将其拖至河岸。"

说毕，乌尔金又狠啐余基一口，愤愤说道："你这狗人，现在领赏去吧！"

狄公朝那书吏点头，书吏会意，便将所录乌尔金之供词高声念了。乌尔金供认所录之词均属实情，并在供词之上按印画押。

狄公说道："乌尔金，你乃界河对岸回纥郡王，你那谋反之罪，属我大唐外事范畴，若要察明你家可汗与其他部落酋长是否卷入此叛逆之罪，非本县之所能也，因此本县不便给你定罪。我命人即刻将你押往京城，鸿胪寺自会妥善处置。"

狄公向方班头招手。两名衙役走上前来，将乌尔金用门板抬回了大牢。

狄公命道："将案犯余基带至案前听审！"

衙役强按余基跪在狄公案前。狄公厉声说道："余基，你今犯下滔天大罪。对此谋反之罪，按大唐刑律，将判酷刑处死。然凭你亡父英名，本县讲情，兴许能免去酷刑，只将你处死。故本县劝你坦白招认，将你所犯之罪如实供出！"

余基并不答话，只是低垂脑袋直喘粗气。狄公示意方班头和衙役们耐心等候，先别动手用刑。

余基终于抬起头来，一反平日快嘴巧舌之态，语不成声地说道："小人府中除了两名胡人教头外，别无同党。非到最后关头，小人不会对家人言明占城之事。那四名军卒收受了我的银两，原定明日午夜于钱府最高哨楼燃起烽火，充当信号。小人告诉四人，众泼皮看此信号便会在城内作乱闹事，乘机打劫两家金店。然哨楼烽火实为界河对岸胡人部落攻城之信号。乌尔金与其汉人同党则充当内应，将水门打开……"

狄公打断其话头，喝道："今日供述到此，明日堂上你自有机会细细招来。本县问你，你寻得你父画轴之中所藏遗书后，又如何处置？"

余基早已面如死灰，闻听此言，又添惊骇之色，说道："原遗书写明财产由我兄弟二人平分，故小人将其烧毁。小人在画轴内衬插入我所书写之伪件。小人以为，用此办法就可得到全部家产。"

狄公轻蔑一笑，说道："你之恶行，本县均已知晓！来人，将此犯押往大牢！"

狄公退堂不久，乔泰便回衙，至狄公书斋禀报抓捕情形，称一应案犯均已擒拿归案。在北寮捕人时，多少费了些手脚。那猎手拼死抵抗，然终被林队副制伏。

狄公身靠椅背，呷口热茶，说道："乌尔金与其余几名胡人均须押往京城定罪。命林队副挑选十名粗壮军卒，明日一早便上马起程。如能在近处军营换马，七日之内便可到达京城。那收受乌尔金银两之店主与军卒，我自会在此审讯。"

狄公见四名随从在案前围成半圆坐定，遂又微微一笑，说道："常言道，擒贼先擒王。我以为，那贼首已捉拿归案，我等已将那祸患防患于未然！"

乔泰听了频频点头，说道："若在战场上交手，那些胡人军士颇有手段，不可小觑。他们骑术精湛，箭法高明，但若说到攻城略地，则既无装备，又无经验。明日晚间，倘若不见哨台烽火，自然不敢贸然来犯！"

狄公点头，说道："乔泰言之有理。然还是做些防备，小心为好。乔泰，这调遣军卒、防守城池之事，就委任给你。"

余基供出谋划的奸计（高罗佩　绘）

狄公又淡然一笑，说道："诸位，你们该不会埋怨在兰坊无事可做了吧！"

洪亮笑道："那日，我等一行来兰坊之时，大人曾言道，我等在兰坊自会遇上棘手疑案，定可大显身手！如今此话果然应验！"

狄公颇有倦意，以手揉眼，说道："算来我等到得兰坊不过七日，案子竟然如此之多，实在令人难以置信！"狄公又将双手拢于袖中，说道："回头再看那七日光阴，我最大的心病便是钱府那神秘访客。分明是此人在那幕后出谋划策，指使钱牧行事。我深知，只要此人一日逍遥法外，便一日不得安宁！"

陶干问道："大人何以知晓余基便是此人？卑职却丝毫不曾察觉那神秘访客究竟是何人！"

狄公点头，答道："确实，我等对此知情不多，然有两个疑点，虽非直指此人，却也可从中窥见一二。其一，此人须通晓国家内政外务；其二，此人须居于钱府近旁。不瞒汝等，起初我怀疑吴峰，心想此人便是我等欲捕之人。吴峰恰好是那类敢作敢为之人，定有胆略冒险作恶。况且他出身将门，耳濡目染而通晓军国大事，指点钱牧并非难事。"

洪亮插言道："且其偏好胡番画艺，实属异常！"

狄公答道："此言甚是！然吴峰所居之处与钱府相距甚远。以我之见，若其经常刻意乔装改扮，那永春酒店之饶舌掌柜焉能不知。再者，从马荣与猎手一席话中可以窥知，吴峰被捕一事并未使反贼惊慌而更改计划。"

狄公将手从袖中抽出，双肘撑在书案，面对乔泰说道："正是乔泰向我道出破案之计！"

乔泰闻言丈二金刚摸不着头脑，呆呆地望着狄公。

狄公又道："确实如此。乔泰说起我等虚张声势、造出一支队伍之事，言道此类计谋会有正反两种结局。我突然想到，余基招募拳师训练家丁，表面看来是为防胡人来袭，然亦可看成是厉兵秣马，意欲夺占兰坊！一旦心中起疑，我便断定，余基就是钱府那暗中出谋划策之人。余基之父曾是朝廷要人，余基自然通晓国家政务。再者，余府与钱宅相距甚近，步行片刻即可到达。钱牧欲见余基而升起黑幡之时，余基立即可见。

"我曾思量，既然余基惧怕胡人来袭，为何却在本城西南角近水门旁，在那最不安全之地购置府第？余基原本在东门附近有一旧宅，所处之地甚是安全，一有风吹草动，便可进山林躲避。余基将钱府两名剑师弄至自己手下，钱牧却听之任之，却又是为何？答案只有一个，余基便是钱府那暗中谋划之人。正是余基出谋，想在此边境之上建立独立王国。此外，也正是钱牧将此事告知我等。"

洪亮与马荣不约而同地问道："大人，钱牧何时供出此事？"陶干与乔泰则愕然地看着狄公，一言不发。

狄公诡秘一笑，环视四位亲随，说道："钱牧断气之前，我等都以为他开口说个'你'字。我本应早该明白其意，一个难以张口的濒死之人，自然不会长篇大论、拖泥带水。钱牧只想说出一人姓名，即那谋害潘县令之人。那姓名便是余基。钱牧只说得一字，我等错把'余'听成'你'了！"

陶干听罢，举拳击凳，意味深长地看了马荣等人一眼，点头不止。

狄公又道："而且，也正是那鹤衣先生提醒我。与那老翁交谈时，我以'余'自称，然那鹤衣先生却听作'余基'之'余'。我本以为他年老耳聋，错听我言……现今回头细想那老翁奇谈怪论，字字意味深长，实有所指……"

狄公语气渐轻，一时沉默不语，手捋长须，若有所思。少顷，他环视四位亲随，说道："明日我将审结余基一案。罪名大者莫过谋反朝廷，此罪既定，其谋杀潘县令一案也随之了结。再者，明日堂上我还要审结那谋害丁将军一案！"

此言一出，诸位亲随再次惊得目瞪口呆，一起发问。狄公举起手，令其勿言，只道：

"我已知晓丁将军命案之端的。那刺杀丁将军之人已将姓名写得明明白白！"

洪亮道："如此看来，那刺杀丁虎锢之人竟还是吴峰那厚颜无耻之徒！"

狄公平心静气地说道："明日堂上你等自会明白丁将军如何丧命。"

狄公呷了口茶，又说道："今日我等虽大获成功，然还有两个棘手难题未曾解开。难题之一，既实际又紧迫，是那玉兰仍下落不明。难题之二，虽非迫在眉睫，然亦需我等全力以赴，也就是那余大人画轴之谜尚未解开。除非我等证实余夫人与其子余杉有权继承余大人所遗之一半家产，否则，这对孤儿寡母仍会一贫如洗。那余基被判叛国大罪，官府自然会抄没其全部家产。"

"余基已将余大人画轴之遗书烧毁，现今已无凭证。余大人临终时曾留有遗言说，画轴归余夫人及其子余杉，其余家产统归余基所有。余基供词无法更改余大人遗言，京城户部必然依据此口头遗嘱抄没余基全部家产。如此，若我等不能解开画轴之谜，余夫人同那余杉必然一无所获！"

陶干点头，慢慢捻着左颊上的三根稀毛，问道："起初我等并不知晓余基与阴谋占城之事有关，只知其因遗产之争被继母告至县衙，大人为何一开始便对这余氏相讼之案关心之至？"

狄公微微一笑，答道："既然说及此案，不妨告诉汝等我为何对此案关心备至。我向来对黜陟使余寿干大人的人品操行很感兴趣。多年之前，我尚在备考乡试之时，便尽力寻觅余大人所审之案例，并将所有案例抄录一遍。其时，余大人仅是县令而已。我决心将余大人勘案之法学个透彻，故潜心研读案例，后又细细阅读他呈给圣上之奏章，深为其正直品德及爱国爱民之心所动。余大人是我心中之楷模，我一直梦寐以求，有朝一日能亲晤其面，听其教诲。然彼时余大人已身居高位，而我还只是个年轻秀才。此后，余大人突然辞官而去。此举事出何因，我反复猜度，百思不得其解。因此当我在兰坊卷宗内见得余氏兄弟相讼一案之案卷时，似觉终得机缘，得以临近我年轻时崇敬之人，探知其内心所思所想。此遗书之谜好似余大人站在墓边，向我发出挑战……"

狄公稍停，双目凝视对面墙上所悬之画轴，手指画轴说道："我决意解开画轴之谜！自那余基招认以来，余大人之心思就不仅是个挑战，余夫人及其幼子所应得之财产，则是我分内之职。此外，时隔不久，其长子就要被送至刑场，因此解开此谜团更是义不容辞！"

狄公起身站在画前，四名亲随亦离凳仔细参详那神秘画作。狄公双手拢袖，缓缓说道："'虚空楼阁'！当年余大人得知其长子有父之才却丝毫无父之德时，定然震惊万分，失望至极！我多次揣摩此画，一笔一画都烂熟于胸，原本指望那乡间旧宅能使我探得就里，然却不曾……"

狄公突然住口不语，随即俯身向前，将画从上至下细细看来，然后又慢慢地捋着长须，直起身来，目光炯炯地看了看四位亲随，高声说道："我已得知画中奥妙！明早堂上解此谜底。"

二十一

次日上午，狄公在县衙升堂审案，数百名百姓挤在衙内看审。余基锒铛入狱的消息早已不胫而走，全城皆知。那胡人头领被捕之事，则传得神乎其神。

狄公将那衙内看审之人缓缓环视一周，心中盘算如何盘问案犯。狄公思忖，那余基工于心计，长于谋划，惯于幕后操纵指使，因此事情一旦败露，其精神便如那溃决之堤，一触即溃。

狄公在提审单上写了余基姓名交给方班头。果不其然，待余基被带至堂上时，狄公看到余基与前日已判若两人，平日那副悠闲潇洒的模样早已踪迹全无，机敏伶俐亦荡然无存，只现出失魂丧魄、半死不活的可怜模样。

狄公淡淡说道："昨日堂上早已开审，今日免去那繁文缛节，你可速将罪行细细招来！"

余基语不成声地说道："大人，人到了今生来世皆无望之田地，便无道理不供出全部实情。"

余基停了片刻，语气突变，愤然说道："小人心知遭家父厌恶，因此小人虽惧怕家父，然亦怨之恨之。家父尚在人世时，小人便立志要胜过家父。他曾官居黜陟使，小人则要成一国之主，万人之尊！"

"小人细察边界形势多年，看出如蛮人诸部落能齐心合力，得人辅助，便可轻而易举地纵横边境地带。若能占得兰坊，小人便可以兰坊为都城，建一横跨边界之国。之后，便一面应允向唐室俯首称臣，一面与之讨价还价拖延时日，搪塞大唐朝廷，并乘机联络诸多胡人部落，稳步向西拓展疆土。遵循此法，待我势力向西扩展之时，我对唐室态度也会日益强硬，等我国势强盛，便无人胆敢起兵袭我。"

余基长叹一声，又说道："小人自信在外交上有纵横捭阖之才，对内务则精通唐朝政事，足可展此宏图大计，然而对于挥兵征战之事，小人却不甚通晓。我观钱牧乃有用之才。此人处事决断且凶狠无情，然其自知无统领群雄之才，小人便怂恿他在兰坊称霸，又授他巩固地位及对付朝廷之法。他认小人为主公，可谓言听计从。待我等计谋成功之时，小人便拜钱牧为大将军，统率天下兵马。小人令钱牧在兰坊称霸，意欲观察朝廷动静。在大人到任之前，诸事可谓顺利，朝廷似乎也已默认兰坊异常局面，故小人决意依计而行，联络胡人部落共图大事。"

"正在此时，那潘县令到兰坊上任。不知何处出了差错，我写给胡人头领之密信竟落入他的手中。只因事关性命，小人便迅即行事，命奥洛拉其将潘县令诱至河边杀死。那奥洛拉其是可汗之侄，小人心腹。钱牧闻知此事，大为恼火，生怕朝廷兴师问罪。然小人授之以计，让他遮掩此案，瞒天过海。此后便风平浪静，诸事顺遂。"

狄公本想打断余基话语，然转念一想，让他自己供出实情岂不更好，故欲言又止。余基照旧语不成声地说道："若非可汗探得消息，说是汉军征讨北方蛮人而大获全胜，小人便已出面称王。可汗举棋不定，最后更决意不再帮衬小人。我转而同下级酋长商议，终得三个强悍部落相助。三位酋长应允，如若我确能打开水门，且手下亦能占得城中要紧之处，胡人部落便起兵攻城。

"我等已定下举事之日，不期大人率兵前来巡边，接着钱牧遭擒，其手下之人皆作鸟兽散。小人担心计谋已经泄露，朝廷不日即派大军前来驻扎，故决定立即举事。今晚三支胡人兵马将于平川会集，午夜时分若见得哨台之上燃起烽火，便涉水渡河由水门入城。以上所供，全属实情。"

堂下看审之人不禁交头接耳，议论纷纷。众人心知险遭蛮人骑兵蹂躏，今得幸免，故无不称颂狄公功德。

"肃静！"狄公喝道，随后又命余基："那三支胡人部落共有多少人马，快快招来。"

余基思索片刻，答道："约骑兵两千，步卒数百。"

狄公又问："那三名店主在举事之时各司何职？"

余基答道："小人从未与那三人谋面。小人尽量藏在幕后而不出头露面。我命奥洛拉其募集十数名汉人，引回纥军兵至县衙及四大城门。奥洛拉其找得所需汉人，并设法确保其效忠于我。"

狄公向书吏示意，书吏遂将所记之余基供词当众读来，余基听后确认无误，遂按印画押。

狄公正色道："余基，本县判你犯下谋反之罪。念及你亡父功劳，且你不经用刑便供出实情，兴许能免去酷刑，只将你处死。然本县须提醒你，依据唐律，谋反朝廷者须凌迟处死。本县自会备文请刑部免此酷刑，然如何发落，还须由刑部定夺。衙役，将人犯押回大牢！"

随后，狄公对堂下看审人众说道："本县已将谋反要犯全部擒获归案。今晚，蛮人军兵不见烽火信号，断不敢贸然来犯。然本县也已下令严加警戒，以防不测。天黑之前，你等自会听到里正传达本县号令。以前番兵攻城从未得手，故尔等无须惊慌！"

看审之人听得此言，顿时齐声欢呼。

狄公一击惊堂木，高声说道："本县现审理丁浩诉吴峰一案！"说罢，提起朱笔批出提审令签。少顷，吴峰由两名衙役牵至狄公案前。

吴峰刚一跪定，狄公便从袖中取出一个纸盒，推至案边，只听"啪"的一声，纸盒跌落在吴峰面前。

吴峰不解地看着纸盒。此纸盒乃是从遇刺丁将军袖中取出之物，黑鼠啮咬之角早已修补如新。

狄公问道："你可曾见过此盒？"

吴峰抬头答道："此类纸盒乃店家出售蜜枣所用，小人在鼓楼市廛内见过无数，偶尔也买上一盒。尽管小人对此类纸盒十分熟识，然却未曾见过堂上此盒。据盒上对联，此盒分明用作礼品赠人。"

狄公言道："此言不差。此盒乃是寿礼，盒内装有蜜枣数枚，不知你是否愿意尝上一枚？"

吴峰不解地望了狄公一眼，扬扬眼眉，说道："大人，未尝不可！"说罢，打开纸盒，只见九枚蜜枣整整齐齐地排列在白纸上，遂用食指逐个按来，拣一软者送入口中，食毕，又将枣核吐在地上。

"大人是否要小人再食一枚？"吴峰恭敬地问道。

狄公说道："一枚足矣！你且站在一旁！"

吴峰站起身来，将众衙役环视一遍，见衙役并未上前来将他牵回牢房，吴峰遂退后数步，站立一旁，抬眼望着狄公，心中好不纳闷。

狄公命道："命丁秀才上堂！"

待丁浩于狄公案前跪定，狄公开口言道："丁秀才，是谁将你父杀害，本县已勘察明白。本县不愿伪称已将此案细枝末节看得清楚明白，然却知要害你父性命者不止一人，且谋杀之举亦不下一次，然本县衙只审理那致使你父死命之举。被告吴峰与此命案并无干系，故本县将其无罪开释！"

看审之人闻言，无不惊讶而窃窃私语。丁秀才沉默不语，不再坚持吴峰有罪。

吴峰则喊道："大人可曾寻得玉兰下落？"

但见狄公摇头，吴峰不发一言，旋即挤过看审人群，冲出县衙。

狄公从公案上取过朱漆毛笔一支，命道："丁秀才，起身过来看此狼毫，将你所知之事说于本县知晓！"

狄公边说边将狼毫递与丁浩，那笔管空心一端直指丁浩脸面。

丁秀才不知所以，便从狄公手中接过狼毫，用手指将其翻转过来。待读罢笔管上所刻之字后，点头说道："大人，小人见了笔杆上所刻之字才想起来，几年前，家父让小人看其所藏之稀有玉器、古玩时，其中便有此笔。此笔乃一贵人为贺其六十寿辰预先所赠之礼。家父不曾道出此人名姓，仅说此人自觉寿数将尽，故预赠此笔。此人言道，须在家父庆贺六十寿诞之时方可用之。家父视此笔为珍宝，待小人看完此笔，便又锁进玉器盒内。"

狄公正色道："此狼毫乃谋害你父之凶器！"

丁秀才看那手中所持狼毫，心中不解，便反复端详，又眯眼看那狼毫管孔，看毕又疑惑地连连摇头。

狄公将丁秀才之一举一动皆看在眼里，冷冷言道："将狼毫交还本县，还是本县来告诉你此笔何以杀死你父！"

狄公接过狼毫握在左手之内，又用右手从袖内取出一小木棍，将木棍高高举起，让堂上堂下众人看了，随后说道："此小刃乃以硬木按丁将军咽喉中之匕首复制而成，长短宽窄全然相同。本县现将此小刀插入那狼毫管孔。"那木棍不粗不细，正可插入那管孔之内，然插入少许即被卡住。狄公将狼毫递给马荣，命道："将那木棍继续下压！"

马荣将拇指按在那露出笔管的刀刃之上，费力地将其压入狼毫管孔，之后，便转身望着狄公，等候示下。

狄公命道："伸直手臂，再飞速将拇指移开！"马荣刚将拇指移开，那木棍便射出笔管三尺多高，然后坠落于地。

狄公身靠椅背，慢将胡须说道："此狼毫实乃精致细巧之凶器。该笔管孔内装有多圈弹簧，本县以为此弹簧乃用南国白藤所制。制此凶器者用一空心细管尽力将弹簧压入管底，又熔松香灌入，待松香干结凝住弹簧之后，再取出空心细管，装入此物。"

狄公将一小盒打开，小心翼翼地将丁将军喉中所见之匕首取出，又说道：

"此管状刀柄恰可插入笔管，而匕首之刀则紧贴狼毫管壁，即使有人向管内窥视，也无法见得刀刃。数年之前，某人将此狼毫赠予丁将军，想取他的性命。那人心知，待你父亲使用此笔之时，迟早会于烛火之上烧焚笔尖之飞毛。我等用新笔之时，皆都如此。那烛火烤熔管内松香，则弹簧松动，涂有毒液之刃便从笔管内飞将出来，十有八九会击中用笔人脸面或咽喉。之后，那细藤弹簧沿笔管伸展，不易被人察觉。"

狄公言语之时，丁秀才始时茫然，慢慢却显出惊恐之态，高声喊道："大人，究竟何人如此歹毒，费尽心思制此凶器？"

"此人已将姓名刻在笔管之上，"狄公说道，"若非如此，本县焉能解得此谜。待本县将那所刻之字念给你听：贺丁兄六秩寿诞，宁谧轩。"

丁秀才又喊道："此是何人？小人从未听得此间有一书斋叫得此名。"

狄公点头，答道："此书斋之名只至交密友方才知晓。本县也至昨日方才获知，已故黜陟使余寿干乃此书斋之主！"

堂下看审之人闻得此言,大多失声惊呼。待那交头接耳之声沉寂之后,狄公又道:"今日余门父子二人都上了本县公堂,那子余基活着到此,其父却亡灵过堂。丁秀才,兴许你比本县更加明白你父生前犯下何种滔天罪孽,致使黜陟使余大人判其死刑,并以此奇异之法将其处死。尽管案情一清二楚,本县却不能审那已亡之人,故本案审到此处便已具结!"

言毕,狄公以惊堂木击案,起身掀起案后帷帘,退入书斋。

堂下看审之人鱼贯而出县衙,边走边议。众人都未料到丁将军命案会如此审结。狄公识破此精致细巧之杀人凶器,众人皆赞不绝口,然有几位曾多次赴县衙看审之年长者却仍心存疑惑,不知那盒蜜枣有何干系,故交头接耳说道,案情并非如此简单,定有隐情未让众人知晓。

方班头进得衙役房,只见吴峰正在房内等候。吴峰见到方班头,深施一礼,匆忙说道:"方伯,晚生闻得尚不知玉兰下落,请准许小侄帮着寻访!"

方班头看着吴峰,想了片刻,答道:"吴相公,你已为小女吃尽皮肉之苦,在下实在过意不去。然吴相公一片至诚,在下应允便是。此时我尚有差事在身,你且在此稍候,待我回来,再将前次寻找玉兰之事尽皆告诉于你。"

吴峰还待再说,方班头却匆匆离去,到得县衙大门,将那蜂拥出衙之人一一看来,只见丁秀才正向街内走去。方班头赶了上去,说道:"丁相公,县令大人想在内衙与你一叙。"

此时狄公坐在书斋案后,四位亲随围坐在书案之前。狄公命陶干将那笔杆锯成两半,四人见笔杆底部尚残留松香,一条细细白藤则顺笔管伸开。

方班头将丁秀才引入室内，狄公转身对四名亲随说道："我与丁秀才说话，你等暂且退下！"

马荣等三人起身离去，乔泰却立在狄公案前不动，说道："大人，卑职请求留下！"

狄公扬起双眉，诧异地看了乔泰一眼，但见其脸面紧绷，便点头指了指身旁小凳，乔泰遂于凳上坐下。丁秀才亦想坐下，然因县令未言赐座，迟疑片刻，仍立在原地。

狄公言道："丁秀才，今日本县于大堂之上未曾当众诉说你先父罪行。你乃你父独子，若非出于特殊缘由，本县亦不会当你之面数落你父之罪。现时，本县便将那原因告知于你。

"你父被迫解甲归田，本县尽知其中就里。本县在京城刑部供职之时，恰好见到你父一案卷宗，卷宗之内并无详细记载，因你父罪行所害之人无一幸存。然吴棣将军寻得大量间接证据，证明我数百羽林军将士性命均断送在他手上，证据确凿，无可辩驳。朝廷本欲将你父治罪，只因当时政局不稳，才未予追究。然余大人疾恶如仇，决意亲惩你父。若非担忧祸及满门，余大人早已将你父当众处死，故将此事安排在法制所不能及之时，造此狼毫，取了你父之命。

"对余大人之所为，本县不欲妄加评说。余大人这等样人绝非寻常尺度所能裁处。本县只想告诉你，对此番纠葛之来龙去脉，本县自是一清二楚。"

丁秀才听罢并不言语，只是低头而立，目视地面一言不发。分明他亦知其父罪孽深重。

乔泰端坐于小凳之上，双目茫然地直视前方。

狄公手捋长髯良久，说道："丁秀才，你父之案已然了结，现本县要说你本人之事！"

乔泰闻言起身，说道："大人，卑职告退！"

狄公点头，乔泰离去。

一时间狄公并不言语。丁秀才诚惶诚恐地抬起头来，只见狄公双目内怒火燃烧，吓得忙将目光缩回。狄公双手紧握座椅扶手，俯身向前，鄙夷地说道："你这无耻之徒，抬起头来看着本县！"

丁浩眼内充满恐惧，略略望了望狄公。

狄公气得颤声说道："你这卑鄙蠢材！你自作聪明，还以为你那肮脏勾当能瞒过本县！"

狄公停顿片刻，好不容易才压住怒火。等重新开口之时，便不再声色俱厉，然却声声似刀，字字如剑，吓得丁浩缩成一团。

"图谋杀死你父者非吴峰也，乃是尔父独子丁浩你本人！吴峰到得兰坊后，你便想出那遮盖罪行之计。你造谣中伤吴峰，又暗中监视他，再趁吴峰外出或在店内饮酒之际蹿入其画室，将盖有其印信的画纸偷盗出来！"

丁秀才意欲张口狡辩，狄公以拳击案，喝道："好生听着，休得开口！你父寿诞之夜，你将那毒枣盒纳于袖中。待你父离开寿堂，他那孝顺之子便送其回至书斋，另有管家尾随于后。等你父开启门锁时，你便跪倒在地，恭请晚安，那管家则进得书斋将案上两支蜡烛点燃。此时，你便将那枣盒从袖中取出，默默呈给你父。兴许你又深深作揖。然那盒上'寿'字已将你

狄公手持物证申斥丁浩（高罗佩 绘）

意说得清楚明白，故无须你再多言。你父向你道谢毕，便将枣盒纳入袖中。

"正当此时，管家出得书斋，以为你父是将钥匙放回袖中，你父道谢乃因你向他叩头请安。然管家进房点燃蜡烛至退出书斋这段时间，你父为何一直手持钥匙站在门首？此段时间你又做何解释？自然，定是你父打开门锁后便将钥匙放回袖内，管家所见你父纳于袖内之物乃是那染毒枣盒，是那丧尽天良的逆子之杀父凶器！"

狄公双目炯炯，锋利如剑，直刺丁浩双眼，吓得他浑身筛糠般抖个不停，双眼却又躲不过狄公那逼人的目光。

"你之毒计倒未曾将你父毒死，"狄公压低声音，又道："你父打开枣盒之前，那已故黜陟使大人之手已取走他的性命。"

丁秀才咽了几口唾沫，然后一面哭泣，一面用极不自然的声调道："为什么？为什么我要杀了自己的父亲？"

狄公起身，从丁将军命案卷宗内取出一卷诗函文稿，走至丁秀才面前，厉声喝道：

"大胆蠢材，竟敢如此问话！你胡乱写下的艳诗不就明白道出那淫妇乃是你深恨你父之缘由，也泄露你俩之间苟且之事！"

狄公将那卷诗稿掷在丁浩脸上，说道："你自将你那龌龊艳诗大声读来。内有'酥胸绵软白胜雪，疵点怎掩明月光'之句。你府中一名女仆曾向本县禀报，你父之第四房夫人左乳上长一黑痣，不甚雅观，更兼你诗中有'岂顾伦常与典章'一句，据此便可断言，你与你父之第四房夫人犯有通奸之罪！"

此时室内一片寂然。

待狄公再开口时，已是神疲声倦了："本县本可在堂上将你与那淫妇定下通奸之罪。然本县寻思，法之主旨乃是要修复犯罪所造成之损害。你所犯之罪，尚未造成损害，故亦无修复可言。我等所能做并必须做之事，乃是不许毒疮扩大蔓延。

"倘有树枝朽烂至树根，园丁又将何为？本县谅你知晓。园丁将此朽枝砍去，树干便能存活。今你父已亡，你是丁家唯一子嗣，你又膝下无儿，你自会明白，丁门这一支脉，须像那病枝一般砍去。丁秀才，本县点到为止，你且回府自行处置去吧。"

丁秀才转过身子，恍如做梦之人，摇摇晃晃离衙而去。

此时，狄公听得有人敲门。

狄公见乔泰进来，遂脸露喜色。

狄公面带倦容，微微笑道："乔泰，坐下说话！"

乔泰脸面紧绷，面色灰白，在小凳上坐了。乔泰语调呆板，好似宣读官样文牒，单刀直入地说道："十年前，夏去秋来，丁虎锢将军率七千军兵在北部疆界同蛮兵相遇。蛮兵人数稍众，但若丁将军率军奋战，当有一半胜算。然他贪生怕死，与番将密议，贿番将以金银财物，望其退兵。那番将称，须取我数百军士首级以彰其勇，方能退兵。

"丁虎锢那厮命左翼六队离开军队主力，入一山谷占据前哨阵地。那六队由梁将军统领。梁将军乃唐军一员骁将，手下有八名校尉、八百军士。那队士兵刚一入谷，两千蛮兵便居高临下，向下扑来，致使此队将士全军覆没。那胡兵尽取将士人头，挑于矛尖，纵马而去。

"那八名校尉，七人被剁成肉泥，剩下一名，头盔遭敌枪刺而昏死坠地，其坐骑亦挨乱枪，正巧倒在主人身上。待他苏醒之时，番兵已然退去，只见遍谷尽是无头死尸，唯其一人侥幸逃脱。"

说到此处，乔泰汗如雨下，脸色死灰，语声哽咽。少停，又说道："那校尉历尽艰险回得京城，将那丁虎锢告至兵部大堂。然那兵部言称丁虎锢已解甲归田，其案已结，命他休提此事。那校尉一怒之下，卸下戎装，发誓不砍下丁虎锢人头决不罢休。于是便更名改姓，入伙绿林，浪迹江湖多年，寻访丁虎锢下落。一日，他在途中遇一县令走马上任，此县令聪颖贤达，晓之以法。"

乔泰语不成声，泪如泉涌。

狄公听毕，怜其忠勇之心，郑重说道：

"乔泰，你那宝剑不该为老贼污血所染，此乃天意。今已有人认定此贼该亡，并已取其性命，亦可略慰那冤死将士之魂。适才你所言之事仅你我二人知晓，休再向他人提起。目下你仇人已除，我亦不违你所愿强留你。我素知你心在军营，因此意欲寻个口实，送你回军旅复职，你意下如何？我当为你密修荐书一封，交给兵部尚书，他自会任你都尉之职。"

乔泰凄然一笑，平心静气地说道："若大人还用得着乔泰，卑职愿追随大人。大人升迁长安之日，便是乔泰返京之时。"

狄公闻听此言，满脸喜色，说道："如此甚好！乔泰，你有此意，我自是感激不尽。倘若你真离我而去，我倒会难过不已。"

　　狄公于书斋内训斥丁浩之时，方班头在衙役房内与吴峰叙谈良久。吴峰只惦记玉兰失踪一事，早将那身陷图圄、堂上鞭笞之苦忘于脑后。方班头说起那丁虎锢如何命丧黄泉，吴峰心不在焉，似听非听，最后竟不顾礼数地打断方班头话语："那丁虎锢罪不容诛，小生无心听他之事，只想知道如何寻访令爱玉兰！一旦将她找回，小生便求大媒上门求亲！"

　　方班头作揖，口中虽不言语，心内寻思，如此出众之后生欲与其长女永结秦晋之好，真是玉兰之大幸，故喜不自胜。然方班头乃正经人家出身，凡事讲究礼数，这事在他看来，须先请出大媒说合定亲，方可与女家父亲谈及婚嫁之事，如此才是正道。故他听得吴峰当面匆忙谈及此事，心内亦觉惊诧。那洪亮命他探访李夫人消息，他正是出于礼数，才命次女黛兰外出探访。方班头寻思，如若男子四处打听李夫人下落，恐会伤及李夫人名节，故自己不愿前往。

方班头见吴峰竟以此法谈及婚事，忙匆匆岔开话题，说道："在下以为，明日狄大人自会有良策寻访我女。在此之前，吴相公不妨将我女之像画上几幅，交与本城各处里正，以便知情者前来禀报。"

吴峰说道："此法甚好！我即刻便回下处画来！"说罢起身要走。方班头伸手拉住吴峰，说道："吴相公，你在离衙之前去见狄大人一面岂不更好？相公尚未正式向狄大人辞别，兴许相公应拜谢狄大人洗刷冤屈之恩。"

吴峰随口说了声："改日再谢不迟！"便匆匆离去。

此时狄公在书斋之内同洪亮一起用饭。洪亮见狄公脸有倦意，便默默吃菜，不多言语。用饭毕，狄公慢条斯理地喝了盏茶，然后说道："洪亮，你将其余亲随一起唤来，我想将丁虎锢命案细说给尔等知晓。"

待四名亲随齐集案前，狄公在椅中坐定，先将他训斥丁浩一节略述一遍。

陶干听毕频频摇头，长嘘口气，说道："大人，如此盘根错节之案，以前未曾遇见。"

狄公答道："粗略看来，案情复杂纷繁，其实，只是本城之实际情形才使诸案纵横交错，如今乱麻已梳理清楚，虚伪真实便一目了然。我等手中实有三案，其一，丁将军命案；其二，余氏兄弟相讼案；其三，方达之女失踪案。我等制伏钱牧，揭穿余基谋反奸计，破解潘县令遇害之谜，皆须视为本地之情形也，其皆各自成案，与那三案并无关联。"

洪亮点头，少顷，说道："卑职始终不解大人为何不对吴峰立即下手。初时，诸多迹象桩桩件件均显露那吴峰乃作案之人。"

狄公答道："我初遇丁秀才时，便觉他行止可疑。我同马荣与丁浩在街市之中相遇，当听说我是兰坊新任县令狄仁杰时，丁浩即现惊恐之状。谅那丁浩曾经听说我有专断疑案之虚名，便一时曾想打消毒死亲父并嫁祸给吴峰之念。然又转念一想，其奸计天衣无缝，毕竟可以试上一试。想毕，便邀我去到茶肆，编造出那吴峰蓄意谋害丁将军一事。"

马荣恼道："丁浩那厮编得头头是道，竟将我等都瞒过了。"

狄公微微一笑，又道："后来那丁将军果然一命呜呼。狼毫内藏有毒刃之事，丁浩并不知情。今日堂上我猛地取出那能致人死命之狼毫，将笔杆开口一端直指丁浩脸面，若是丁浩在余大人赠笔之后曾动过手脚，见笔定然惧怕，自会露出破绽。可丁浩见笔后并未惊慌害怕，而是恰如我等一般，对那凶杀一案困惑不解。他必定花了半个时辰，绞尽脑汁想弄个明白：他那相好有无插手其中？是否有人先知其有杀父之心，遂顺其所愿杀死其父后再来索取丰厚赏赐？我以为，丁浩发现其父身亡后曾反复思量，决意不改初衷将吴峰陷害为杀人凶犯。一旦定下吴峰有罪，丁浩便不必担心真凶上门讹诈索取钱财，故而径直来至县衙将吴峰告下。然丁浩未曾料到，他那天衣无缝之诬陷竟如此经不起推敲。"

陶干插言道:"大人,卑职甚是不明,那盒染毒蜜枣分明与那吴峰有关!"

狄公答道:"'分明'过头了!此罪证伪造得过了头,再者,此种奸谋与吴峰之为人秉性全然不符。实不相瞒,我虽不甚喜爱吴峰那人,然其却是聪明绝顶,快人快语。毋庸置疑,此人画艺精湛,但对那日常琐事却马虎草率、漫不经意,可做起心驰神往之事,却是全神贯注。倘若吴峰决意将人毒死,自然不会选用颜料藤黄,也绝不会在盒中盖上印记,留作把柄。"

陶干听罢点头,说道:"吴峰吃那盒内之枣,并不知我已将蜜枣调换,且吃完一枚还要再吃。故吴峰无罪,便有定论!"

狄公说道:"正是如此。我还是按先后顺序一一讲来。丁浩到县衙报案之后,我便即刻去见吴峰,要将原告、被告二人秉性天赋做一比较。我一见吴峰,便知他并非是那预谋杀人之徒。丁浩所言之吴峰杀人动机,纯属牵强附会,无稽之谈,因此我揣测,那凶案乃由别人所为。丁虎锢罪恶滔天,因此必然结怨甚多,倘若有人要取其性命,亦不足为怪!当时我断定,丁浩不过借此诬告吴峰罢了,其诬陷吴峰乃因争风吃醋之故。吴峰诸多画像均为同一女子,而那丁浩又书写艳诗情函,因此我以为,二人乃是情场对手。

"见得那染毒枣盒后,我更确信丁浩确在设计陷害吴峰。然我以为,那丁浩已想出办法令其父在食枣之前便能察觉此枣有毒。依我之见,丁浩即使要铲除情场之敌,也决不会将亲父毒死。"

洪亮插言道："卑职现已明白大人何以认定吴峰并非凶犯。"

　　狄公又道："我既认定丁浩心术不正、阴险狡诈，待发现吴、丁二人并非为一女子而争风吃醋时，便另有看法。两人既非情场对手，那丁浩诬陷吴峰却又是为何？唯一可能之解，便是丁浩将其父谋害，却要吴峰替他顶罪。于是我想，定是丁浩备得两件凶器，一件已用来杀死其父，然此凶器究竟如何使用，我还须仔细思量。另一凶器便是那盒毒枣，此乃备用之凶器，一旦那小刀未曾奏效，丁虎锢吃了蜜枣亦会丧命。若是如此，则须查明丁浩何以要谋害生父，此举是否与其所爱妇人有关？因此，我又遣黛兰回到丁府打探虚实。"

　　说到此处，狄公停下来喝了盏热茶。室内寂然无声。少顷，狄公又说道："然此时我又为另一疑点所困。那丁浩费尽心思欲将那有毒蜜枣栽在吴峰头上，便自然会做些手脚，使吴峰与那杀人狼毫脱不了干系。我绞尽脑汁，反复细观那杀人狼毫，却仍不见此笔与吴峰有何瓜葛。于是我又回头想那初始之想法，即另有一人暗中将那丁虎锢杀死。此杀人之举恰好与丁浩之毒枣计偶合。"

　　乔泰言道："正如大人适才所言，那丁虎锢仇敌甚多，故才有此偶合之事。恰因那丁虎锢偷生怕死害了八百将士性命，余寿干大人才取其狗命！"

　　狄公点头，说道："可是即使我认定丁府命案乃他人所为，却仍解不开凶案之谜。不过我却可以断定，丁、吴二人皆无杀人嫌疑。待我发现丁浩杀父之心时，此凶杀之谜早已解开。"

洪亮插言道:"大人曾说'一半案情已明',原来此'一半案情'就是此意了。大人以为丁浩所作之艳诗情书与丁将军四夫人有关。据黛兰禀报,那四夫人左乳之上有颗黑痣,而丁浩诗中又有'酥胸绵软白胜雪,疵点怎掩明月光'与'岂顾伦常与典章'之句,故大人断定,丁浩与其父四夫人有苟且之情而欲害其父!"

狄公说道:"正是如此。说起凶案之另一半谜底,实不相瞒,如余大人不将其书斋之名刻在笔杆上,我兴许万难查出是谁取了丁虎锢性命,而只能认定丁虎锢乃被机关暗器所伤。因书斋之门落锁上闩,凶犯无法进出。余寿干大人聪明绝顶,我真是自叹弗如!想必诸位已然看清,待小刃出得笔管之后,那细藤便在笔内伸直,因此即使我曾向笔内窥探,欲探查管内是否隐藏机关,却也看不出个所以然来。直待我出城访那鹤衣先生时,才获知'宁谧轩'乃老黜陟使之书斋名,而我才记起丁虎锢命案发生之日,其所用笔杆上有此字样。我又想起陶干的吹管杀人之说,这才明白,那笔中管孔亦可用来作案。再想起那日丁虎锢书案上蜡台不在原位,故而推断,烤那毛笔时,笔杆内之暗器便会飞将出来。如此,其余之事便不难推想。"

乔泰问道:"若那丁浩寡廉鲜耻,并不自戕,我等又当如何?"

狄公平心静气地答道:"我便将其与那淫妇拿至县衙,严刑拷打,逼其供认通奸之罪!"

狄公慢捋长须,环视四位亲随。待无人言语,知其已明案情,于是说道:"我再来说说第二件案子,即余大人遗书案。"

四名亲随转过身去看悬在墙上的画。

狄公说道："画之内衬所夹带的遗书，乃余大人写来迷惑余基之用。那余大人之计已获成功。余基找到画中所夹带的遗书后，便偷梁换柱，将伪造之遗书裱糊于原处还给余夫人。须知，画轴才是真正要紧之物，而非其中之遗书。那山水画中暗藏玄机，常人实难察觉！"

狄公起身，走至画轴跟前，四名亲随亦忙离座，站在狄公身旁。

狄公开口言道："我估量，此山水画轴与余大人那乡间府第之间必有关联。我去那府第亲访便是为此。"

陶干忙问："此画与那府第有何关联？"

狄公答道："其中道理，说来倒也简单。余大人不惜工本、殚精竭虑要保存之物，唯此二物而已。余大人想方设法不让画轴于其身后遭毁，又叮嘱余基不得丝毫更动那乡间府第。初时，我以为此山水画乃是余大人乡间府第之图，图内画明余大人真实遗书秘藏之处。然等我到得那府第之后，却不见此画与那府第有相似之处。只是到了昨晚，我才明白其中奥秘！"

狄公面带笑容，环视四名亲随。四人尽皆不语，但等狄公点破玄机。

狄公说道："如若细观此画，便会看出此画有怪异之处。画中有数处房舍，分布于峭壁之间，每一房舍皆有小路可通，唯独那右侧画顶处最大最精美之阁除外。此阁建于河边，无路可达。我认为，此阁与众不同，内中必有缘故。四位且看画中树木，难道尔等看不出什么奇特之处？"

陶干与洪亮细细参详，马荣与乔泰自知看不出所以然，索性站在一旁，赞叹地看着狄公，等其点破机关。待洪亮与陶干摇头作罢后，狄公又道："画中屋宇均被树木团团围住，并且树木大多是随意画来。可你们看，唯有那松树画得细致真切，棵棵松树皆清晰出现在画面之上，可以看出，松树的多寡依次变化。山顶小路尽头只有两棵松树，往下便是三棵，在小路越涧处则是四棵，到得右侧画顶那大阁附近便是五棵。我断定，松树乃是标志，标明须循之路。山顶两棵松树即为此画与那乡间府第关联之物，乃迷宫入口那对松树是也！"

"如此说来，此画乃是进入迷宫之路径图，指点懂画之人到得余大人建于宫内之房舍或亭台！"陶干听罢，高声说道。

狄公摇头，说道："不然，并非全然如此。不错，此画指明通往宫内亭台之路，然那余大人几乎每日去到迷宫里面，宫内必然有亭阁供他读书作画。画中精美之阁即是，这点我与你所见略同，然我却不以为循宫内路径便可到得此阁。余大人将迷宫中之亭阁用作密室，倘若有人不惧艰险，不畏繁难，便可循此路径到得书阁，余大人岂会将此阁当成密室而存放其紧要书札等物？然余大人为何将画内两段道路画得大小相同？为何用那山涧标明后半段山道？"

陶干旋即答道："欲使此画更难看得明白！"

狄公道："不然！余大人煞费苦心地标明，那四棵松树所在之处乃是一紧要处所，再往前便非寻常山道。到得此处后，须沿涧而行，涧上小桥亦隐含此处乃转折所在。我认为，到得此处便须离开宫内寻常通道，转而抄近路去那隐秘书阁。那书阁必不在通道近旁，却是隐蔽在两条通道之间某一拐弯抹角处。"

陶干点头称是，高声说道："好一个隐藏物品之所在！将要紧物品藏在此处胜过藏于城堡之内！如不知晓那秘密小道，即便在迷宫之内寻找月余，也休想到得那书阁。然余大人及知此秘密者却只需花费片刻工夫便可到得！"

狄公说道："言之有理！你适才最后所言倒是十分重要。那余寿干常去宫内，自不会每次皆花上半个时辰沿那曲折通道转来转去。我想，里面必有秘密捷径。我等且再沿画中小道往下看来！"

狄公用食指指着山顶小屋，那小屋两边各有一棵松树。狄公说道："此乃迷宫入口。我等沿石阶而下，再沿小道前行。第一岔道无关紧要，或左或右皆可通行。之后，便到得第二岔道，道旁长有三棵松树，此乃暗记，表明须靠左而行。再后便到得山涧，此乃须离开常道之处，那四棵松树便是那捷径标志。我想，恰恰在四棵松树正中，于第二、第三棵松树之间便能找到捷径入口，其势恰似画内之山涧。沿此秘道前行，在某处便会见得五棵松树，两棵长于一侧，三棵则长于另一侧。那余大人之书阁定在此处！"狄公边说边将食指置于画顶右侧高阁之上。说罢，狄公回至案后，于椅中坐定。

狄公又道："我之估算若无大错，我等定能在此阁中找得铁箱或类似物件，而余大人之要紧契约、凭单等物，另加遗书，必在其中无疑。"

马荣说道："卑职听了依然不甚明白，不过我主张不妨试上一试。然我等还有一案在手，玉兰至今仍下落不明！"

狄公听罢马荣之言，脸现忧郁焦急之色。他边品香茗边缓缓说道："此案确是令人头痛！说起寻访此女下落，我等尚无任何作为。方班头为人正派本分，乃大唐良善百姓，我对他亦心甚喜之。如今寻访其女不着，我心中更是不安……"

狄公脸现疲态，以手加额，说道："今日用过晚饭，我等还须聚在此室，商讨寻访玉兰之法。审结其余诸案之后，我等即可倾全力解开这最后一谜。我等此刻便去余大人城外府第，看我适才那捷径一说对与不对。如若我等能找到余大人遗嘱，便将其附于余基谋反案卷内，呈交上去。待户部没收余基家产时，须将余杉应得之家产留给其母子二人。乔泰，你于午后调遣人马，全力巩固城防，以备蛮兵来袭。洪亮随我与马荣、陶干一同前往迷宫！"

二十三
▼

半个时辰过后，已故黜陟使余大人之东郊府第之内一片忙碌景象。府第之内，衙役处处可见，或清道路，或点家具，或巡后院，衙役们各司其职，井然有序。

狄公立于院内，前边便是通向迷宫之石门。狄公对洪亮、马荣、陶干及二十名衙役训示道："我亦不知在宫内该走多远，虽估计路途不会过长，然究竟如何，我等尚不知晓。待我等向前行走之时，每隔二十步须有一名衙役离队留下，以便与前后衙役呼应，我不愿在此迷宫内迷失路径！马荣，你手持长枪在前开道。我不信此迷宫内会有陷阱，然此地荒芜多年，兴许毒蛇猛兽在此筑得巢穴亦未可知，诸位皆须小心才是！"

狄公言毕，众人穿石拱门而过，入得迷宫。

迷宫通道之中，弥漫着腐枝败叶之味。宫道虽窄，依然可容二人并肩而行。宫道两侧树木密植，不可逾越，树木种类繁多，只不见松树影子。头顶树枝交合，由藤蔓所缠，且多处藤蔓低悬，狄公等人须俯身低头方得通过。那通道两侧树干之上长满巨蕈，马荣用枪头挑了一朵，一团白粉喷将出来，恶臭难闻。

狄公提醒道："马荣，小心，此种菌蕈兴许有毒！"

狄公在那第一左转处停下脚步，只见拐弯处三棵老松相傍而立。狄公心内高兴，微笑道："此乃第一路标！"

只听马荣喊道："大人，小心！"

狄公急急闪过一边。一只巴掌大的蜘蛛"啪"的一声落在地上，那蜘蛛一身黄斑，长有长毛，双眼闪出凶邪的蓝光。

马荣上前，用枪尖刺个正着。"卑职可不愿有此类虫蝎落在背上。"说罢，又继续向前走去。

通道似乎又逆向而行，再过二十步左右，又陡然向右折去。

狄公向马荣喊道："停步！此处便是第二路标！"只见沿路种有一排四棵松树。

狄公说道："我等须在此处离开常道，入那秘密捷径。你在那第二、三棵松树间细细探察！"

马荣提枪在那榛莽丛中乱刺，蓦地突然跃起，并不顾礼仪的将狄公猛地推到一旁。只见一条三尺长短的赤蛇爬过腐枝败叶，眨眼间消失在树根洞内。

马荣咕哝道："这真是个待客的好地方！为何那画轴之中不见此长虫！"

狄公说道："离衙前我命你穿上狩猎脚套，道理就在这里。

你再仔细看来。"

马荣蹲身在那树枝之下仔细观察，过了片刻，直起身子说道："此处确有一小道，只是狭窄得很，连一人都难以走过。待我先行入内将头顶树枝拨至两旁！"说罢，便消失在那密枝浓叶间。

狄公紧了紧衣袍，尾随而入，洪亮与陶干则紧随其后。众衙役望着方班头，踌躇不前。方班头手持短刀，向手下衙役喝道："休得惧怕而踌躇不前。如有毒蛇猛兽，我等当奋勇杀之！"

那窄道长只数丈而已。在荆棘之中行不多时，众人便又上得迷宫常道。此处常道又岔成左右两条急弯。狄公先向左转，只见眼前有一又长又直的宫道，便摇头道："我想，既为捷径，必不会有那又直又长的宫道。定是在那相反方向。"

狄公转身，返回窄道出口处。待转过一拐角之后，众人便到得一短捷通道之内。狄公喜道："这便是了！"说罢，用手指向左右两侧。一旁立着三棵松树，另一旁则长着两棵老松。

狄公对同来之人说道："据余大人画轴所示，那隐秘书阁必离此不远。我以为，通道必在那两棵松树之间，对面三棵松树只为凑成五棵罢了！"

马荣急忙跃入两树之间的灌木丛内。众人听得马荣连声大骂，待他出得草丛，双腿已是沾满稀泥。马荣恼道："前面别无他物，唯有一潭死水！"

狄公听罢，皱起双眉，说道："此前桩桩件件与那画轴相符。沿潭必有路径！"

方班头对众衙役将手一挥，众衙役便拔剑出鞘，砍伐潭边荆棘草丛。少顷，便露出池潭边缘。马荣陷足之处依然翻冒水泡，潭中死水臭气熏人。

狄公弯腰，透过下垂树枝细细窥视，突然急急将身子缩回。

只见水中冒出一形状怪异的头颅，头上一双黄眼直视众人。

马荣倒抽一口冷气，举矛欲刺，狄公忙举手制止。

一条大蝾螈慢慢爬出水潭。那蝾螈长五尺有余，上得池岸便滑进水草之中不见踪影。

众人皆大骇。马荣说道："卑职宁可面对六名胡兵，也不愿见此怪物！"

然狄公却喜形于色，说道："我常读古书，早知世上有蝾螈此物，然今日才有眼福得见此物！"说罢，依然细瞧池岸。池岸上并无道路痕迹，唯见污泥水草。狄公复又看了看那潭内黑水，突然对马荣言道："你可曾见到那潭中之石？那分明是一串穿池而过的石块！我等且上前看来！"

马荣将袍下摆掖在腰带内，余下之人亦依样而行。

马荣跨在石上，用长枪在四周水中探了探，喊道："就在左前方，又有一方石块！"

马荣分开垂枝，跨上第二块方石，又突然收住脚步。此时狄公正紧随其后，与马荣撞个正着，亏得马荣伸手扶住，才未落入水中。

马荣默不出声地用手指着一根断枝，在狄公耳边低声说道："那树枝乃人手所折，且折断不久。瞧，那枝叶尚未枯黄。大人，有人今日才从此处经过！此人在石上站立不稳，便伸手抓那树枝！"

狄公抬眼看那树枝，点头轻声说道："兴许此人就在近旁，我等须加小心，防他来袭。"说罢，狄公又将此话对附近石上的洪亮说了，洪亮又说于陶干、方班头知晓。

马荣喃喃道："我宁愿同人交手，也不愿见那黏滑怪物。"说罢，又持枪探路，向前行去。

水塘不大，然狄公等人须逐石探路，有些石块又没于水面之下，故费了些时间才到得对岸。若是熟识路径，只需片刻即达。

到得岸上，马荣、狄公即蹲下身子。狄公用手拨开树枝，只见前面一片空地，空地四周遍长树木榛莽，中央一棵大杉树下立着一座圆形石阁，阁窗紧闭，大门半开半掩。狄公待衙役全部都过得小潭，便大声喝道："将那石阁团团围住！"话音未落，狄公便纵身跃至阁前，一脚踹开大门。只见两只蝙蝠拍打翅膀飞将过来。

狄公转过身来。众衙役已四散围住石阁，在灌木丛中搜寻起来。狄公摇头说道："阁中无人！方班头，你率众衙役将此空地细细搜寻一番！"

狄公重又进得阁内，马荣、洪亮、陶干紧随其后。马荣抬手推开窗户。阁内光线昏暗，狄公见那阁内中央仅有一张石桌，后墙之前有一石凳，此外并无家什用具。室内四处灰土堆积，霉迹斑斑。

石桌之上置有一盒，约一尺见方。狄公以袍袖拂去盒盖尘土，只见那盒乃绿玉雕刻而成，盒盖及盒壁之上云飞龙腾，栩栩如生。狄公轻轻将盒盖揭了，取出一卷小包，卷外锦缎早已褪色。狄公举起小包，对亲随言道："此包之内便是余大人遗书！"

遗 书

春华秋实，自古皆然。人至暮年，当回首平生功过。余曾自思已尽绵力于社稷，可谓此生不虚。然顾膝下，逆子不肖，方觉一事无成。余忙于政事，不期顾此失彼，疏于家教，长子余基，甚负我望。

余基心怀邪念，欲壑难填，余终之后，难免滋生事端，祸及自身。若余基命丧囹圄，或斩首法场，余门香烟不继，列祖列宗势必怪余。

为余门有后，余续弦梅氏。上苍有眼，余又得一子，取名余杉。杉儿敦厚仁孝，余心甚慰。若次子成龙，亦可光宗耀祖。

余年事已高，不久人世，故预立遗书，安排后事。若余言明，将家产由二子平分，则杉儿性命危矣。故余于病榻之上虚留遗言，却将真实遗愿书写于此，且签字盖印以证之。若余基幡然悔悟，弃旧图新，可与余杉各得一半家产，若其惹是生非，触犯刑律，则全部家产归余杉一人。

余自另立遗书一纸，言明二子平分家产，且将此纸遗书藏于画轴内衬之中，但等余基取出。若其遵嘱行事便好，此乃上苍垂怜佑我余门。若其伤天害理，销毁遗书，定然以为画轴之秘已解，而将画轴交还余之遗孀梅氏。待有识县主识得画内机关，自会循图而来，得此遗书，秉公而断。

余祈求上苍保佑，待县主读此遗言之时，我儿余基尚未手沾鲜血。倘若余基已是罪行累累，则烦请县主将此遗书连同附文呈送上司。县主解开画谜，深入迷宫，定然心劳神疲。老朽于此叩首称谢。

愿上苍赐福县主，佑我余门！

立嘱人　翰林学士，前黜陟使余寿干

（签字盖印）

洪亮说道："此遗书所言竟与大人所言不差分毫！"

狄公正在阅看遗书附文，听得洪亮之言，便心不在焉地点头。那附文乃一单页彩纸，原与那遗书卷成一卷。狄公看罢，又高声念道：

在下余寿干教子无方，致使长子余基作奸犯科。在下生前从未因私有求公门。我子现今触犯国法，在下出于舐犊之心，于下世后恳请上台垂怜，如若不违条律，从轻处置余基。

石阁之内光线昏暗，一片寂然，唯能听得阁外众衙役的吆喝之声。狄公将遗书及附文慢慢卷起，深为余寿干遗言所动，因而言道："余大人真乃诚笃之人也！"

陶干用指甲刮那桌面，说道："桌面之上似有图案！"说罢，抽出尖刀刮那积灰，洪亮与马荣也一起动手，渐渐便见得一圆形图案。

狄公低头细看，说罢："这便是迷宫图。瞧，那曲折宫道恰成四字古篆：'虚空楼阁'，与那山水画之题一字不差。'虚空'，便是黜陟使大人辞官退隐后常思常想之二字。"

陶干说道："宫中捷径亦明示于图内，所植松树均以圆点标出！"

狄公又细细看那迷宫图，将食指沿宫道划去，叹道："此迷宫真是匠心独具！瞧，如从入口进宫，每逢岔道则靠右而行，须待走完全部宫道方能到得出口。反之，若是由出口而入，每逢岔道便靠左而行，欲达入口，亦须穿越整座迷宫。然若不知有此捷径，则万难找到此秘阁也！"

洪亮说道："我等须请余夫人应允，将此迷宫逐点清理，修成兰坊又一胜景，定能赛过那荷池白塔！"

说话间，方班头走进来禀道："大人，那先前到得迷宫之人早已离去。我等搜遍榛莽草丛，也不见其踪影。"

狄公命道："令衙役好生察看树干树顶，兴许那可疑之徒正藏身其间！"

方班头离去后，狄公见陶干蹲在宽大长凳上细瞧凳上所积之灰土，不禁好生诧异。

陶干摇头道："大人，倘若卑职不曾看错，此暗斑莫非血污不成？"

狄公听得此言，心内一惊，浑身发冷，急步走至凳前，用手指擦那斑迹，然后又走至窗口细看手指，却是暗红血斑无误，便猛地转身对马荣道："看那石凳之下藏有何物？"

马荣用长矛在凳下暗处一阵拨弄，只见一只大蛤蟆跳了出

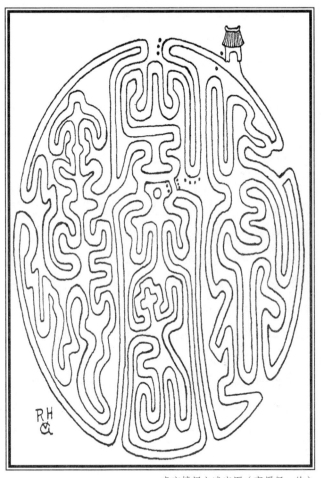

虚空楼阁之迷宫图（高罗佩　绘）

来。马荣又跪在地上向凳下细瞧，禀道："唯有蜘网、灰土而已！"

此时陶干对凳后空处一瞧，脸色骤变，转身惊呼："那凳后有一死尸！"

马荣纵身上凳，与陶干一起抬出一具女尸。尸身已然僵硬，浑身上下沾满血迹、泥浆，项上已无人头。

二人将女尸置于凳上。马荣解下披肩盖住女尸下体，便退后而立，双目圆睁，显露惊骇之色。

狄公弯腰细看女尸，只见左乳之下有一刀伤，双臂亦是疤痕累累。狄公慢慢将尸身翻转，但见双肩及臀部布满鞭痕。

狄公站直身子，眼中怒火燃烧，愤然说道："此女子昨日方遭杀害。尸体虽已僵直，然肌肤尚未腐烂。"

马荣惊问："她又如何到得此地？她在穿越迷宫时早已无衣遮体！瞧，此女大腿被荆棘刮伤多处，小腿沾满潭泥。正是此女险些滑入潭中，才将那树枝折断。"

狄公说道："我等须弄明白，谁将此女逼至此处？速唤方班头入内。"

见方班头进得石室，狄公命道："脱下袍子将这女尸裹上，再命衙役砍些树枝抬那尸身。"

方班头脱下上衣，突然双目圆瞪，惨叫一声，呼天抢地高喊："玉兰！"

众人闻言皆失声惊呼。

狄公抬手制止，问方班头道："方班头可曾弄错？"

方班头抽泣道："玉兰七岁那年曾被开水烫伤左臂。那烫伤之处我如何会认错？"方班头边说边指那臂上伤痕。说罢，伏于女儿身上号啕不止。

狄公双手拢袖，双眉紧锁，沉思片刻，突然问洪亮道："你可曾访得李夫人下落？"

洪亮手指方达，却不言语。

狄公近前，手按方达之肩，问道："方班头且莫恸哭，你且告知本县李夫人家居何处？"

方班头并不抬头，只是言道："今晨卑职遣黛兰寻访去了。"

狄公闻言，急忙转身拽住马荣衣袖，耳语数言。

马荣二话不说，匆匆离阁而去。

二十四

▼

方黛兰造访李夫人
马县尉擒获真凶犯

黛兰依从父命，一早便离了县衙去寻访李夫人住处。几天来，黛兰日夜思念大姐，心急如焚，遂快步沿大街向东门而行，希冀借此一解心中愁绪。

黛兰在十字路口小贩处绕了一阵，又往东门近处街市而去。方班头曾对她言道，那李夫人擅长书画，黛兰便先去一家纸笔庄探询。

恰巧那店主与李夫人相熟。店主说道，李夫人多年来常在他店中购买纸墨笔砚，年纪在五十上下，现今仍在人世。店主又说，那李夫人往常曾教授书画，然已有月余不收徒授艺，故劝黛兰不必费时前往。

黛兰答道，此去并非求师学艺，只为一远亲托其前往看望。

那店主便将李夫人住处细细说给黛兰听了。原来那李夫人家距纸笔庄仅几条街巷而已。

黛兰本想回县衙禀报父亲，然见阳光和煦，天清气爽，故不愿早早回衙，遂拿定主意，按店主指点到李夫人住处看个究竟。

李夫人家位于一僻静巷子内，巷内房屋皆高墙青瓦，大门黑漆，光彩熠熠。黛兰心中思忖，此巷兴许是年老殷实店主所喜居住之处。

黛兰入巷行至半途，见一宅门上有个"李"字。这宅子颇大，门上饰有铜钉。黛兰立于门首，不禁举手叩门。见无人应答，黛兰更觉诧异，决意入内探查，遂使尽力气敲门，并将耳贴在门上细听，终听得宅内传来轻轻的走路声。黛兰又举手敲门，宅门开启，一中年妇人着淡妆素服、手持银头拐杖立于门首。那妇人将黛兰上上下下打量一番，冷冷说道："姑娘因何敲我家大门？"

黛兰观那妇人着装举止，便知其必是李夫人无疑，便敛衽施礼，恭敬说道："我乃方铁匠之女，名唤黛兰。我欲寻一良师，授我作画技艺。经纸笔庄店主指点，斗胆前来拜见。尽管那店主言道，夫人不再收徒授艺，然我一心学艺，望夫人勿怪！"

那妇人望着黛兰，思量片刻，转嗔为喜，说道："我不再收徒授艺，此话不假。然你不辞辛苦前来见我，岂能让你就此离去？且进宅来喝杯淡茶，再走不迟！"

黛兰重新施礼，便随李夫人入宅。李夫人一瘸一拐在前引路，二人穿过一精致小园，进得客厅。在李夫人离去取水之际，黛兰将室内检视一番。客厅不大，然却洁净明亮，装饰雅致，椅凳、茶几皆以红木制成，上雕花鸟虫草，椅凳则垫有绣花丝垫。靠后墙一张方桌上有一古铜炉，炉上香烟袅袅，桌后墙上则悬一狭长花鸟画轴。棂窗上糊有白纸，纸上无丝毫灰土。

少顷，李夫人手提铜壶回至客厅，将沸水倒在细瓷茶壶之内，然后亦在凳上坐了下来。二人喝茶寒暄。黛兰心想，此妇人虽一足微跛，年轻时定然有些姿色。李夫人面相周正，然五官略嫌粗大，双眉稍浓，却不难看出些昔日之娇媚。黛兰见李夫人谈笑甚有兴致，倍觉受宠。

黛兰不见宅中有奴仆婢女，心中诧异，便问缘故。李夫人随口答道："寒舍甚小，我素喜清静，平时只用粗使老妈一名，不喜身边有诸多仆人。数日前她身子不爽，我便遣其回家，其家离此处不远。老妈子丈夫是个小贩，闲时亦来帮我照料花卉。"

黛兰忙道，既然女仆不在，自己实是叨扰了，故欲告辞而去。李夫人忙说不妨，此时正喜有人相陪，说罢立刻将茶盅斟满。

李夫人将黛兰引至厢房之内。一红漆大桌几乎占了整个厢房。靠墙立着一排书架，架上有六个笔筒，筒内各色画笔大小不一。地上有一敞口大瓷缸，内中纸卷、丝轴成堆。窗外一园极为精巧，园中奇花异卉竞相斗艳。

李夫人让黛兰在桌旁矮凳上坐了，请其观赏自己所作之画。李夫人将画轴一一打开，黛兰虽对书画一窍不通，却也看出其画艺甚精。李夫人专画花鸟，每帧画幅色彩真切自然，栩栩如生。

李夫人热情待客，黛兰反觉过意不去，意欲告知李夫人，自己此次来访乃县衙所差，然不知狄大人欲将此事保密与否。寻思片刻，黛兰拿定主意，还是装作为学画而来，只待时机告辞而去。

李夫人将画轴卷起。黛兰起身看那窗外小园，只见园内花草曾被踩踏，便顺口说了几句。李夫人闻言，恶狠狠道："前日那些衙役前来搜查，踩死好些花草，真是可恨！"听得李夫人话音如此愤恨，黛兰惊得转过身来，却见李夫人面容镇静如初，便又急忙施礼。

李夫人将头探出窗外，观看天色，说道："只顾说话，不想已至午时！看来应准备饭了，然我平生不乐此事。姑娘，你看来年轻能干，我欲请姑娘助我，不知可否？"

黛兰不便推却。再者，黛兰没对李夫人实言相告，心中颇为不安，寻思若能替其做顿可口饭菜，也可聊以自慰，便说道："奴家做事愚笨，愿替夫人生火添柴。"

李夫人面露喜色，引黛兰穿过后院到得厨房。

黛兰脱去外衣，卷起衣袖，燃旺灶内余火。李夫人则坐在矮凳上，喋喋不休地说起自己的丈夫。李夫人自叹命薄，婚后不久丈夫便因病身故。

黛兰从竹篮中取出些面条，切些葱蒜，又从窗外绳上取下几片蘑菇，然后起油锅，加入蔬菜及一应佐料，又将面条放入锅内，顷刻间厨房便香味扑鼻。

李夫人取出碗筷，外加一盘泡菜，二人便坐在凳上用起餐来。

黛兰胃口甚好，然李夫人只用了半碗便放下碗筷，将手置于黛兰膝头，对其烹饪手艺称赞了一番。黛兰抬头，见李夫人眼露异样目光，便甚感窘迫。黛兰想道，二人都是女子，那李夫人凝望自己，却也不必害羞。可不知怎的，黛兰心中甚不自在，便稍稍从李夫人身旁移开来。

李夫人起身，取出一锡壶与两只酒盅，微笑道："你我二人喝上一盅，借以消食！"黛兰闻言，不再窘迫。黛兰从来酒不沾唇，心想唯富家女子才有此口福，今日不妨喝上一盅。此酒名唤玫瑰露，酒味香醇，不须温热便可饮用。

李夫人为黛兰连斟几盅，黛兰心中好不欢喜。酒饭毕，李夫人引黛兰回至客厅，让其坐在自己身旁的长凳上，又唠叨起那已故丈夫。

李夫人将手环在黛兰腰上，说结婚对女子坏处甚多。男子生性粗鲁，不解人意，万难指望男子能似女子一般说些体己话。黛兰以为李夫人所言极是。似李夫人这般年长女子能与自己说如此知心话语，姑娘甚有受人抬举之感。

过了片刻，李夫人起身高声说道："我考虑不周，让你为我下厨操劳。想来你必定疲乏，不如在我作画之时到我房中歇息片刻。"

黛兰心想，此刻本该回县衙复命，然今日奔波半日，确实疲乏，又加饮了几盅酒，有了几分醉意，留下休息片刻倒也无妨。再说，看看这等女子梳妆台亦是一桩美事。于是半推半就，便跟李夫人到得后宅一室。

李夫人卧房比黛兰所想的还要精致。一球状景泰蓝香炉从横梁悬下，那乌木梳妆台上有一银质圆镜镶嵌于雕花檀木框架之内，镜前有白瓷与漆木小盒十数只。大床亦为乌木，雕刻精美，并镶有珍珠螺钿数颗，白罗帐上以金丝织成各式图案。

李夫人随手将一帘子拉至一旁，帘后大理石石阶通入一间浴室。李夫人转过身来说道："姑娘，你在此沐浴不必客气。待你歇息完毕，我二人再于书房用茶！"说罢，关了房门离去。

黛兰在梳妆台前的凳子上坐下，打开梳妆盒，看这嗅那，甚觉新鲜。看毕，又走至床边堆起的四只红色皮箱跟前，见皮箱之上分别用金漆写了春、夏、秋、冬四字，箱内皆是李夫人袍服，黛兰不敢擅自打开观看。

黛兰拉开帘子，进得浴室。木盆旁有个小桶，角落里有两只水缸，一冷一热。窗外日光映照在糊有油纸的棂窗上，竹影婆娑，那纸窗倒似幅雅致的斑竹水墨画。

黛兰提起热水缸盖，只见缸内水冒热气，水面香叶漂浮，遂快速褪去衣裤，舀了几桶热水倒在盆内。待其舀取冷水时，猛听得身后有响动，便旋即转过身去。

李夫人手拄拐杖站在门内，微笑道："姑娘勿怕！我亦倦了，须小睡一会。你浴毕再睡，可睡得格外香甜！"

李夫人边说，边盯着黛兰。黛兰猛觉万分惧怕，忙俯身捡取衣裤。李夫人走上前来，猛地从黛兰手中夺走下衣，厉声问道："你怎的又不沐浴了？"

黛兰惊得忙赔不是。李夫人猛地将黛兰拽近身边，轻声说道："姑娘何须假正经！你这身段甚是漂亮！"

黛兰心中憎恶顿生，猛地推那妇人，李夫人遂跌跌撞撞向后退去，待其站稳后，脸色一沉，双眼直冒凶光。

黛兰站在浴室之内，浑身颤抖，不知所措，李夫人则举杖便砸，打在黛兰的大腿上。黛兰疼得忘了害怕，忙弯腰捡那小桶，

黛兰浴室遇险（高罗佩 绘）

欲向李夫人砸去。然黛兰未曾想到，那李夫人善使手杖，未待其手指触到木桶，臀上便又挨了一杖，疼得黛兰往边上一躲，尖叫起来。

李夫人狞笑道："姑娘，别耍花招！你须记住，老娘这手杖能劈还能刺。你这蹄子倒是比你姐姐玉兰难对付。然不用多久，你就会俯首帖耳听命于我！"

黛兰没想到李夫人会提起玉兰之名，顿时忘了疼痛，喊道："我姐今在何处？"

李夫人睨视了黛兰一眼，说道："你欲知你姐现在何处？"说罢，随即走入卧室，转至一帘幔后。

黛兰心内焦急，恐惧交加，站在原地动弹不得，只听得李夫人从帘后发出咯咯笑声。

李夫人左手将帘拉至一旁，右手握着一柄长尖刀，手指梳妆台得意地说道："你且看来！"

黛兰一声惨叫。梳妆台镜前放的正是玉兰人头。

李夫人用手指试那刀锋，快步下到浴室之中，嘶哑着声音说道："你这不识抬举的蹄子！既然你不想与我亲热，我便将你像你姐姐一般杀死！"

黛兰转过身来一边高呼救命，一边欲砸破棂窗，逃入园中，却忽见一高大黑影映在窗纸之上，便吓得倒退一步。但见那窗子从框内掉了出来，一名大汉一跃而入。

大汉迅速扫视两人一眼，随即跳至李夫人身旁，躲过尖刀，抓住李夫人手腕，只一拧，那尖刀便掉落在地。只一眨眼，大汉便解下腰带将李夫人双手绑在身后。

黛兰高呼："马县尉，正是此人害了我姐性命！"

马荣粗声说道："你这妮子，竟不害臊，快将衣服穿上！我已知晓是此妖婆杀了你姐姐玉兰！"

黛兰只觉两颊发热，趁马荣牵了李夫人去卧房之机，匆匆穿上衣裤。待她来到卧房之内，马荣已将李夫人手足绑个结实，掷在床上。

马荣将玉兰人头放于篮中，说道："快去打开大门，衙役们少顷便到。我打听到这妖婆住处，赶紧驱马先至。"

黛兰不悦，说道："你这蛮汉，我可不听你的差遣！"马荣大笑。黛兰匆忙离去。

黄昏时分，狄公与众亲随聚在书斋之内。此时吴峰进得书斋，向狄公请安毕，嗓音嘶哑地说道："玉兰头颅已安放妥当。小生购下一厚棺，不日便可入殓安葬。"

狄公问道："方班头现在如何？"

吴峰回答："回大人，他既知玉兰已死，空悲无益，今已止哀。黛兰现今在其身旁伺候。"

吴峰言罢，作揖退出。

狄公道："那后生如今已清醒了许多！"

马荣不悦道："卑职却是不明，此后生在县衙内进进出出，忙个不停，却是为何？"

狄公说道："依我之见，玉兰惨遭不幸，吴峰自觉处置不当，心中过意不去。今帮助料理后事，此乃人之常情。可叹玉兰落入那妖婆李夫人掌中，必定受尽凌辱折磨。尔等均见她遍体鳞伤，好不可怜。"

洪亮说道："卑职依然不明白，大人何以在迷宫便知晓玉兰之死与那李夫人有关？"

狄公身靠椅背慢捋胡须说道："细想也不难明白。老黜陟使从未将迷宫之事透露给他人知晓，即使其子余基、续弦梅氏都不曾到得其中，因此唯有一人有机会知此奥秘。我等皆知，那李夫人常在园内亭中与余大人、余夫人一起品茗论画。我想，余大人作那《虚空楼阁》画轴时，曾被李夫人撞见。李夫人乃丹青高手，自不难看出此画轴非一般寻常山水画。那李夫人熟知迷宫入口处情形，便自然猜得画中之意，而余大人则浑然不知。"

陶干说道："兴许余大人作画之初，那妖妇便见得此画，其时画中唯有松树而已，其余之物乃余大人日后所画。"

狄公点头，又道："因李夫人对年轻女子心存邪念，自思日后遇有急难便可用此迷宫，故也不对他人言讲。此后，李夫人耍弄手段，将玉兰骗入府中。玉兰乃一温驯柔弱之女子，李夫人定以为不难令其就范，遂将其囚在府内一月有余。玉兰去到那旧庙一事使李夫人心神不宁，便将玉兰带至余大人乡间府第，锁在那带格窗的空室里，故众衙役搜查东城时，并未在李宅内搜得玉兰踪迹。然此搜查令李夫人惊疑不止，便拿定主意杀死玉兰，而那余大人之秘阁便是最佳行凶之处。"

马荣惊道："那日我等首次去那乡间府第，倘若早半个时辰离得县衙，本可救得玉兰性命！李夫人定是在我等到达之前不久方才离去的。"

狄公正色说道："那日上午恰遇余夫人来访，我等不得早离，此乃天定，我等又能奈何。我等察看迷宫入口之时，我便见得两女子足印，只是不曾言语罢了。当时我站在迷宫入口，一阵恐惧袭上心头，现在想来，一定是那才遭毒手的女子冤魂到得我身边。而且我也曾见余大人之阴灵从暗处向我招手……"

狄公语音渐轻，想起当时阴森情景，不禁打个寒战。

一时间，书斋内竟无一人言语。狄公打起精神，朗声说道："所幸马荣及时赶到李宅，才免却另一起凶案。现天色已晚，我等各自用饭。饭后你等好生歇上一个时辰，兴许今晚还有大事。胡人意欲何为，实难预料！"

当日下午，乔泰已将守城事宜安排妥当，命精壮骁勇军卒守卫在水门附近，又将其余军卒分布在城头。依乔泰之命，诸里正已将蛮兵兴许于夜间袭城之事晓谕城内百姓，因此城中体健男子皆忙碌异常，将滚石、檑木、干柴等物搬至城头，又赶制竹矛箭镞。子时前，城内男子亦将登上城头，五十人一队，由军卒率领参战。

鼓楼之上亦驻有两名军卒，一待番兵靠近界河，便擂鼓报警。闻听鼓声，城头之人便点燃火把。如若番兵胆敢攻城，便会遭滚石、檑木、燃火柴捆痛击。

狄公在内宅用毕晚饭，又在书斋榻上歇了个把时辰。将近子时，马荣全身披挂来接狄公。狄公在官袍内穿一薄甲，从墙上书架旁取下祖传长剑，戴了县令官帽后随马荣出县衙而去。

二人策马行至水门。乔泰正在等候，禀报道，洪亮和陶干带了四名军卒已往钱府哨楼驻守，务保哨楼之上不见星点火光。

狄公听罢点头，沿陡峭石阶登顶水门。雉堞之上，一健壮高大军卒巍然而立。他手持长竿，竿顶唐军军旗迎风招展。狄公登上雉堞，右有军卒手执军旗，左有马荣扶定狄公的旗帜。

狄公想道，此乃自己首次率兵抵御番兵犯境，抬头又见那唐军军旗在晚风中招展飘拂，不免踌躇满志。狄公将长剑抱于怀中，放眼向城外平原望去。

午夜将至，狄公遥指远方，只见夜色中火光闪烁，那胡兵正整装待发。

火光渐近，然后又停止不前。胡人骑兵分明是在等那哨楼之上燃起烽火。

狄公等三人立在城头，半个时辰不发一言。突然界河对岸火光熊熊，而后又越变越小，直至全然消失在夜色之中。

番兵等了许久，不见哨台之上燃起烽火，便掉头退去。

狄公登临兰坊城头（高罗佩　绘）

次日早上，狄公升堂审讯李夫人一案。李夫人因被当场拿获，人证物证俱在，便痛快招认，免了堂上皮肉之苦。

在余大人身故之前，李夫人与余夫人坐在花园之内品呷香茗，等候余大人到来。李夫人已然看过余寿干几幅画作，其中有那山水画初稿。从余大人写在初稿上之注脚获知，此山水画乃是穿越迷宫捷径之路径图。

李夫人对余夫人梅氏甚为中意，心存邪念已久，然慑于余大人之威，不敢向余夫人吐露真情。余大人落土之后，李夫人曾到那乡间府第探访，却只见得老门丁夫妇，不见余夫人踪影。余夫人被余基逐出家门之后去至何方，老门丁夫妇却不知情。李夫人在乡间四处寻访，不料余夫人早已叮嘱农户，勿将其与余杉之藏身所在告知他人。

一月之前，李夫人又在乡间走动，恰巧到得余大人之乡间府第。她见老门丁夫妇已然归天，遂入得迷宫，探看捷径前两段路程，明白心内所记之余大人山水画中之松树确为指路标记。

玉兰那日在市场，正巧被李夫人撞见。李夫人见玉兰年轻美貌，便花言巧语将其骗至家中。李夫人软硬兼施，吓得玉兰对她言听计从，又将玉兰软禁府内，供己受用，还令其做宅内一应杂务，稍有不从，便用手杖责打。

玉兰曾偷偷溜出宅门，去到三宝寺内见得一后生。李夫人得知此事，火冒三丈，便将玉兰拖至一间库房，命其脱去衣裤，绑在柱子上。那库房房高墙厚，外人听不见内中动静。

李夫人反复拷打玉兰，问其可曾向那陌生后生透露自己下落。每次拷问，玉兰均说不曾。李夫人用细细藤杖将玉兰打得遍体鳞伤，口中还不断威胁怒骂。那玉兰连疼带怕高声求饶，反倒使李夫人更加着恼，遂挥起手杖，朝玉兰劈头盖脸打将下来，直待胳膊酸麻方才住手。玉兰被打得死去活来，却一口咬定，不曾透露半点风声。

可李夫人担心恶行已经败露，次日清早便将玉兰扮成尼姑，领至余大人乡间府第，将其锁在老门丁夫妇居室之内，并剥去其全部衣裤，使其难以逃脱。

李夫人每隔一日来一次，给她带一壶水、一篮干豆及大饼，指望几日之内不见风吹草动便将其带回宅中。

然而，衙役们大举出动在城东逐户搜寻玉兰踪迹，李夫人惊恐万分，次日一早便匆匆赶至那乡间府第。李夫人手持藤杖驱赶玉兰，依那松树标记寻至迷宫内之秘阁。到得阁中，又令玉兰躺在石凳之上，遂将刀刺入姑娘左胸。李夫人此时兽性大发，举刀更将玉兰之头切下放于篮内，又将尸身顺凳边推下。匆忙之中，竟未顾及石桌上之玉盒。

不经用刑，李夫人便一一招来。李夫人招供之时，对己之恶行竟显露得意之色。不仅如此，她还供出三十年前曾在酒中下药毒死亲夫。对此无耻凶恶之妇人，狄公心甚恶之。待李夫人在供状上签字画押、被押往大牢之后，狄公才舒了口气。

审罢李夫人，狄公又审那欲助胡人之三位店主。三人并不详知内情，只道是趁乱打劫几家店铺，捞取钱财罢了。狄公便判三人各责五十大板、肩扛重枷一月。

午后，丁府管家急奔县衙禀报，言称丁秀才已悬梁自缢，丁将军四夫人也服毒自尽。二人皆未留下片字只语道明死因。街坊邻里都称二人因丁将军惨死而痛不欲生，更有旧派士绅对那妇人之死好评有加，称其殉节随夫而去，堪称烈女，并欲募集善款，为其建造贞节牌坊。

此后十日，狄公整日埋头理结钱牧、余基二案。钱府两位师爷与其他助钱牧行恶之人皆一一定罪。狄公又遣人将余大人遗言详情告知余夫人，待京城大理寺批复到得兰坊，即召其进衙听候裁定。

狄公理结三件大案，又挫败胡人攻城奸谋，洪亮以为，狄公自当好生将息。然狄公依旧忧心忡忡，洪亮甚是不解。狄公多次光火恼怒，朝令夕改，此种情形在狄公身上甚是少见。洪亮费尽心思，不解其因，而狄公也守口如瓶，不透一言。

一日早晨，闻得大街上马蹄声、铜锣声响成一片，两百名唐军手举旌旗、腰佩刀剑进得城来。此乃应狄公之请，前来兰坊屯驻之军。为首的年轻聪慧军校曾在北疆抗击番兵，狄公见之甚喜。那后生向狄公呈上兵部公文，明示狄公全权掌管兰坊军务。

守军即刻前往钱府屯驻，乔泰交割完毕回至县衙复命。

官军进驻兰坊，狄公自是欢喜一阵，然不出一日，便又默然无言，郁郁寡欢，整日深居简出，埋头县衙琐碎事务。唯有玉兰送葬之日，才出县衙一次。

吴峰将玉兰丧事操办得十分隆重，并执意承担一应花费。那画师遭此不幸，全然换成另一番模样。吴峰断然戒酒，为此还与永春酒店掌柜大吵一场。那店掌柜误以为吴峰不喜其酒，便与吴峰翻脸，邻里酒客皆为此段友情至此告终而惋惜不已。

吴峰将字画全部卖出，在孔庙大院内租一小屋栖身，整日闭门不出，埋头四书五经，只是偶尔至县衙探视方班头。二人似乎已成至交，在衙役房内一谈便是一两个时辰。

一日午后，狄公正在书斋批阅公文，心中索然无趣。洪亮手中捧着一大封套进来，说道："大人，京城驿骑刚将此函送至兰坊，呈请大人过目。"

狄公闻言，面露喜色，忙开启封套，急急阅读起来，读毕点头，将公文折好。狄公用手指点着公文，对洪亮说道："此乃刑部对余基谋反案、丁虎锢凶案及李夫人凶杀案的批文。胡人阴谋袭城一事已由高层议决，朝廷已派遣使节与回纥可汗交涉，自会妥善处置。自明日起，兰坊便再无刀兵之灾。明日我将此三案具结，之后便可轻松悠闲了！"

洪亮不太明白狄公最后一语究为何意。不等洪亮发问，狄公便发命令，安排明日早堂一应事宜。

次日一早，离破晓还有一个时辰，衙内众人便忙碌起来。县衙大门之前点起火把，一群衙役忙着备好槛车，好将死囚押往南门外刑场。尽管天色未明，大群百姓已聚集在县衙之前，兴致勃勃地看着衙役们忙乎。一队巡骑从驻地赶来，将槛车团团围住。

离破晓还有半个时辰，一壮实衙役在衙前将大锣连敲三下，另两名守门衙役开启衙门，看审百姓循着烛光鱼贯而入。

狄公步上案台，在案后椅中缓缓坐定。堂下众人恭敬肃立，注目而视，不出一声。只见狄公身着全套绿锦官袍，肩披猩红缎披肩。那看审之人见得红缎披肩，便知今日将处决案犯。

余基先被押上堂来，跪在狄公案前石板地上。书吏将一公文呈给狄公。狄公将蜡烛拉近，正色念道："查案犯余基谋反朝廷，罪不容诛，本应凌迟处死，然念其先父余寿干大人于国于民功劳卓著，且留下遗书，恳请朝廷垂怜，故免去凌迟酷刑，改为处死后碎尸。又念及已故黜陟使余大人名声，案犯余基人头免予悬挂城门示众，其家财亦不予以没收。"

狄公停了片刻，将一纸文书递给方班头，说道："案犯可阅其亲父遗书。"

余基听狄公宣读批文，面如死灰，再接过生父遗书读毕，遂放声恸哭。两名衙役将余基双手反剪，绑于身后。方班头取一事先备好的白色法标，插在余基背后绳内。那法标之上用大字写下其名"基"字、罪行及刑罚。为老黜陟使之故，将其姓氏略去。

衙役将余基押下堂去。狄公说道："朝廷来文，说那回纥可汗已遣长子出使长安，为乌尔金郡王之奸谋向大唐朝廷赔礼谢罪，重申臣服朝廷。朝廷宽大为怀，不咎既往，已将乌尔金及四名从犯交给使臣带回，由可汗自行处置。"

马荣听得此言，对陶干附耳说道："说白了，'自行处置'便是由可汗用油锅将乌尔金活烹，而后剁成肉泥。那可汗不会轻饶坏其计划之人！"

狄公又道："朝廷已请可汗之子作为朝廷贵宾，再于京城滞留些时日！"

看审之人齐声欢呼。众人明白，可汗之子羁留长安，胡人便不会反悔而兴兵来犯兰坊。

狄公见众人议论纷纷，便喊道："肃静！"随即又向方班头做个手势，方班头随即将余夫人及其子余杉引至狄公案前。

狄公和颜悦色道："夫人，你已知晓，在迷宫秘阁内找得已故余大人遗书。书中言明，你和你子余杉继承余家全部家产。本县以为，余杉由你抚养教诲，定能与其父一般有出息，而不愧余门姓氏！"

余夫人母子双双跪地，连连叩头，称谢不止。

二人起身退于大堂一侧，录事又将一公文呈在狄公案前。

狄公说道："本县现将丁虎锢一案批文当堂念来！"

狄公手持长须，慢慢念道："大理寺已悉丁虎锢命案各节。丁虎锢为笔管中暗器所伤，笔管之上镌有一书斋之名。然由此断定书斋之主为杀丁将军而将此笔改为杀人凶器，本部以为证据不足，故丁虎锢将军溘逝以意外死亡论定。"

狄公将公文卷起，洪亮附耳说道："此真乃判案之上好范

274

例！"

狄公微微点头，低声答道："上司分明有意略去余寿干大人姓名！"说罢，狄公提起朱笔，批出一纸手令，传令交给牢头。

少顷，二衙役将李夫人押至大堂。

李夫人在牢中等候大理寺批复期间，死到临头之恐惧令其失魂丧魄，日前在堂上招供罪行时那得意神色早已荡然无存。她面容憔悴，睁大眼张望狄公肩上之猩红披肩与公案一旁之彪形大汉。那大汉面无表情，肩扛寒光四射之砍刀，身后两名副手则手持利刃、手锯及绳索。李夫人心内明白，此乃行刑之刀斧手，便吓得两腿发软，浑身哆嗦。两名衙役扶其跪在案前。

狄公将公文展开，读道："查案犯李黄氏拐骗民女，图谋不轨，后又杀人灭口，罪大恶极，故判处极刑，先予鞭笞，再予斩首。案犯之全部家产划归苦主，以作抚恤之用，朝廷不予没收。案犯首级悬挂城门之上三日，以儆效尤。"

李夫人听罢，大声尖叫。一衙役上前，用一张油纸膏药将其嘴封死，另两名衙役将其双手反剪，绑于身后，又将法标插在后背之上。法标之上写明其姓氏、罪行及刑罚。

李夫人被押下堂去后，看审之人正欲离堂而去，狄公惊堂木一击，喝令众人肃静，随后又说道："本县当堂宣读本县衙临时衙役姓名！"于是将方班头及到任第二日录用之衙役姓名一一念了。众衙役皆面向狄公，恭敬肃立，侧耳细听。

念毕，狄公身靠椅背，手抚长须，将众人环视一遍。这些天来，衙役们不辞辛劳，不畏艰险，忠心相随，狄公早已为其做好安排。狄公说道："方班头，你等众人与本县相逢于危难之际，尔等对县务恪尽职守，忠心耿耿。现今难关已过，诸事顺遂，本县不再强留汝等在衙内当差。然汝等中有意愿留下长久当差者，本县自当录用。"

方班头恭敬答道："我等众人对大人感恩不尽，小人我对大人恩典更是刻骨铭心。在此城中我家曾遭大劫，小女黛兰日夜心神不宁，欲离此城而去。还有，已有媒人上门向小女黛兰求亲，说是吴峰会试得中之后，便来迎娶小女。"

马荣听得此言，愤然地对乔泰小声说道："那小女子真是忘恩负义！我可是救了她的性命！此外，我还像其夫君那般见了她的身子！"

乔泰低声说道："闭嘴！你已见到那姑娘的身子，竟还不知足！"

方班头又道："小人请大人恩准小人及犬子方景行留在兰坊，因似大人这等贤达县主天下难寻。虽说小儿驽钝，小人仍恳请大人收下小儿在衙中长期当差。"

狄公仔细听罢方班头之言，喜道："方班头，本县依你所请，留你及你子在县衙当差。上苍慈悲为怀，令一起罪案引来两家喜庆。待黛兰完婚之夜，红烛高照，吉祥喜气定会治愈其父心中伤痛，为此本县不胜欣喜。"

方班头父子二人双双跪下，叩头不止。

另有三名衙役愿离衙重操旧业，其余众人则请求长期在公门当差，狄公一一依允，随即传令退堂。

县衙之外，人山人海。余基与李夫人早被锁入槛车之内，法标之上写清二人罪行、刑罚，百姓一看便知。

少顷，衙门大开，狄公官轿抬入街内，众衙役前呼后拥，随轿而行。马荣、洪亮二人骑马行在轿左，乔泰、陶干二人行在轿右，四名衙役手举县令仪仗，在轿前开路，另有数名衙役鸣锣开道。囚犯槛车由官军团团围住，走在队伍之后，围观百姓则尾随大队，向南缓缓行来。

狄公官轿过得石桥之时，晨曦已映照在莲池白塔之上。

法场位于南门之外。官轿过了栅栏大门，待狄公下轿之时，驻军长官前来拜揖，引狄公到夜间搭起的公案后坐定，军卒则在案前列一方阵。刀斧手将砍刀插在地面，脱去上衣，露出满臂筋肉。两名行刑副手爬上槛车，将两名死囚拖至法场中央。

二人松开余基身上绳索，将其拖至一柱子跟前，柱子之上有两根横杆。一人将余基脖子拴在柱子上，另一人将其手脚捆于横杆上。

待二人捆绑停当，刀斧手选一又长又薄的尖刀站在余基面前，目视狄公，待其令下。

狄公发出行刑号令。刀斧手将尖刀直捅余基心窝，余基不吭一声便一命呜呼。

刀斧手随即将余基尸体剁成肉泥。李夫人见此情景吓得昏死过去，场外一些看热闹的人亦用袖掩面，不忍看此惨景。

最后，刀斧手提了余基人头呈于狄公案前，狄公提起朱笔在人头上打了个记号，人头随即与尸身碎块一起被扔入筐内。

两名副手燃浓香将李黄氏熏醒，拖至狄公案前，用力一摔，令其跪在地上。李黄氏见得刀斧手手持钢鞭走近身旁，吓得狂呼饶命。

那刀斧手与两名副手则是司空见惯，对其求饶哀告之声根本不予理会。一名副手将其发髻打散，揪长缕于手中，将头拉向前倾。另一副手将其上衣剥去，又反绑了双手。

那刀斧手将钢鞭在李夫人背上比量一番，看如何下手最是恰当。那钢鞭模样甚是吓人，上有铁刺，刺上更有铁钩，只有在法场之上方能见得。任凭凶犯何等壮实，都无法经此鞭打而保住性命。

狄公一声令下，那刀斧手举鞭便打。那鞭"啪"的一声落在李夫人背上，从颈至腰打得皮开肉绽，如不是那副手紧抓其头发不放，李夫人经此一击，必然跌个嘴啃黄泥。

半晌李夫人喘过气来，怪叫不止。那刀斧手又连连抽打，抽至第六鞭时，李夫人背上已白骨尽露，丝丝残肉中血如泉涌。李夫人昏厥倒地，不省人事。

狄公举手，示意停鞭。二副手复燃香熏之，李黄氏半晌方醒。二人又将其拖起跪在地上，刀斧手则举刀等狄公示下。

狄公一声斩字，刀斧手手起刀落，只一下便将人头砍落在地。

狄公又用朱笔在人头画上记号。刀斧手将人头掷于筐内，狄公命人将此人头带至城门悬挂三日。

狄公下得案台，入得轿内。轿夫抬轿起身之时，初升旭日照得军校头盔熠熠闪光。

狄公官轿先至城隍庙前停下，驻军长官坐轿椅随后赶到。狄公将城中罪案与凶犯正法一节禀告城隍爷，随后又与驻军长官一同焚香膜拜，祈求城隍爷惩恶扬善。过后，二人各回公廨。

李夫人刑场伏法（高罗佩　绘）

回到县衙，狄公径直前往书斋。喝完一盏浓茶，狄公对洪亮言道："你且去自用早饭。日间我等还须备文将行刑细末禀报上司。"

洪亮出得狄公书斋，见马荣、乔泰、陶干三人正聚在大院一角说长论短。洪亮走近跟前，听得马荣还在埋怨黛兰忘恩负义。

马荣心中颇不是滋味，说道："我一直以为娶黛兰的理应是我马荣。那日在山中袭击我等，她险些将我刺死，也正是小弟我在李宅救了她的性命……"

"马荣兄，"乔泰说道，"这倒是你的造化！须知那黛兰生就一张利嘴，若是嫁给你，定会终日聒噪不止！"

马荣听得此言，以手加额，高声说道："你之所言倒是提醒了我。我且告诉汝等我意欲何为。我想将图尔比那女子买下。那可是个年轻壮实的女子，且不会一句汉语，将其娶回家来岂不美妙和谐！？"

陶干脸色比往常更阴沉，他摇了摇头，冷冷说道："兄弟，别再一厢情愿，痴心妄想了！不出十天半月，那女子定会絮絮叨叨，使你不得安宁，而且不用胡语，却用汉语唠叨！"

马荣不肯罢休，说道："今晚我就去北寮寻她。你们谁愿意与我同往？那里不乏美妙女子，且个个落落大方！"

乔泰紧了紧腰带，好不耐烦地喊道："除了女子，竟无其他要紧之事可谈不成？我等不如离了此地，好好用顿早饭！腹中饥饿，再无比暖酒更妙之物了！"

三人皆点头称是，便与乔泰一同往县衙大门走去。

此时，狄公已将官服换成猎装，又命书吏将其心爱之马自马厩牵来。

狄公飞身上马，用披肩遮住口鼻，纵马往大街而去。

大街之上，百姓三五成群，正就两名案犯正法之事议论得沸沸扬扬，无心关注此单身骑马之人。

狄公到得南门，抢鞭策马而过。法场上众衙役忙着撤去临时案台。此时衙役已撒上洁净黄沙，将斑斑血迹遮盖得不见踪影。

到得郊外田间，狄公勒马缓行，周围空气清新，安静宁谧。可即便身处如此佳境，狄公依然心绪不宁。

那法场惨象终令狄公震惊不已。勘案之时，他必定穷追猛打，一查到底，然一旦勘破案情，案犯招供，却又欲将案情全然忘却。法场上血腥恐怖的场景令人惨不忍睹，狄公实在不愿任那督刑之职。

狄公与鹤衣先生一席谈话之后，便萌生隐退之念，再经今晨法场督刑，此念竟愈加强烈。狄公思忖，自己年纪刚过四十，退至故乡那小小田庄之上，躬耕务农，修身养性，为时尚未晚矣。

退居田园，清静平和，整日读书撰文，扶养教育子孙后辈，岂不美哉！天下何事能胜于此？人间美事甚多，整日耗力劳神，揣摩罪犯奸谋，又有何益？

朝中能臣甚多，自己如若隐退，自然有人补缺。若能按己夙愿撰写文章，以方便易懂之言阐述四书五经之义，使平民百姓皆能读而明其意，岂不也能报效国家？

然狄公又踌躇不定。若是满朝官员皆如此洁身自好，天下又将如何？给予子孙机会，将来入仕为官，岂非己之职责？

狄公一边催马前行，一边摇头不止，心想，欲解此难题，还须明白鹤衣先生草堂中那副对联：

> 苍龙腾空入仙境，
> 褐麟入地成正果。

自那日去山中拜见鹤衣先生后，狄公日日思量此副对联。直至今日，狄公依然犹豫未定。他长叹一声，心想还是由鹤衣先生指点其何去何从为好。

到得山脚，狄公从马上跃下，将一田间耕作之农唤至跟前，请其照看坐骑。狄公转过身来，正欲上山，只见两名砍柴之人沿小道下得山来。两人乃一对夫妇，皆面如树皮，手若干柴，分明已年纪高迈。老汉停住脚步，放下柴捆，擦去额上汗珠，抬头望着狄公问道："敢问先生欲往何处？"

狄公答道："在下欲往山中探望鹤衣先生。"

那老汉慢慢摇头，说道："先生，怕是寻不见鹤衣先生了。四日前我等见他屋内空无一人，屋门在风中摇晃不停，园中百花已被大雨摧折。现今小老儿与老伴将那茅屋用来存放柴薪。"

狄公闻听此言，顿觉孤寂袭上心头。

农夫说道："先生，你也可免去登山之苦了！"说罢，将缰绳交回狄公。

狄公心不在焉地接过缰绳，又问樵夫道："那鹤衣先生情形究竟如何？你可曾见得其尸身？"

老汉面现诡秘笑容，摇头道："先生，似鹤衣先生这等隐逸之士，你我凡俗之人怎可相比。他们生来就不属此尘世，临了之

282

时犹如插翅神龙飞升天界，走时只留下一片虚空！"

说罢，老汉背起干柴，自顾自地离去。

狄公听罢，顿时大悟，那对联之意即在于此！遂对农夫微微一笑，说道："我本尘世之人，自当学那地蟆，掘土不止！"

狄公跃身上得鞍座，扬鞭策马，疾驰回城。